BRUCE STERLING

DER STAUBOZEAN

Roman

Aus dem Amerikanischen übersetzt
von
BERND HOLZRICHTER

WILHELM HEYNE VERLAG
MÜNCHEN

HEYNE SCIENCE FICTION & FANTASY
Band 0605491

Titel der amerikanischen Originalausgabe
INVOLUTION OCEAN
Deutsche Übersetzung von Bernd Holzrichter
Das Umschlagbild malte doMANSKI

Umwelthinweis:
Dieses Buch wurde auf
chlor- und säurefreiem Papier gedruckt.

Redaktion: Wolfgang Jeschke
Copyright © 1977 by Bruce Sterling
Mit freundlicher Genehmigung des Autors
und Thomas Schlück, Literarische Agentur, Garbsen
Copyright © 1996 der deutschen Ausgabe und der Übersetzung
by Wilhelm Heyne Verlag GmbH & Co. KG, München

Unveränderter Nachdruck der 1980 im Verlag Droemer Knaur,
München, erschienenen Übersetzung des Romans in der Reihe
Knaur Science Fiction # 5727 unter dem Titel DER STAUBPLANET

Printed in Dänemark 1996
Umschlaggestaltung: Atelier Ingrid Schütz, München
Technische Betreuung: M. Spinola
Satz: Schaber Satz- und Datentechnik, Wels
Druck und Bindung: Nørhaven, Viborg

ISBN 3-453-10931-7

INHALT

1

Ein verhängnisvolles Ereignis und die Abhilfe

WIR ALLE HABEN IN UNSEREM LEBEN eine Leere, eine Leere, die einige durch die Künste füllen, andere durch Gott und wieder andere durch Lernen. Ich habe diese Leere immer durch Drogen gefüllt. Und aus diesem Grund fand ich mich, den Seesack in der Hand, dazu bereit, auf dem obskuren Planeten Nullaqua auf eine Walfangfahrt zu gehen.

Der nullaquanische Staubwal ist die einzige Quelle des Rauschmittels Syncophin. Zum Zeitpunkt meiner Seereise wurde das Wissen um diese Tatsache immer weiter verbreitet. Weil ich es erfahren hatte, wohnte ich, John Newhouse, mit neun anderen in der Piety Street 488 in Hochinsel, Nullaquas größter Stadt.

Wir, die Bewohner, kannten das zweistöckige Metallgebäude nur als *Das Neue Haus*. Wir waren eine bunt zusammengewürfelte Gruppe; die einzigen Dinge, die wir gemeinsam hatten, waren unsere außernullaquanische Herkunft und unser kennerhaftes Vergnügen am Flackern, wie die Eingeweihten das Syncophin nannten. Wir waren samt und sonders menschliche Geschöpfe oder sehr genaue Faksimile. Der erste unter uns war der weißhaarige alte Timon Hadji-Ali. Timon hat uns sein Alter nie verraten, aber er befand sich ganz offensichtlich in der Periode, in welcher der unterbewußte Wunsch des Körpers zu sterben die Sehnsucht des Ego nach dem Leben zu überwiegen beginnt. Oft höre ich ihn von seiner Jahrhunderte zurückliegenden Freundschaft mit Ericald Svobold, dem legendären Entdecker des Syncophin, sprechen. Jetzt hatte sich allerdings Pessimismus im alten Timon breitgemacht; seit Jahren hatte er sich jeder Verfügung widersetzt. Er wollte seine alten Tage nur noch damit verbringen, sein nach und nach angehäuftes Kapital aufzuzehren und den wilden Himmelstrip des Flackerns zu genießen. In Angelegenheiten der Politik, die unsere kleine Gruppe betrafen, pflegten wir uns ihm zu unterwerfen, da er immer noch das meiste Geld hatte.

Die zweite war Agathina Brant, eine hochgewachsene muskulöse Frau, stocksteif, als hätte sie einen Besenstiel verschluckt. Offenkundig war sie ein pensionierter Offizier, und sie war ausgesprochen kurz angebunden, sogar mürrisch. Sie trug stets eine Uniform, sauber, aber alt. Man konnte wirklich nicht bestimmen, welche der zahllosen Armeen der Menschheit das Kleidungsstück zuzuordnen war. Sie hat es uns nie verraten; ich vermute, sie hat es selbst genäht. Ihre Sucht war extrem ausgeprägt.

Als dritte und vierte ein verheiratetes Paar, Mr. und Mrs. Undine. Ihr Mädchenname war Stuart, er hieß Foster. Auch sie waren ziemlich alt. Man konnte ihr Alter an ihrer unnatürlichen Anmut und den gelegentlichen archaischen Redewendungen in ihrer Sprache erkennen. Sie waren ein ansehnliches Paar, wenn man ihre tonnenförmige Brustkörbe und die reichlich geschmacklosen, in ihre Körper eingepflanzten Edelsteine außer Betracht ließ. Sie wurden niemals müde, uns zu erzählen, daß sie beide bereits mehrere Ehen hinter sich hatten und die Vorstellung des Schmerzes, der mit der Auflösung der letzten verbunden war, nicht aushalten konnten. Sie hatten sich dazu entschieden, gemeinsam Selbstmord zu begehen, am liebsten durch eine Überdosis. Ich war viele Male versucht, ihnen zu raten, ein anderes Gift als Syncophin zu benutzen, aber das, dachte ich, wäre möglicherweise ein flegelhafter Einbruch in ihre Privatsphäre gewesen.

Der fünfte in unserer Gesellschaft war ein Dichter namens Simon. Er hatte durch kosmetische Chirurgie eine Art verhärmter Ansehnlichkeit erlangt, wenn auch seine Augen von unterschiedlicher Farbe waren. Im Bemühen, »zu den Wurzeln zurückzukehren«, wie er uns sagte, hatte er ein primitives Saiteninstrument gekauft und versuchte, sich selbst beizubringen, darauf zu spielen, um sich selbst begleiten zu können, während er seine eigenen Werke sang. Wir hatten sein Zimmer im Obergeschoß schalldicht gemacht. Syncophin, sagte er, »stimuliert mein Gehirn«. Das konnte gewiß nicht geleugnet werden.

Simon wurde von einer mausgrauen Frau namens Amelia begleitet, die ihr brünettes Haar streng in der Mitte gescheitelt trug. Ihr Vater war ein Gelehrter und schickte ihr ausreichend Geld für ihren eigenen Lebensunterhalt und den ihres pseudo-musikalischen Begleiters. Sie hatte schon Monate bei uns gewohnt, bevor sie Syncophin probierte. Jetzt war sie dabei, Geschmack daran zu entwickeln.

Unsere Numero sieben war ein Geschlechtsloser, Daylight Mulligan. Es war ein charmanter Gesprächspartner, und seine Sprache offenbarte einen tiefen Wissensfundus. Es und ich hätten enge Freunde werden können, hätte es nicht diese extreme Paranoia jedem gegenüber gehabt, der Fortpflanzungsorgane besaß. Es war natürlich sehr sauber geklont worden, und sein Mißtrauen war nicht ganz unbegründet, da es eine deutliche sexuelle Anziehungskraft auf Mitglieder beider Geschlechter ausübte. Es war oft melancholisch, vielleicht von Schuldbewußtsein geplagt. Der alte Timon erzählte mir einmal, daß es für den Doppelselbstmord eines Ehepaares verantwortlich war, Freunde von ihm, die beide mit ihm Ehebruch begehen – oder es zumindest versuchen – wollten. Das konnte stimmen... oder auch nicht.

Die achte von uns war eine extrem große, fast totenbleiche Frau namens Quade Altman. Auf einem Planeten mit der halben Schwerkraft von Nullaqua, und damit auch der Erde, geboren, war sie an die zwei Meter fünfzig groß. Sie war immer blaß, ihre eingesunkenen Augen waren von zarten blauen und purpurnen Ringen umgeben. Häufig jammerte sie über benebelnde Reizungen. Sie verbrachte eine Menge Zeit in Rückenlage, an ihren dreidimensionalen Mosaiken arbeitend.

Die neunte und vorletzte war meine derzeitige Freundin Millicent Farquhar. Millicent war klein, stupsnasig, rothaarig und eher pummelig als schlank. Ich hatte sie vor einem Jahr auf Reverie kennengelernt, kurz bevor ich nach Nullaqua ging. Nach einer ganz besonders heißen Party fand ich mich beim Aufwachen in ihrem Bett wieder. Man hatte uns zwar einander vorgestellt, aber wir hatten den Namen des anderen vergessen. Unsere gegenseitige Wiederentdeckung verlief ausgesprochen erfreulich, und wir hatten das letzte Jahr in ziemlicher Zufriedenheit miteinander verbracht.

Zuletzt ich, John Newhouse. Es versteht sich von selbst, daß ich nicht dieselbe Person bin, die die Abenteuer erlebte, von denen zu berichten ich im Begriff bin. Die Persönlichkeit ist eine sich wandelnde, fließende Sache, und außer den jetzt allmählich trüber werdenden Erinnerungen habe ich nichts mit dem Mann gemein, der sich damals meines Namens bediente.

Aber jener John Newhouse jedenfalls war der Sohn eines Holzmagnaten auf dem Planeten Bunyan und hatte die beste Ausbildung genossen, die dieser Planet zu bieten hatte. Aus politischen Gründen – und aus Gründen der Eitelkeit – behauptete ich, auf der Erde geboren zu sein. Wie die meisten Sektiererplaneten hatte Nullaqua übertriebenen Respekt vor allen Terranischen. Die Lüge half.

Ich war einen Meter und achtzig groß und hatte sehr dunkles Haar, das am Hinterkopf ziemlich spärlich wurde, obwohl ich mich dagegen sträubte, dies zuzugeben. Ich trug es auf der linken Seite gescheitelt. Meine Augen waren ebenfalls dunkel, und das linke hatte einen kleinen gräulichen Fleck, fast wie grauer Star; an dieser Stelle hatte ich einmal, einem schlechten Ratschlag folgend, Syncophin aufgetropft. Durch die lange Zeit, die ich im Haus verbrachte, war ich blaß, aber meine Haut konnte eine tiefe Bräune annehmen. Meine Nase war vielleicht ein wenig zu hakenförmig, um als hübsch bezeichnet zu werden. Ich hatte – lassen Sie es mich gestehen – etwas von einem Dandy, und ich trug gerne Ringe, gewöhnlich fünf auf einmal. Ich besaß zwei Dutzend. Ich war fünfunddreißig – verzeihen Sie, lieber Leser, aber ich habe ja geschworen, bei der Wahrheit zu bleiben –, ich war dreiundvierzig Standardjahre alt.

Den Namen meines Vaters will ich nicht preisgeben. Den Namen Newhouse nahm ich von meiner Bleibe an, wie es auf der Erde einst Brauch war. Vor meiner Walfängerfahrt verdiente ich meinen Lebensunterhalt damit, hochwertiges Syncophin an meine zahlreichen Freunde auf Reverie zu exportieren. War es auch nicht übermäßig gewinnträchtig, so war es doch ein angenehmer Zeitvertreib. Mein Hobby war, billigere und wirkungsvollere Methoden zu entwickeln, Syncophin aus Asisöl zu extrahieren.

Es war ein gemütliches, beinahe genüßliches Dasein. Dann kam das Unheil.

Die Expansion des Syncophinhandels war nicht unbemerkt geblieben. Die Bürokraten der Konföderation, jener lockeren und ständig schwächer werdenden Verbindung von Welten, erließen ein Dekret. Nullaqua hörte es und – so erstaunlich dies war – gehorchte.

Wir erfuhren die Neuigkeiten zuerst von unserem Dealer, einem Nullaquaner namens Andaru. Andaru war ein ehemaliger Walfänger und versorgte uns mit dem Stoff, den er Gedärmeöl nannte, zu einem Kurs knapp über dem Normalpreis. Sonst gab es keine Nachfrage nach dem Produkt; das Eingeweideöl konnte nicht verbrannt werden, und die Nullaquaner lehnten es als Nahrungsmittel ab, da sie es für giftig hielten. Ganz schön hirnrissig, dachten wir.

Am siebzehnten Tag des zehnten Monats im Jahr klopfte Andaru an die Tür, und ich öffnete ihm.

»Es ist Andaru«, sagte ich laut zu den anderen, die in der Küche beim Essen waren.

»Gut ... Wunderbar ... Phantastisch«, sagten alle neun. Ihre Zungen versagten bei der Aussicht auf eine neue Gallone nie, wenn es darum ging, sich gegenseitig zu übertreffen.

»Und er bringt jemanden mit«, fuhr ich leiser fort, als hinter dem Nullaquaner ein junger Mann mit scharfgeschnittener Nase und blondem Schopf, der wie verschlungene Nylonfäden wirkte, hereintrat und die Hand ausstreckte. Ich schüttelte sie.

»Hallo, ich heiße Dumonty Calothrick – sagen Sie einfach Monty zu mir«, verkündete er aufgeräumt. »Bin gerade auf dem Planeten eingerauscht, habe von den Aussichten hier gehört ...« Dabei zwinkerte er mir unmißverständlich zu und machte mit Daumen und Zeigefinger der rechten Hand reibende Bewegungen, ohne daß Andaru es sehen konnte. »Hab' mich 'n bißchen umgehört, Ihren Freund hier kennengelernt und gedacht, ich komme am besten mal vorbei und bitte vielleicht« – ein Blick geschickter Verlegenheit – »... vielleicht um Ihren Rat?«

»Kommt bitte rein und nehmt Platz«, sagte ich. »Moment ... habt ihr schon gegessen?«

»Ja«, erwiderte der Nullaquaner.

»Nein, keinen Bissen«, sagte Calothrick.

»Geradeaus durchgehen, bitte«, bat ich, »nehmen Sie sich einen Teller und machen Sie sich mit dem Rest der Wohngemeinschaft bekannt, während ich mit unserem gemeinsamen Bekannten über das Geschäftliche rede.«

»Danke, Mister ... ääh ...«

»Newhouse«, sagte ich und winkte ihn weiter.

»Wollen Sie nichts essen, John?« fragte Andaru.

»Ich habe schon gegessen«, log ich. Agathina Brant war mit Kochen dran, und es schadete meiner Verdauung, Zeuge der Häresie zu werden, mit der diese Frau Nahrungsmittel behandelte. Ich habe mich stets meiner Kennerschaft in Sachen *le good cuisine,* wie die Terraner dies zu nennen pflegten, gerühmt.

»Wieviel haben Sie mitgebracht?« fragte ich.

»Ungefähr 'ne Gallone, wie gewöhnlich. Fürchte, das wird die letzte sein, die Sie bekommen.«

»Nanu«, sagte ich. »Das ist ein Schock, Andaru. Steigen Sie aus dem Geschäft aus?«

»Muß ich wohl. Es ist jetzt ungesetzlich.«

Bei diesen Worten wuchs Eis in meinen Adern. »Wer sagt das?« erkundigte ich mich.

»Die Konföderation sagt das – gestern hab ich's erfahren.«

»Ja, die Konföderation: Sie wissen doch, knausrige kleine Burschen, die zwischen den Sternen herumschwirren und den Leuten vorschreiben, wo es lang geht.«

»Aber in Fragen, die nur den Planeten betreffen, können sie doch keine Anordnungen geben.«

»Tja, sie haben an Nullaqua mehr so etwas wie eine höfliche Bitte gerichtet ...«

»Und Nullaqua hat ihr entsprochen.«

»Warum nicht? Wir haben nichts zu verlieren, wenn wir nett zur Konföderation sind, nicht wahr?«

Ich sah einen schwachen Hoffnungsschimmer. »Aber Sie persönlich haben doch etwas zu verlieren.«

»Klar, das schon«, gab er zu, »aber stellen Sie sich vor, Sie gehen hin und sagen, ein paar Leute hätten das Gedärmeöl verwendet, um *Drogen* daraus zu machen.«

»Nein! Was Sie nicht sagen!« sagte ich. Die Heile-Welt-Nullaquaner haben tatsächlich keine Vorstellung

13

vom Drogenmißbrauch; sie halten sich an Tabak und billiges Bier.

»Ein wundervolles Essen«, kam plötzlich Dumonty Calothricks Stimme aus der Küche. Ich verzog das Gesicht.

»Das ist also unsere letzte Gallone.«

»Jawohl. Alle, die es verkaufen, machen den Laden dicht, soviel ich weiß.«

»Sie wollen das Gesetz nicht brechen.«

»Um keinen Preis – es wäre eine Sünde.«

Ich kam gar nicht erst auf die Idee, den alten Nullaquaner flehentlich zu bedrängen. Er hatte, nebenbei gesagt, die allen Eingeborenen eigene Abneigung gegen Wasser, und anders als er hatte ich keinen dichten, buschigen Haarwuchs in den Nasenlöchern, um Unangenehmes herauszufiltern. »Also – wieviel für die letzte Kanne?«

»Einen Monun und sechsunddreißig Pennigs.«

»Alles klar«, sagte ich und zählte das Geld auf seine schwielige Handfläche. Wir versicherten uns unserer gegenseitigen Wertschätzung. Ich öffnete ihm die Tür, und er ging.

Dann setzte ich mich langsam auf das unbequeme Walhautsofa, um alles zu durchdenken. Ich spürte plötzlich Lust auf eine schnelle Ladung Flackern, aber anders als die anderen hielt ich mein Verlangen eisern unter Kontrolle.

»Kommt herüber, wenn ihr mit dem Essen fertig seid«, rief ich. »Ich habe Neuigkeiten.«

Ich nahm die Kanne auf den Schoß und hob den Deckel. Ich schnüffelte. Hochwertiger Stoff, wie immer. Ich verschloß die Kanne wieder.

Binnen drei Minuten waren alle versammelt. »Schlechte Neuigkeiten«, sagte ich. »Die Konföderation hat das Flackern für illegal erklärt, und Nullaqua fügt sich der Entscheidung. Das hier…« – ich klopfte auf das Gefäß – »…ist unsere letzte Kanne.«

Wie auf ein Kommando hin fielen ihre Kinnladen herab. Ein irritierender Anblick. Ratsuchend wandten wir uns Timon zu.

»Ich…«, setzte ich an.

»Ach ja, ich habe ein bißchen dabei, frischen wir uns etwas auf«, unterbrach Calothrick gutgelaunt. Er holte ein Kunststoffetui aus der Brieftasche seiner karierten Hemdjacke und zog eine Pipette aus dem Gürtel. Eilig scharte die Gruppe sich zu einem Kreis auf dem Teppich zusammen, während Calothrick des Etui öffnete und eine Pipette voll von der Flüssigkeit heraussaugte.

Timon runzelte die Stirn. »Ich schlage vor, wir rationieren das, was wir noch übrig haben. Wenn die Nullaquaner sich weigern, uns zu versorgen, müssen wir einen von uns rausschicken, um es für uns zu beschaffen. Direkt von der Quelle. Von einem Wal.«

Daylight Mulligan klatschte in die Hände. »Bravo, Timon«, sagte es. Mrs. Undine reichte ihm die Pipette; es öffnete den Mund und drückte sich eine schnelle Portion auf die Zunge.

»Und wen von uns?« fragte Quade Altman im Falsett.

»Nun, die Frauen scheiden aus«, sagte Mrs. Undine. »Ich habe gehört, die Walfänger lassen sie nicht an Bord.«

»Jemand wird aber die ganze Reise mitmachen müssen!« sagte Simon, der Richter, dessen Gehirn jetzt richtig stimuliert war.

»O ja«, bestätigte Timon, »und da sie sechs Monate dauert, schlage ich vor, wir wählen so schnell wie möglich jemanden. Am Ende könnte es ziemlich ungemütlich werden.« Simon und Amelia sahen plötzlich sehr ängstlich drein. Mr. und Mrs. Undine hielten Händchen.

»Ich schlage John Newhouse vor«, sagte Agathina Brant plötzlich. Alle wirkten verdutzt; sie redete so selten.

»Ziehen wir Strohhalme«, sagte ich schnell.

»John, du bist die beste Wahl«, sagte Mrs. Undine

deutlich erleichtert. »Du hast den Schwung der Jugend, ganz gewiß.«

Ich entgegnete: »Also, du hast die Erfahrung des Alters. Das zählt sicher mehr.«

»Aber du hast einen scharfen Verstand und weißt dir zu helfen; das kann keiner von uns ableugnen«, schürte Simon das Feuer.

»Sicher, Simon, aber bedenke doch, wie gerade die Dichtkunst von der Reise profitieren könnte«, gab ich zurück.

»Aber du hast Erfahrung und weißt, welchen Tran man braucht, und wie man ihn siedet«, sagte Daylight Mulligan. Es hatte mich erwischt. Das besiegelte mein Schicksal mehr als alles andere.

Es sah düster aus. Sicherlich wird Millicent mich verteidigen, dachte ich und blickte sie an.

»Ja, und du könntest einen Job bekommen, John«, sagte sie. »Du kannst kochen. Du bist sogar ein guter Koch. Du wirst überhaupt keine Schwierigkeiten haben.«

»Ziehen wir keine vorschnellen Schlüsse«, sagte ich. »Vielleicht sollten wir unsere Lage eine Woche lang überdenken. Es wäre doch möglich …«

Da ergriff Dumonty Calothrick das Wort. »Warum warten? Es ist großartig!« sagte er lachend. »Kaum taucht das Problem auf, schon ist es gelöst. Mr. Newhouse, denken Sie doch an den Zauber des Abenteuers, das Prickeln eines fremden Planeten! Sechs Monate vor dem Mast! Neue Sensationen! Romantik! Flackern gallonenweise! He, will noch jemand eine schnelle Ladung?«

»Warum gehen *Sie* dann nicht?« fragte ich sanft.

»O Mann, ich geh' doch, ich geh' doch. Ich gehe mit Ihnen!«

2

Wir gehen an Bord

DER GESAMTE BEWOHNBARE BEREICH von Nullaqua liegt auf dem Grund eines gewaltigen Kraters von siebzig Meilen Tiefe und einem Durchmesser von fast durchgehend fünfhundert Meilen. Über neunzig Prozent der Atmosphäre des Planeten befinden sich in diesem riesigen Loch; der Rest des Planeten besitzt nur eine dünne Streuschicht aus Gasen und die Ruinen zweier Vorposten der Alten Kultur. Nach der allgemein anerkannten Theorie wurde der Krater vor Milliarden von Jahren durch ein konzentriertes Bombardement von Anti-Materie-Meteoriten ausgehöhlt. Einen jüngeren Planeten hätte es auseinanderbrechen lassen, aber zu jener Zeit bestand Nullaqua fast bis zum Kern aus fester Materie. Gewaltige Gasmengen waren von dem zerschmetterten Gestein freigesetzt worden. Danach hatten sich durch die Wirkung der Sonne auf Nullaquas nahezu luftleerer Atmosphäre unzählige Tonnen feinen Staubs in den Krater ergossen oder waren hineingeweht worden. Diese allmähliche, aber nie endende Wirkung, die auch jetzt noch anhielt, hatte Nullaqua einen Ozean aus nahezu atomisiertem Staub gegeben, der unsagbar viele Meilen tief war. Nullaqua erhielt eine zweite Chance, Leben zu tragen. Diesmal hatte der Planet Erfolg.

Vor fünfhundert Jahren war Nullaqua von einer starrsinnigen Gruppe religiöser Fanatiker besiedelt worden. Ihr Glaube ist inzwischen schwächer geworden, hat aber seine blumigen blasphemischen Flüche und einen übertriebenen Respekt vor dem Gesetz hinterlassen.

Dieser Respekt war es, der mich nun dazu zwang, die Bequemlichkeit meines Doppelbetts zu verlassen und mein Glück auf dem Meer aus Staub zu suchen. Der junge Calothrick war bei mir; ich hatte ihn nicht davon abbringen können mitzukommen.

Verdrossen trat ich aus dem Neuen Haus, Calothrick an meine Fersen geheftet. Wir machten uns zu den Docks im Osten der Stadt auf. Zwei Häuserblocks weiter brach er das Schweigen.

»Was ist unser erster Schritt, Mr. Newhouse?«

»Unser ganzes Geld von der Bank abzuheben«, erwiderte ich. »Und sag schon John zu mir!«

»In Ordnung, John. Warum? Werden wir nicht anheuern?«

»Das ist kein Vorhaben, in das man sich blind hineinstürzt«, sagte ich und sprach mit übertriebener Deutlichkeit. »Wir müssen die Situation genau prüfen, die Grundelemente des Gewebes kennenlernen, dazu etwas vom Slang der Seeleute. Wir müssen Vorräte einkaufen und unseren Haarschnitt wahrscheinlich auf den zur Zeit vorherrschenden Seehundstil trimmen. Wir müssen so aussehen, als wüßten wir, was Sache ist, auch wenn wir Außenweltler sind. So wie es aussieht, könntest du Schwierigkeiten haben, einen Job zu finden. Du wirst als einfacher Matrose anheuern müssen.«

»Einfacher Matrose, hä? Nun ja, soll mir recht sein. Ich will nichts Besseres sein.«

»Klar«, sagte ich. »Wieviel Geld hast du?«

Calothrick wirkte verdutzt und unsicher. »Nicht sehr viel. Rund fünfhundert Monun.«

»Das sollte für unsere Vorräte wohl reichen; und vielleicht bleibt genug übrig, um den Seeleuten ein paar Runden zu spendieren. Auf welcher Bank hast du dein Konto?«

»Ich hatte noch keine Zeit, eines zu eröffnen; ich hab' alles in Kreditbriefen.«

Ich schickte Calothrick los, um Bargeld aufzutreiben,

während ich in einer Kneipe am Rand der Klippe über den Docks ein Zimmer mietete. (Die Hochinsel lag eine halbe Meile über dem Meeresspiegel und entging dadurch der gröbsten Staubverschmutzung.)

Als Calothrick zurückkam, schickte ich ihn nach unten, um den Seeleuten einen auszugeben und ihre Eigenschaften zu studieren. Ich ging zwei Staubmasken kaufen. Alle Seeleute trugen sie. Der feine Staub, von Windstößen aufgewirbelt, kann die Lungen innerhalb weniger Tage zerstören. Selbst die dicken Haarbüschel in den Nasenlöchern der eingeborenen Nullaquaner können das Zeug nicht vollständig ausfiltern, ebensowenig wie ihre kamelgleichen Wimpern und dichten Augenlider vollständigen Schutz bieten können. An der Küste reichen sie aus, aber auf See trägt jeder eine festanliegende elastische Maske mit einem rüsselähnlichen runden Filter und runden Kunststoffaugen.

Der Kapitän und seine Maate erteilten ihre Befehle über Lautsprecher, die mit winzigen Mikrophonen in ihren Masken verbunden waren. Die Mannschaft hatte keine Lautsprecher in den Masken – als sei jegliche Unterhaltung zwischen ihren Mitgliedern überflüssig.

Jeder Walfänger hat Stirn- und Wangenflächen seiner Maske mit Insignien bemalt. Sie haben die unterschiedlichsten Ausprägungen in Form und Farbe; eine der wenigen Ausdrucksweisen ihrer eigenen Persönlichkeit. Ich kaufte mehrere Farbtuben und einige Pinsel für Calothrick und mich. Die natürliche Farbe der Masken ist ein glänzendes Schwarz; deshalb kaufte ich auch etwas schwarze Farbe. Es könnte ja von Vorteil sein, plötzlich die Insignien zu ändern. Schließlich kann man einen Walfänger an seiner Staubmaske erkennen.

Nachdem wir Seemannstracht gekauft und unser Haar geschnitten hatten, gingen Calothrick und ich den Aufzug zu den Klippen hinab, um die Walfängerflotte in Augenschein zu nehmen. Wir nahmen unsere Seesäcke und Fremdenausweise mit. Die ersten drei Schiffe wollten nichts mit uns zu tun haben. Sie waren zwar bereit, mich als Koch zu nehmen, wollten aber von Calothrick, der zu offenkundig ein Ignorant war, nichts wissen.

Schließlich kamen wir zu dem braven Schiff *Lunglance*, das unter dem Kommando eines gewissen Nils Desperandum stand. Desperandum – klar erkennbar ein Pseudonym – war ebenfalls ein Außenweltler. Er war ein massiger Mann, groß geworden unter einer Schwerkraft von doppelter Erdanziehungskraft.

Obwohl er nur einen Meter fünfzig groß war, verfügte Desperandum mit seiner unglaublichen Masse und dem dichten blonden Bart über eine Gehorsam erheischende Erscheinung. Er musterte uns. »Koch und einfacher Matrose?« fragte er scharf.

»Ääh … aye, aye, Sir«, setzte Calothrick an, aber mit einem schnellen »Yes, Sir« schnitt ich ihm das Wort ab.

»Irgendwas dagegen, mit Außenweltlern zu segeln? Auf diesem Kahn nehmen wir's nicht so genau.«

»Überhaupt nicht, Käpt'n, wenn sie nichts dagegen haben, mit uns zu segeln.«

»Sehr gut, dann schreibt euch ein. Der Gewinnanteil des Kochs beträgt ein Fünfundzwanzigstel. Mr. Calothrick, ich fürchte, mehr als ein Dreihundertstel kann ich Ihnen nicht anbieten. Aber es gibt einen Bonus, wenn die Fahrt gut verläuft.«

Calothricks Gesicht verdüsterte sich, aber ich schaltete mich ein, ehe er irgendwelche Einwände erheben konnte. »Wir sind damit einverstanden, Käpt'n.«

»Gut. Calothrick, fragen Sie Mr. Bogunheim nach einer Koje. Er ist unser dritter Maat. Morgen setzen wir die Segel.«

Wir setzten unsere Unterschrift ins Logbuch und waren abfahrbereit. Die *Lunglance* war ein typisches Beispiel für einen Staubwalfänger-Trimaran. Sie war fünfunddreißig Meter lang und am Querholz dreißig Meter breit. Sie war ausschließlich aus Metall gebaut, da Nullaqua kein Holz hat. Ihre drei Metallrümpfe wurden durch die Schmirgelwirkung des Staubmeers ständig auf Hochglanz poliert. Sie besaß vier Masten und eine verwirrende Anzahl von Segeln: Marssegel, Bramsegel, vordere Oberbramsegel, Großsegel und Besansegel, zwanzig Stück alles in allem. Ihr Deck war von einer Art Kunststoff überzogen, der aus Schmierfett und gepreßten Walknochen gewonnen wurde; sonst hätte die gnadenlose nullaquanische Sonne das Deck so sehr erhitzt, daß man nicht mehr darauf hätte stehen können. Die Mannschaft schlief in luftdichten, mit Filtern ausgestatteten Walhautzelten, die mit großen Eisenringen und -bolzen am Deck befestigt waren.

Kapitän Desperandum schlief in seiner Kabine unter Deck am Heck; ich schlief in der Nähe des Bugs in der Küche, direkt neben dem Vorratslager des Schiffs. Beide Kabinen waren über den Luken durch elektrostatische Felder vor dem Staub abgeschirmt. Die Felder wurden von einem kleinen Generator im mittleren Rumpf mit Energie versorgt; er lief mit Waltran.

Fünfundzwanzig Männer waren an Bord: ich selbst, der Koch, Kapitän Desperandum und seine drei Maats, Flack, Grent und Bogunheim; zwei Küfer, zwei Schmiede, unser Kajütenjunge Meggle und fünfzehn Matrosen. Alle außer Calothrick waren stämmige Nullaquaner mit haarigen Nasen und erschreckend anonymen Gesichtszügen.

Und dann war da noch unser Ausguck, die chirurgisch veränderte fremde Frau, Dalusa. Von ihr werde ich später noch viel zu berichten haben.

3

Ein Gespräch mit dem Ausguckposten

IM MORGENGRAUEN SETZTEN WIR SEGEL und nahmen Kurs auf die Krillgründe nahe der Seemöwen-Halbinsel. Das Frühstück bestand aus Haferschleim und erforderte meinerseits wenig Mühe; der Kapitän und seine Maate aßen Gebäck und geräucherten Tintenfisch.

Die Mannschaft aß auf Deck in einem langgestreckten Kombüsenzelt. Selbst ohne Maske ist der nullaquanische Matrose, wenn er auf See ist, ungewöhnlich wortkarg. Ich bemerkte, daß Calothrick in der Nacht seine Maske bemalt hatte; jetzt trug er auf jeder Wange einen blauen gezackten Blitz. Das Zeichen war einzigartig, kein eingeborener Nullaquaner hatte jemals einen Blitz gesehen.

Nach einigem Nachdenken entschied ich mich für ein gebrochenes Herz als mein eigenes Motiv.

Die Mittagsmahlzeit erwies sich als schwieriger. Mein Vorgänger hatte mir arg zugerichtete Utensilien hinterlassen, große Töpfe und Schüsseln von zweifelhafter Sauberkeit und ein Regal voll unbeschrifteter Gewürze. Ich bin stolz auf meine Beherrschung der gastronomischen Kunst, aber diese primitiven Bedingungen behinderten mich doch sehr.

Ich ließ Meggle, den Kajütenjungen, die Töpfe säubern, während ich die Gewürze untersuchte. Eins hatte einen scharfen metallischen Geschmack, der an rostiges Eisen erinnerte; das zweite besaß entfernte Ähnlichkeit mit Meerrettich; ein drittes entsprach unserem Senf, hatte aber einen bitteren Nachgeschmack. Das vierte war Salz. Was das fünfte war, habe ich nie herausgefunden. Ein einziger Hauch überzeugte mich, daß es verdorben war.

Ich zog eine Kiste Schiffszwieback aus dem Vorratsraum nebenan und schaffte es, ihn schmackhaft zu machen. Es war eine heldenhafte Aufgabe, aber ich wurde durch die ungeteilte Aufmerksamkeit belohnt, die die Walfänger ihrem Essen zollten. Ohne ihre Masken sahen sie alle gleich aus. Bis auf gelegentliche Rülpser schwiegen sie so verbissen, daß ich mich fragte, ob sie eine Meuterei planten.

Sie schienen ein mürrischer Haufen zu sein. Alle trugen khakibraune oder blaue Schlodderhosen und Kordhemden. Ihre Arme waren gebräunt, ihre Gesichter blaß mit schwachen Kerben an den Seiten, wo die Staubmasken anlagen. Sechs der Männer hatten sich von den Schläfen über den Kopf einen schmalen Streifen ausrasiert, um einen dichteren Sitz zu erreichen. Die Crew war bis zum letzten Mann mit Symbolhalsbändern geschmückt, dünnen Metallketten, an denen eines oder mehr Symbole der Teile Gottes klimperten; denn nach dem merkwürdigen nullaquanischen Glauben war das Höchste, was ein Mensch erwarten konnte, die Aufmerksamkeit eines geringen Bruchteils der Gottheit. Wachstum, Glück, Liebe, Einfluß – alle normalen Seemannssymbole waren vertreten, einige auch auf Ringen und Armreifen. Die Schmuckstücke selbst wurden nicht als magisch getrachtet, sondern dienten nur als ein Brennpunkt für Gebete. Obwohl ich nicht religiös war, besaß ich selbst einen Platin-Schöpfungsring – ein Künstlersymbol.

Die Männer aßen mechanisch, die Gesichter leidenschaftslos, als wären sie es nicht gewohnt, Gefühle auszudrücken oder als wären die blassen Gesichter nur eine weitere Maske, wie von unsichtbaren Bändern gehalten.

Sie aßen an einem langen, kunststoffbeschichteten

Tisch, der mit dem Deck verschraubt war. Am Ende des Zelts stand ein zweiter Tisch wie der Querbalken eines T. Auf ihm stand das Essen. Zwischen den beiden Tischen war gerade genug Platz für die Männer, ihre Plastikteller zu nehmen und sich selbst zu bedienen.

Calothrick, des monotonen Mahlens der Kiefer müde, versuchte mit dem ergrauten Veteranen neben sich ein Gespräch anzufangen. »Schönes Wetter heute«, sagte er.

Alle Männer hörten zu essen auf. Die Gabel in der Hand starrten sie auf den unglückseligen Calothrick, wobei sie ihm das gleiche klinische Interesse widmeten, das ein Arzt vielleicht für einen Furunkel aufbringt. Schließlich, als sie aus seinem verlegenen Schweigen folgerten, daß er nichts mehr zu sagen hatte, aßen sie weiter.

Es war ohnehin eine unglückliche Gesprächseröffnung gewesen. In Nullaqua gab es kein Wetter. Nur Klima.

Meine erste Begegnung mit der fremdartigen Frau, Dalusa, hatte ich bei der letzten Mahlzeit des Tages. Die Sonne war schon hinter dem Westrand des Nullaqua-Kraters gesunken, und der Abend wurde durch den staubgefilterten rosigen Schimmer erhellt, der von den Klippen vierhundert Meilen östlich reflektiert wurde. Ich arbeitete in der Küche, als sie durch die Luke kam.

Dalusa war gut einen Meter fünfzig groß. Schwarze, pelzbedeckte Fledermausschwingen an knöchernen Streben verlängerter Mittelhandknochen und Fingerglieder, legten sich um ihren Körper. Sie hatte an jeder Hand zehn Finger; fünf trugen die Schwingen, die übrigen waren frei und ähnelten bis hin zu dem roten Lack auf den Fingernägeln einer menschlichen Hand. Ihre Arme waren von ungewöhnlicher Länge; sie hätte bis zu ihren Knien hinabgereicht, hätte sie sie nicht gewohnheitsmäßig in den Ellbogen gebeugt und die Hände vor der Brust verschränkt.

Ich spürte momentane Überraschung und war nicht

in der Lage zu sagen, ob sie eine Fledermaus war, die zu einer Frau umgewandelt worden war, oder eine Frau, die eine Fledermaus zu sein versuchte.

Dalusas Gesicht war von einer verfeinerten gemeißelten Schönheit, die nur von einer chirurgischen Veränderung stammen konnte. Ein Künstler hatte das Skalpell geführt.

Sie trug ein lockeres, extrem leichtes weißes Gewand, eigentlich nur eine Art milchig-trüber Schleier, der von ihren muskulösen Schultern bis auf die Knie hinunterhing. Ihre Beine stimmten irgendwie nicht. Ihr Gang war ein wenig schief, fast ein Watscheln. Es schien offenkundig, daß sie mit Beinen geboren worden war, die sich von ihren jetzigen pseudomenschlichen Gliedmaßen radikal unterschieden.

Dalusa hatte schulterlanges schwarzes Haar, das von dem gleichen trüben Glanz wie der samtene Pelz auf ihren Schwingen war.

Sie sprach. Ihre Stimme war ein leiser, melodischer Bariton, so erstaunlich in seiner zarten klanglichen Andersartigkeit, daß ich beinahe nicht auf ihre Worte achtete.

»Sind Sie der Koch?«

»Jawohl, Madam«, sagte ich nach einer Pause. »John Newhouse aus Venedig, Erde. Was kann ich für Sie tun?«

»Jonnuhaus?« wiederholte sie blinzelnd.

»Jawohl.«

»Mein Name ist Dalusa, ich bin der Ausguckposten. Möchten Sie meine Hand schütteln?«

Ich schüttelte ihre Hand. Ihr Griff war schwach und ihre Hand außergewöhnlich heiß, aber nicht feucht. Offenbar war ihre Körpertemperatur um einige Grade höher als die eines Menschen.

»Sie reden ja«, sagte sie, »das ist schön. Von den Matrosen spricht keiner mit mir – eine Art Brauchtum, denke ich. Ich vermute, sie glauben, ich bedeute Unglück.«

»Wie kurzsichtig von ihnen«, sagte ich.

»Und Kapitän Desperandum ist sehr verschlossen. Sagten Sie nicht, Sie kämen von der Erde?«

»Ja.«

»Das ist die Geburtsstätte der Menschheit, nicht wahr? Sie und ich, wir werden einmal darüber sprechen müssen. Ich bin sehr daran interessiert. Ich wollte Ihnen eigentlich sagen, daß ich die Erlaubnis habe, meine eigenen Mahlzeiten zuzubereiten. Ich fürchte, ich muß einen Teil Ihrer Küche in Anspruch nehmen.«

»Vielleicht mögen Sie meine Art zu kochen nicht. Ich kenne auch andere Arten.«

»O nein, nein, das ist es nicht. Aber es gibt Spurenelemente ... und ich bin gegen Proteine in der Nahrung allergisch. Und dann sind da noch Bakterien. Ich muß viele Vorschriftsmaßnahmen treffen.«

»Dann werden Sie wohl oft hier sein.«

»Ja. Ich bewahre meine Nahrungsmittel in dieser Kiste auf.« Mit ihren unnatürlich verlängerten Armen wies sie auf einen blauen, von Metallbändern umgebenen Behälter. Er stand unter einem Eisentisch, der am Küchenboden festgeschraubt war.

Ich prüfte ein halbes Dutzend aufgehender Törtchen im Herd, während die fremdartige Frau ihre Kiste hervorzog und öffnete. Sie nahm einen Messingtopf und besprühte ihn dann mit antibiotischem Allzweck-Aerosol.

»Ist das Ihre erste Walfängerreise?« fragte ich.

Sie schüttelte ein halbes Dutzend biskuitähnlicher Fleischscheiben in den Topf, streute Gewürze darüber und setzte den Topf auf die Waltranpfanne. Ich betätigte ein paarmal die Handpumpe, um sicherzugehen, daß sie gleichmäßig brannte.

»O nein; das ist meine dritte Reise mit Kapitän Desperandum. Nach dieser Fahrt werde ich wohl genug Geld zusammengespart haben, um den Planeten zu verlassen.«

»Wollen Sie ihn unbedingt verlassen?«

»Unbedingt!«

»Warum sind Sie dann überhaupt hierhergekommen?«

»Freunde haben mich mitgenommen. Zumindest dachte ich, sie seien meine Freunde. Aber sie haben mich hier zurückgelassen … Ich habe sie nicht verstanden. Vielleicht konnte ich es nicht.«

Ein schwacher, beißender Hauch bratenden fremdartigen Fleischs kam vom Herd. »Eine grundlegende psychologische Dichotomie«, vermutete ich.

»Nein. Ich bin sicher, das kann es nicht sein. Nein, mit meinen eigenen Leuten war es noch schlimmer. Ich habe nie zu ihnen gepaßt, bin nie akzeptiert worden. Ich war nie *kikiye'*.« Ihr veränderter Mund machte verzerrte Bewegungen, um das Wort auszusprechen.

»Deshalb haben Sie sich also verändern lassen.«

»Was dagegen?«

»Ganz und gar nicht. Sie sind also hier zurückgeblieben, brauchen Geld und haben bei Desperandum angeheuert?«

»So ist es.« Sie nahm einen biegsamen Spachtel aus der Schublade, besprühte ihn mit Aerosol und wendete die Fleischscheiben. »Sonst wollte mich niemand nehmen.«

»Und Desperandum nimmt's nicht so genau.«

»Richtig. Er ist natürlich ein Fremder, und er ist auch sehr alt. Glaube ich.«

Das waren schlechte Neuigkeiten. Es war nicht abzusehen, welches bizarre Verhalten ich von Desperandum zu erwarten hatte. Menschen werden gerissen und ihre Motive seltsam, wenn die unterbewußte Todessehnsucht sich als verräterisch herausstellt.

»Er scheint ein ganz anständiger Kerl zu sein«, sagte ich und lächelte. »Zumindest hat er einigen Geschmack bewiesen, indem er Sie angeheuert hat.«

»Sie sind sehr freundlich.« Sie nahm einen schmutzigen Teller aus dem Regal, schabte ihn mit grobem Sand aus und sterilisierte ihn dann. Sie hob den Topf vom Feuer und spießte ein Stück Fleisch mit einer langen Gabel auf. »Haben Sie etwas dagegen, daß ich hier esse?«

»Nein. Warum sollte ich?«

»Die Männer im Kombüsenzelt mögen es nicht, wenn ich mit ihnen esse.«

»Ich würde meinen, Ihre Gesellschaft sei ein großer Vorzug.«

Sie legte ihre Gabel beiseite. »Mr. Jonnuhaus…«

»John.«

»John, ich zeige dir etwas.«

Sie streckte ihre rechte Hand aus. Ich schaute sie an. Ein roter Hautausschlag zog sich über ihre Finger. Ich griff nach ihrem Arm. »Du hast dich verbrannt.«

»Nein! Faß mich nicht an!« Sie sprang zurück und entfaltete rasch ihre Schwingen. »Siehst du, du hast meine Hand geschüttelt. Deine Hand war ein wenig feucht, und sie trägt Enzyme, Fette, Mikroorganismen. Ich bin allergisch, John.«

»Ich habe dich verletzt.«

»Es ist nichts. In einer Stunde wird es weg sein. Aber verstehst du jetzt, warum die Matrosen…? Ich kann nie jemanden berühren. Oder jemanden erlauben, mich zu berühren.«

Einige Sekunden lang schwieg ich. »Das ist ein Unglück«, sagte ich schließlich. Beim Anblick des Hautausschlags breitete sich ein Übelkeit erregendes Gefühl in mir aus, das sich verdoppelte und verdreifachte, als ich ihre Erklärung hörte.

Sie faltete ihre Schwingen wieder zusammen, so daß sie wie eine Toga in glatten Falten herabfiel, und richtete sich schwerfällig zu voller Größe auf. »Ich weiß, daß es zu anderen Dingen führt, wenn ein Mann und eine Frau sich berühren. Diese Dinge würden mich umbringen.«

28

Meine Übelkeit nahm zu. Ich fühlte mich ein wenig schwach. Ich hatte mich von Dalusa nicht wirklich angezogen gefühlt, als ich sie das erste Mal sah. Aber als ich von ihrer Unerreichbarkeit erfuhr, spürte ich einen plötzlichen Taumel der Begierde.

»Ich verstehe«, sagte ich.

»Ich mußte dir das sagen, John, aber ich hoffe, wir werden trotzdem gute Freunde sein.«

»Dafür sehe ich kein Hindernis«, sagte ich bedächtig.

Sie lächelte. Dann nahm sie mit ihren rotlackierten Fingernägeln eine Scheibe Fleisch von ihrem Teller und aß genüßlich davon.

4
··

Eine seltsame Enthüllung

AM VIERTEN TAG UNSERER FAHRT machte ich eine merkwürdige Entdeckung. Es geschah, während ich den Laderaum des Schiffs nach etwas durchsuchte, das meinen einigermaßen anspruchsvollen Gaumen anregen konnte. Ich untersuchte ein Bierfaß mit meinem Seemannsmesser, als die Spitze der Klinge abglitt und mir das Messer aus der Hand flog. Als ich in der Dunkelheit einer Ecke des Laderaums nach ihm suchte, bemerkte ich plötzlich einen haarfeinen Spalt im Schott. Es handelte sich um die Nahtstelle einer getarnten Tür. Meine Neugier war geweckt. Die Tür besaß einen Riegel, den ich schnell fand; und so entdeckte ich, daß die *Lunglance* eine versteckte Kabine besaß.

In der engen Nische befanden sich verschiedene Einzelteile eines Motors, vervollständigt durch Batterien, einen Propeller, zwei große Sauerstofftanks und einen Zuber voll Leim. Der Leim war außergewöhnlich zäh. Ich fand mein Messer und tauchte die Klinge hinein. Ich mußte kräftig ziehen, um es wieder herauszubekommen. Ich verschloß den Zuber wieder, schloß die versteckte Tür, ging an Deck und warf das Messer über Bord. Es war unmöglich, den Leim abzubekommen, und es hätte mein Wissen um das Geheimnis verraten.

Wegen seiner Lage über einem tiefen Loch hat das Staubmeer längere Nächte als Tage. In dieser Nacht hatte ich viel Zeit, über meine Entdeckung herumzurätseln. Vor allem der Propeller verblüffte mich. Diese

Geräte werden auf See niemals benutzt, weil sie Staubwolken aufwirbeln.

In einem war ich sicher: Nur Kapitän Desperandum konnte für die versteckte Nische verantwortlich sein, da nur er die Änderungen hatte anordnen können. Die meisten Walfängerkapitäne standen im Dienst einer Firma an der Küste, aber die *Lunglance* war im Besitz Desperandums.

Und damit fanden die Merkwürdigkeiten unseres Kapitäns noch kein Ende. Am nächsten Morgen befahl Desperandum plötzlich, alle Segel zu reffen. Die *Lunglance* lag still im Staub.

Desperandum kam aus seiner Kabine und trug mindestens zweihundertfünfzig Pfund hochwertigster Angelschnur. Das Deck ächzte unter seinem Gewicht, denn er selbst wog an die dreihundertsechzig Pfund. Er holte einen Haken von der Größe meines Arms hervor, befestigte einen Klumpen Haifischfleisch daran und warf ihn über Bord. Dann zog er sich in seine Kabine zurück und verlangte sein Frühstück. Eilends gehorchte ich. Er aß, schickte seine Maate hinaus und rief mich dann in seine Kabine.

Desperandums Kajüte war spartanisch ausgestattet; eine maßgefertigte Koje, einen Meter achtzig lang und einen Meter fünfzig breit; ein wuchtiger Drehstuhl aus Metall und ein Arbeitstisch, der von der Wand heruntergeklappt wurde. Kartenausschnitte von Nullaqua, handgezeichnet auf billigem, schnell gilbendem Diagrammpapier, waren mit Heftwachs an den Wänden befestigt. In der verglasten Vitrine zu meiner Rechten befanden sich Glaszylinder mit verschiedenen präparierten Proben nullaquanischer Fauna. Der ausgestopfte Kopf eines großen fleischfressenden Fischs war auf einer an die Heckwand geschraubten Metallplatte angebracht. Seine Kiefer klafften weit auf und enthüllten verfärbte, sägeblattartige Zähne. Darunter waren dicke Glasfenster, die einen Ausblick auf das unbewegliche graue Staubmeer erlaubten. Der Westrand des Kraters erhob sich am Horizont; er leuchtete im Sonnenlicht wie eine riesige Mondsichel.

»Newhouse«, sagte der Kapitän, während er sich mit einem Ächzen in den Drehstuhl setzte. »Sie kommen von der Erde. Sie wissen, was Wissenschaft ist.« Desperandum sprach leise und krächzend.

»Ja, Sir«, sagte ich, »und ich habe größten Respekt vor der Akademie.«

»Die Akademie.« Desperandums Widerwille war unverkennbar. »Sie irren, Newhouse, und Sie irren beträchtlich, wenn Sie wirkliche Wissenschaft mit diesem total altersschwachen Narrenhaufen in Verbindung bringen. Was kann man von Männern erwarten, die dreihundert Jahre aufbringen müssen, nur um den Doktortitel zu erlangen?«

»Ja, Sir«, sagte ich und stellte ihn auf die Probe. »Alte Leute neigen in der Tag manchmal dazu, sich zu verrennen.«

»Genau!« sagte er. Desperandum war scharfsinniger, als er aussah. »Ich bin Wissenschaftler«, sagte er. »Ohne Doktortitel, vielleicht, ein falscher Name, möglicherweise, aber das ist alles nur Firlefanz. Ich bin hier, um etwas herauszufinden, und wenn ich etwas herausfinden will, dann räume ich jedes Hindernis aus dem Weg. Ist Ihnen klar, wie wenig wirklich über diesen Planeten bekannt ist? Oder über diesen Ozean?«

»Die Menschen leben seit fünfhundert Jahren hier, Käpt'n.«

»Fünfhundert Jahre voller Einfaltspinsel, Newhouse. Reden wir von Mann zu Mann.« Mit seiner fleischigen, von blonden Haaren bewachsenen Hand wies er auf eine Metallbank neben der Tür. Ich setzte mich. »Alle wesentlichen Fragen über Nullaqua sind immer noch unbeantwortet. Die ersten Erkundungstrupps – mit Unterstützung der Akademie, wohlgemerkt – nahmen ein paar Proben, erklärten den Ort für bewohnbar, und zogen wieder ab. Beantworten Sie mir diese Frage, Newhouse: Warum enthält alles, was hier lebt, Wasser in seinem Gewebe, obwohl es nie regnet?«

Ich rief mir die Bücher ins Gedächtnis, die ich gelesen hatte, bevor ich nach Nullaqua gekommen war. »Nun ja, ich habe gehört... man sagt, es gebe eine Art schlammigen Untergrund tief unter der Oberfläche... irgend etwas über wasserhaltige Pilze, die zur Vermehrung an die Oberfläche treiben. Sie platzen auf, und das Plankton absorbiert das Wasser.«

»Keine schlechte Theorie«, sagte Desperandum abwägend. »Ich will der erste sein, der sie beweist. Damit wir uns richtig verstehen, ich habe nichts dagegen zu verdienen. Sie kriegen Ihren Anteil von einer erfolgreichen Fahrt wie jeder andere auch.«

»Darum habe ich nie Angst gehabt, Käpt'n.«

»Aber da sind viele kleine Fragen, die an meinem Verstand nagen. Was verursacht die Strömungen im Staub? Wie tief reicht er? Was lebt dort unten, welche Arten von Aasfresser gibt es? Wie finden sie ohne Sicht und ohne Echo-Orientierung ihre Nahrung? Wie atmen sie? Es ist die Undurchsichtigkeit des Meers, die mich rasend macht, Newhouse. Ich kann nicht *hineinsehen.*

Und dann noch etwas. Wir wissen, daß dieser Ort unbewohnbar war, als die Alte Kultur hier war. Warum haben sie Vorposten auf der luftleeren Oberfläche errichtet?«

»Ich weiß nicht«, sagte ich scherzend. »Vielleicht haben sie sich vor etwas gefürchtet?«

»Ich fürchte mich nicht«, stellte Desperandum fest. »Aber wir müssen auch an die Besatzung denken. Die Leute können möglicherweise nicht verstehen, was ich tue; sie haben es nie verstanden. Sie sind den Leuten näher als ich; falls sie anfangen, unruhig zu werden, teilen Sie es mir mit. Ich werde dafür sorgen, daß es am Ende der Fahrt eine Prämie für Sie gibt.«

»Sie können sich auf mich verlassen, Käpt'n«, sagte ich, um ihn bei Laune zu halten. »Sie können vielleicht auch den jungen Calothrick in Betracht ziehen. Er kommt von der Außenwelt und ist noch näher bei der Crew als ich.«

Desperandums flache breite Stirn kräuselte sich, als er darüber nachdachte. »Nein«, sagte er schließlich. »Ich mag ihn nicht. Trauen Sie ihm nicht. Er hat etwas Schmieriges an sich.«

Das überraschte mich. Calothrick und schmierig? Ich nahm mir vor, ihn daraufhin zu prüfen. Vielleicht hatte er Entzugssymptome.

Desperandum fuhr fort. »Jedenfalls danke ich für den Vorschlag. Sie sind entlassen. Ach, übrigens, zu Mittag Vogelfisch-Kasserolle!«

»Aye, aye, Sir.« Ich ging.

Wie merkwürdig, dachte ich. Warum gab sich Desperandum mit derart Nutzlosem wie Wissenschaft ab?

Meine Träumerei wurde durch einen Schrei von Flack, dem ersten Maat, unterbrochen. Kapitän Desperandum hatte etwas am Haken.

Voller Eifer trippelte Desperandum aus seiner Kabine. Er hatte das Ende der Angelleine um die Trommel einer Winde geschlungen und befahl nun, sie sofort einzuholen. Seine Ungeduld war enorm, und zwei Mannschaftsmitglieder begannen, die Winde mit ungeheurer Geschwindigkeit zu drehen.

Ohne Unterlaß holten sie die Leine ein. Plötzlich durchbrach der Fisch die Oberfläche und explodierte. Die schnelle Druckveränderung war zuviel für ihn gewesen.

Enttäuscht untersuchte Desperandum die Fetzen des Fisches, die am Haken geblieben waren. Kleine glänzende Fische nagten an den Überresten, die meterweit in alle Richtungen verstreut worden waren. Am Haken befand sich gerade soviel von einem zerrissenen Kopf, um festzustellen, daß die Kreatur blind gewesen war.

Es gab keinen Hinweis darauf, wie sie in der luftleeren Tiefe atmete. Vielleicht atmete sie Silikon.

Desperandum unternahm einen zweiten Versuch. Diesmal setzte er den Kopf seines Fangs als Köder auf den Haken und warf ihn über Bord. Zwei andere Matrosen nahmen die Kurbel und begannen, die Leine abzurollen. Abwärts ging's, hundert Meter, zweihundert, dreihundert, vierhundert. Plötzlich packte irgend etwas den Haken, und die Winde begann sich mit irrwitziger Geschwindigkeit zu drehen; fast hätte sie den Arm des einen Matrosen gebrochen. Keiner wagte es, die Arretierung zu betätigen, die die Trommel stoppen würde; es hätte einem die Finger abreißen können.

»Abschneiden! Abschneiden!« sagte der zweite Maat.

»Keramikfaser!« überschrie Desperandum das Surren der Kurbel. »Sie wird halten!«

Auf einmal war die Leine zu Ende. Das Schiff rollte zur Seite, das Deck neigte sich, und mit schrecklichem Kreischen wurde die gesamte Winde von Deck losgerissen; einige Bolzen rissen ab, andere wurden einfach durch das Metall gerissen. Im Bruchteil einer Sekunde verschwand die mächtige Winde unter der Oberfläche.

Nachdenklich lehnte sich Desperandum auf die zerbrechliche Reling und beobachtete, wie der Staub an der Stelle, wo die Winde versunken war, aufgewirbelt wurde. Dann wandte er sich um und starrte auf die Walkräne, die an den Masten angebracht waren, als wären sie eine wundervolle Tiefsee-Angelausrüstung. Ich sah, wie einige Besatzungsmitglieder bedeutungsvolle Blicke wechselten. Desperandum kehrte in seine Kajüte zurück. Einen Augenblick später kam der Befehl, wieder Segel zu setzen. Die beiden Schmiede holten ihre Hämmer und die Reparaturausrüstung hervor und flickten die Löcher im Deck, die entstanden waren, als die Bolzen herausgerissen wurden.

Ich war auf dem Weg zur Küche, als vor mir plötzlich ein Schatten über das Deck huschte. Ich blickte nach oben und erschrak, als ich eine Art geflügeltes Monster sah, das durch die Luft glitt. Es hielt inne, flatterte und ließ sich präzise im Krähennest nieder. Es war Dalusa.

Aus den Hörnern im Krähennest ertönte eine Reihe von Signalen. Auf ihrem Erkundungsflug hatte die Ausguck-Frau zwei Meilen steuerbords einen Staubwal gesehen. Desperandum war sofort an Deck. Auf seinen Befehl hin drehte die *Lunglance* in den Wind auf Backbord-Position. Dann wurden Focksegelleinen schnell durch die Rollen gezogen, bis die Focksegel fast lotrecht im Wind standen. Einen Moment lang hing das Tauwerk schlaff; dann füllten sich die Segel mit einem dumpfen Knallen, und das Schiff krängte auf einen Steuerbordkurs. Die Focksegel wurden gespannt, und die *Lunglance* bewegte sich schwerfällig vorwärts. Die *Lunglance* bewegte sich immer schwerfällig. Sie war für große Geschwindigkeit gebaut, und es gab in dem 500-Meilen-Krater von Nullaqua kaum Chancen auf einen einigermaßen starken Wind.

Bald war der Wal in Sicht. Während das Schiff auf das lethargische Tier zukroch, öffneten drei der Matrosen Adern in ihrer Ellbogenbeuge und sammelten Blut in einem Becher. Blackburn, unser Harpunier, nahm den Becher und goß das Blut in die mittlere Kammer seiner kolbenartigen Harpune mit ihren vier glänzenden, mit Widerhaken versehenen Spitzen. Dann ging er gleichmütig zur Steuerbord-Harpunenkanone und lud sie. Es blieb genug Blut für zwei weitere Harpunen übrig, falls sie gebraucht wurden.

Es war merkwürdig – aber bequem –, daß menschliches Blut auf den Staubwal als tödliches Gift wirkte. Aber es war nicht merkwürdiger als die Tatsache, daß der Wal das Flackern produzierte. Wie alle guten Sachen ist auch Syncophin in ausreichender Menge ein tödliches Gift.

Wir segelten näher an das Tier heran, und es wurde größer und größer. Es schien, daß kein lebendes Geschöpf das Recht auf solch gewaltige Ausmaße haben konnte.

Plötzlich war an Steuerbord ein lauter *Zonng*-Laut zu hören. Aus der gewaltigen Masse in der Ferne wuchs plötzlich eine Harpune. Die Stille wurde durch einen schrillen Schrei unterbrochen. Es war der Wal.

Aufgeschreckt begann das Tier, auf uns zuzuschwimmen. Blackburn ergriff die Gelegenheit, um eine zweite und eine dritte Harpune in den breiten, gepanzerten Rücken zu versenken. Mit einem letzten geängstigten Quieken ging die Kreatur unter, nur wenige Meter von unserem Bug entfernt. Es dauerte keine Minute, dann trieb sie an die Oberfläche – tot. Der Staubwal war ein gewaltiges, flunderähnliches Geschöpf, dreiundzwanzig Meter lang und an die neun Meter breit. Der größte Teil seines Körpers war sein Maul, ein gewaltiger Spalt, der vor Fischbein strotzte. In seinem Rachen hatte er Zähne, um das hartschalige nullaquanische Plankton zu zermalmen. Die beträchtliche Menge Silikon, die er auf diese Weise zu sich nahm, benutzte der Wal, einen zähnen schwarzen Panzer zu bauen, der von Streifen grauer Walhaut gehalten wurde. Dieser Panzer ist zwar zäh, aber dehnbar; wäre er starr, müßte das Tier sich häuten, wenn es wuchs. Dem Wal gab es ein seltsames Sechseckmuster, das sich schwarz und grau über den gesamten Körper erstreckte. Man konnte das Alter eines Wals feststellen, indem man die Wachstumsringe auf einer Panzerplatte zählte. Die Ringe waren nicht sehr ausgeprägt, da Nullaqua keine Jahreszeiten kennt und die Nahrungsversorgung konstant ist. Aber die Jahresringe waren da, und es war selten, daß man einen Wal fand, der älter als fünfzig Jahre war. Wie alle nullaquanischen Oberflächenfische ist der Staubwal Luftatmer und Kaltblüter. Staubwale trifft man oft in Herden an.

Wir kreuzten an das tote Ungeheuer heran. Sechs Besatzungsmitglieder, darunter Calothrick, sprangen vom

Schiff auf den Rücken der Kreatur; sie trugen große Haken, die an Metallseilen befestigt waren.

Der Ausguckposten stieß zweimal heftig ins Horn. Das war das Warnsignal für Haie. Ein weiteres Signal des kleineren Horns gab ihre Position an: drei Grad backbord.

Mr. Grent, der zweite Maat, überwachte den Verladevorgang. Er war jetzt aufgeregt, und die Matrosen sprangen hektisch auf dem Walrücken umher und versenkten ihre Haken so tief wie möglich im Fleisch des Ungeheuers. Das beste war, man erwischte eine Rippe.

Ich hatte schon viel über die nullaquanischen Haie gehört, also überquerte ich das Deck, um sie herankommen zu sehen. Was für eine Enttäuschung! Von Westen näherte sich ein kleiner Schwarm fliegender Fische, deren Chitinflügel wie Edelsteine in der Sonne aufblitzten. Waren das etwa die legendären Raubtiere, diese flatternden Geschöpfe, die kaum größer als irdische Goldfische waren? Aber vielleicht gab es eine ungeheure Anzahl von ihnen, mit kleinen, aber scharfen Zähnen und ohne jeglichen Trieb zur Selbsterhaltung ...

Da sah ich unter den fliegenden Fischen Flossen die Oberfläche zerteilen, und ein halbes Dutzend glänzend schwarzer Körper pflügten wie heranschießende Torpedos durch den Staub. Es war verblüffend, fast schon makaber, als sich plötzlich die zwiebelförmige Spitze jeder Rückenflosse öffnete und ein großes, starres blaues Auge enthüllte!

Dann waren die fliegenden Fische also nur Lotsenfische, die die Haie im Austausch für ein paar Leckerbissen zum Schlachtplatz leiteten. Dank ihrer Flügel kamen sie viel höher und konnten viel weiter sehen als die staubgebundenen Haie.

Plötzlich drückte mir der dritte Maat, Mr. Bogunheim, einen langschäftigen Walfangspaten in die Hand und befahl mir schreiend, dabei zu helfen, die Raubfische zurückzutreiben. Nur zu gerne rannte ich über das Deck an die Reling, wo die übrige Besatzung stand.

Die Haie griffen bereits an. Der Staub trübte sich wie Lava, und dicke Spritzer rötlicher Flüssigkeit schossen aus dem zerfetzten Körper des Wals. Die Matrosen hatten alle Haken im Fleisch versenkt und sprangen auf Deck, wo sie relativ sicher waren. Die Winden und der dreifache Flaschenzug klapperten und knarrten, als der Wal langsam, ganz langsam an Bord gehievt wurde. Das Schiff bekam ein wenig Schlagseite. Ich rammte meinen Spaten in die wimmelnde Masse der Haie und spürte, wie er durch Fleisch stieß. Ein Matrose stöhnte unter seiner Maske, als einer der Lotsenfische auf das Deck flog und ihn schmerzhaft in die Wade biß. Diese Fische waren klein, besaßen aber scharfe Zähne. Sie flatterten an Bord, um die Matrosen zu stören, fielen auf das Deck und huschten dann auf ihren steifen Flügeln wie Riesenameisen über Bord.

Einen Moment unterbrach ich meinen Angriff auf die Haie, um einen fliegenden Fisch zu zertreten. Plötzlich wurde mir der Walfängerspaten fast aus den Händen gerissen. Erschrocken zog ich einen ein Meter fünfzig langen Metallstumpf heraus, der glatt durchgebissen war. Ich war bestürzt. Da sah ich einen Lotsenfisch auf mich zuflattern. Ich schwang den Stumpf wie einen Baseballschläger und schickte das Tier zerschmettert zurück ins Meer.

Plötzlich schwebte eine flüchtige Gestalt, von gekrümmten Schwingen in der Luft gehalten, über den Rand des Schiffes: Dalusa, die ein Netz aus metallenen Maschen hinter sich herzog. Der flatternde Haufen der Lotsenfische störte die Walfänger nicht länger und suchte eilig die Sicherheit des Meeres.

Die Mannschaft machte Platz, als der hochgehievte Wal langsam auf das Deck niederkam. Die *Lunglance* neigte sich, und dickflüssiges rötliches Blut rann unter der Reling ins Meer. Ein Hai, gefräßiger als die übrigen, sprang hinter seinem entschwundenen Opfer her auf das Deck. Zappelnd und zuschnappend biß er einen letzten blutenden Fleischklumpen heraus und rollte wieder über Bord.

Unschlüssig trieben die Haie in dem blutigen Staub. Dann zogen sie Ihre toten Artgenossen aus der Reichweite der Spaten, verschlangen sie gemächlich und schwammen lustlos davon.

Die Mannschaft machte sich daran, den Wal zu zerlegen. Zuerst wurde die gepanzerte Haut in Streifen geschnitten und dann in einer Kupferwanne mit einer Chemikalie getränkt, die sie geschmeidiger machte. Dann wurde das Fleisch mit Spaten und Äxten abgelöst. Stück für Stück wurde es in einen knarrenden, handbetriebenen Wolf gesteckt, um Tran und Wasser auszuscheiden. Unsere beiden Küfer zersägten die breiten, daubenförmigen Rippen und fingen an, sie zu elfenbeinernen Fässern zu verarbeiten. Die kleineren Rippen und einige der Wirbelknochen wurden für Schnitzereien aufbewahrt.

Unter dem Vorwand, Walsteaks herauszuschneiden, schaufelte ich ein paar Pfund Eingeweide in einen Eimer und versteckte ihn in der Küche.

Die Mannschaft schaffte die verbliebenen Abfälle mit Schaufeln und metallborstigen Besen über Bord. Ich schaute über die Reling. Wo die Feuchtigkeit auftraf, verklumpte sich der ausgetrocknete Staub zu einer schiefergrauen, teigigen Masse. Bald, so wußte ich, würden die kristallinen Sporen des nullaquanischen Planktons das Vorhandensein von Wasser spüren und zu wachsen beginnen; dann wuschen sie die ganze Feuchtigkeit durch ihre winzigen Porenaufsauger, um den Staub auf biochemischem Wege zu einer transparenten glimmerähnlichen Schale umzuwandeln. Eine seltsame Welt, dachte ich, in der ein Mann sich über die Reling beugen und Smaragde ausspeien konnte.

Eine primitive, aber bequeme Art der Syncophin-extraktion war die Bearbeitung mit Methylalkohol. Als die Crew also in dieser Nacht zu feiern begann, nahm ich mir einige Liter Starkbier und machte mich jetzt ans Werk.

Das Verfahren war schon halb abgeschlossen, als ich ein hastiges dreifaches Klopfen an der Luke hörte. Ich nahm das Gebräu von der Flamme und stellte es in den Herd, dann ging ich die Treppe hinauf und öffnete die Luke. Es war Calothrick.

»Heiliger Tod«, lästerte er, ging die Stufen hinab und zog seine mit Blitzen bemalte Staubmaske ab. Auf seinen Schläfen und den mit spärlichen Bartstoppeln bewachsenen Wangen zeichneten sich rote Streifen von den Nahtstellen der Staubmaske ab. »Ich kann dieses Bier nicht ausstehen.« Er schnüffelte und grinste dann.

»Wußte doch, daß man sich auf dich verlassen kann, John«, sagte er glückstrahlend. Er öffnete den Reißverschluß seines Seemannsanzugs und zog ein flaches Plastiketui aus einer Innentasche. In einer Ecke waren ein paar Tropfen Syncophin.

»Ich habe etwas aufgespart«, sagte er, »willst du einen Schuß?«

»Warum nicht?« erwiderte ich. Calothrick zog seine Augenpipette aus dem Gürtel.

»Ich hatte vor, hier runterzukommen und mich ein bißchen zu unterhalten«, sagte er. »Du hast es ganz schön bequem hier unten. Du mußt dich nicht mit diesem stinkenden Haufen Matrosen zusammentun. Was für eine Bande von Schweigern! Ich glaube, sie wissen gar nicht, wie man sich unterhält. Ich meine, so wie du oder ich.« Er reichte mir die Pipette. »Hier, du kannst die erste haben.«

Ich schaute auf die reichliche Dosis Syncophin, die er mir in unangebrachter Großzügigkeit gegeben hatte. »Ich setz mich wohl besser dafür«, sagte ich.

Calothrick blinzelte mir zu. »Schon ein Weilchen hier,

was? O Mann, ohne das Zeug nehmen die Tage überhaupt kein Ende!«

Ich öffnete den Mund und drückte fünf Tropfen Flackern auf meine Zunge. Eine metallisch anmutende Taubheit machte sich in meinem Mund breit. Meine Augen wurden wäßrig. Ich gab Calothrick die Pipette zurück. Er schüttelte den Beutel ein paarmal und saugte eine Dosis heraus, die noch größer war als jene, die er mir gegeben hatte. Meine Sicht verschwamm plötzlich. Ich schloß die Augen.

»Traniges Glück!« meinte Calothrick mit dem traditionellen Trinkspruch der Walfänger. Seine Stimme klang unnatürlich laut. Unbewußt griff ich nach der Sitzfläche meines Stuhls.

Am Ende meines Rückgrats setzte plötzlich ein eisiges Prickeln ein. Den Bruchteil einer Sekunde später schoß ein überwältigender Stromstoß wie ein kanalisierter Blitzschlag meine Wirbelsäule hoch und explodierte in meinem Schädel. Ich spürte es ganz genau. Die Spitze meines Schädels klappte säuberlich auf, und eine kalte blaue Flamme schoß mitten durch meinen Kopf. Schockartig öffneten sich meine Augen, und die Flamme verringerte sich zu einem gleichmäßigen, ständigen Brennen wie das Flackern eines Schweißbrenners. Der Herd, die ungesäuberten Geschirrteile, Calothricks ekstatisches Gesicht – alles schimmerte in einem unnatürlichen Glanz, als ziehe jeder Gegenstand plötzlich schiere Energie aus einer inneren Quelle. Elektrische blaue Punkte und Rhomben trieben an den Rändern meines Blickfelds. Ich schaute auf meine Hände. Auch ich glühte.

»Wie lange?« fragte Calothrick plötzlich.

»Wie lange was?«

»Wie lange, bis du etwas Flackern destillieren kannst, das uns auffrischt.«

»Ich weiß nicht«, sagte ich unter Schwierigkeiten. »Mit dem Destillieren kann ich bis morgen abend fertig sein, wenn ich mich dranhalte. Aber ich weiß nicht, wie gut es ist. Ich kenne seine Stärke nicht.«

»Oh, ich fürchte nicht, daß es *zu stark* sein wird«, sagte Calothrick. Er kicherte.

Ich dachte über den Topf voller Waleingeweide nach, die im nicht entzündeten Ofen langsam kalt wurden. Ich fühlte mich nicht willens, aufzustehen und den Topf wieder auf den Herd zu setzen. Es schien wie eine ungeheure Mühe, die offensichtlich meine Fähigkeiten überschritt.

»Worüber haben wir geredet?« fragte Calothrick.

Ich zögerte. »Darüber, wie stark es ist.«

»Ah ja, ich erinnere mich.«

»Einer von uns muß es zuerst ausprobieren«, sagte ich. »Es könnten Unreinheiten auftreten. Vielleicht gefährliche. Sollen wir Strohhalme ziehen?«

»Gefährlich«, sinnierte Calothrick. Er schien besorgt. Dann lächelte er. »Habe ich dir von diesem Burschen erzählt, der mich die ganze Zeit belästigt?«

»Nein. Wirst du schlecht behandelt? Hast du den Maaten davon erzählt?«

»Nein, darum geht es nicht. Es ist dieser Kerl Murphig. Ein Nullaquaner. Er ist zum ersten Mal draußen und stellt mir dauernd Fragen, weißt du – wo ich herkomme und was ich hier draußen will. Wirklich lästig. Ich meine, im Lügen bin ich nicht besonders gut.«

Eine merkwürdige Feststellung, dieser letzte Satz, dachte ich. Wenn das eine Lüge war, dann eine besonders perfekte Lüge, denn er hatte sie mit dem Anschein völliger Unschuld und Wahrheit ausgesprochen.

»Und?« meinte ich.

»Und er ist ungefähr in deiner Statur. Du hast ihn schon gesehen, der mit den grünen und weißen Zielscheiben auf den Wangen.«

»Ah ja.«

»Nun, warum sollen wir's nicht bei ihm ausprobieren?«

Ich dachte darüber nach. »Du willst, daß ich *Flackern* in sein Essen praktiziere?«

»Warum nicht?« erkundigte sich Calothrick. »Ich werde es tun, wenn du dich nicht... wenn du es nicht willst.«

Das Flackern verlor allmählich seine Wirkung. »Genau, du wirst es machen«, sagte ich. Ich rieb mein linkes Auge, das mit dem gräulichen Fleck; es fing zu schmerzen an. Ich erhob mich von meinem Stuhl, nahm den Topf aus dem Ofen und stellte ihn wieder auf die Flamme. Ich stellte sie größer.

»Drück ein paarmal auf die Pumpe, bitte, Dumonty«, sagte ich müde.

»Monty«, korrigierte er, während er pumpte. »Sag mal, du hast ja 'ne Menge da drin. Das wird sie auf der Hochinsel ganz schön glücklich machen, hm?«

»Ja, klar«, sagte ich. Aber meine ehemaligen Mitbewohner in der Piety Street hatten mich als Kanonenfutter benutzt, ihr Spielchen mit mir getrieben und mich zu ihrer Schachfigur gemacht. Ich war natürlich nicht auf Rache aus, das war unter meiner Würde. Nur auf simple Gerechtigkeit. Es würde in der Tat eine große Menge Syncophin da sein, selbst dann noch, wenn ich den Destillierprozeß beendet hätte. Aber sie würden nie etwas davon sehen. Das hatte ich schon entschieden.

Calothrick wollte widersprechen. Aber mit ihm würde ich mich später beschäftigen.

5

Die Lüge

»ERZÄHLE MIR VON DER ERDE«, sagte Dalusa.

»Gern.« Wie oft hatte ich die Lüge erzählt, und wie vielen Frauen? Ich konnte es nicht mehr zählen. Vor über zwanzig Jahren war die eingegebene Unwahrheit wie eine voll erblühte Rose in meinem Kopf aufgegangen, bewässert von panischer Angst, befruchtet von jugendlichem Romantizismus. Unzählige Male hatte ich mit Widerwillen gehandelt; unzählige Male hatten meine jugendlichen Brauen sich in geheucheltem Schmerz aus geheuchelten Erinnerungen zusammengezogen. Aber mit Dalusa war das anders, Dalusa verdiente etwas Besseres. Ich beschloß, für sie so gut zu lügen, wie noch niemals zuvor.

»Ich kann dir nicht von dem ganzen Planeten erzählen«, sagte ich, meine Worte bedachtsam wählend, »nur von den wenigen Hektar da und dort, die das Schicksal mir zu sehen gewährte. Vor vierunddreißig Jahren wurde ich in Venedig geboren, einer alten Stadt, einst eine Nation. Sie war auf einer Insel gebaut, und man nannte sie die Braut des Meeres. Venedig wurde von einem Ausläufer des Weltozeans umschlungen, ein großes Salzmeer, genannt die Mitte der Welt. Als Kind schaute ich auf das Meer, sah, wie schaumgekrönte Wellen an das Gestade brandeten, bis meine Augen vom Glitzern der Sonne auf der unbeständigen Oberfläche des Wassers schmerzten. Es schien, daß der Ozean nie aufhörte und den Planeten wie eine zweite Lufthülle umgab. In den blauen, salzigen Meeren der

45

Erde ist genug Wasser, um das Staubmeer mehr als dreißigmal zu versenken.

Aber zurück zu Venedig. Stell' dir eine prächtige goldene Stadt vor, so alt, daß die Felsen unter ihr trügerisch werden. Eine Stadt, einst herrlich und stolz, glänzend und schön, im Besitz der über die Jahre angehäuften Beute der sieben Meere. Es gab keine Seestreitmacht, die der venezianischen glich, keine Herrscher, die Venedigs Dogen gleichkamen. Venedig war die Königin unter den Städten Italiens und Böhmens, wie ein großer Diamant unter Saphiren. Von den Städten der Erde war Venedig die erste, die die Sterne erreichte. Natürlich wurde Venedig gegründet, lange bevor der Mensch zu fliegen verstand, aber venezianisches Genie machte den lang gehegten Traum zur Wirklichkeit. Hölzerne Vögel, erdacht vom Gehirn des unsterblichen Leonardo da Venecia, schwebten durch den Himmel Venedigs und trugen die rot-silbernen Banner der Stadt …

Aber das Land begann zu schwanken. Zuerst verschwendete man kaum einen Gedanken daran. Es gab viele, die Lösungen vorschlugen, und genug Reichtum, um sie zu verwirklichen. Ein Deich zum Meer? O nein, Venedig ist von Schlammbänken umgeben. Vielleicht ist die ganze Insel zum Schwimmen zu bringen? Aber die Natur antwortete auf jedwede solcher Bemühungen mit Feuer und Erdbeben. Der Felsen unter der Stadt war nicht stabil, sondern mit Höhlen durchsetzt, und winzige flüssige Feuer siedeten in ihm. Die Gefahr einer Flutkatastrophe war zu groß. Der Niedergang geschah langsam; oftmals gab es Zeiten relativer Stabilität, in denen die Bürger einander anblickten und sahen, wie die Verzweiflung langsam dahinschmolz. Aber kaum kam es zu einer Erneuerung ihrer Zuversicht, da gab es neue Erschütterungen – ein dumpfer Verfall. Und dann betrog ihr Bräutigam die Braut des Meeres.

Zu meiner Zeit lebten die Venezianer im dritten und zweiten Stockwerk teilweise versunkener Gebäude. Die Bevölkerung war nicht einmal ein Zehntel derer in Venedigs Glanzzeit. Ich stamme aus einer uralten Adelsfamilie. An meine Kindheit erinnere ich mich sehr gut. Viel Zeit verbrachte ich damit, meine alte schwarze Pagode durch die versunkenen Straßen zu staken oder zu rudern. Ich erinnere mich an die versunkenen, zerstörten Pylonen, die mit Anemonengirlanden untergegangenen Statuen, an die Seeigel, die stachelbewehrt über die versunkenen Mosaikgesichter venezianischer Madonnen, die vom Sand getrübt wurden, krochen. Manchmal tauchte ich bei der Suche nach Schätzen in das kalte Wasser und kam schmutzig und von schleimigen Pflanzen verschmiert nach Hause, um dem milden, traurigen Tadel meiner Mutter entgegenzutreten...« An dieser Stelle brach meine Stimme für einen Augenblick. Meine Mutter war gestorben, als ich noch ein Kind war; gewiß tat es im Innern noch irgendwo weh. Und das war mein eigenes Leben, das waren meine eigenen Lügen, ein Surrogat meiner selbst, auf meine eigene Persönlichkeit verpflanzt. In dieser Nacht floß es über wie nie zuvor, obwohl ich dem Ganzen jenen marinierten, gekünstelten Erzählstil geben mußte, den die Terraner so mögen. Meine eigene Schöpfung, meine eigene Lüge, meine eigene Seele. Meine Kunst. Tränen traten in meine Augen.

»Es war eine beengende Kultur, über alle Lebendigkeit hinaus stilisiert, immer noch schön, wie der vollständig bewahrte Leichnam einer jungen Braut. Und ich war völlig allein. Oftmals verließ ich Partys oder einen Dichterwettstreit, um die Wasserstraßen in meiner schwarzen Pagode zu durchstreifen. Viele der venezianischen Gebäude waren verlassen, Theater, Herrschaftshäuser, Gasthäuser zerbröckelten in feuchtem Zerfall. Ich hatte nichts gegen einen leichten Schimmelüberzug, und oft stieg ich durch leere Fensterhöhlen und watete mit meiner Laterne über verschlammte Böden. Oft sammelte ich merkwürdige Muscheln ...«

»Was?« unterbrach Dalusa.

»Muscheln. Die Hautskelette toter Wasserorganismen. Manchmal fand ich die muschelbewachsenen Überreste früherer Kulturen. Die Scherbe einer griechischen Amphore, eine blitzende Aluminiumkanne aus dem Industriezeitalter, irgendein verwaschenes Bruchstück einer verlorenen Erinnerung ...«

»Warum bist du fortgegangen?«

»Ich wurde älter. Man redete von Heirat, von einer Verbindung mit einer alten Familie, die noch verbrauchter als die unsere war. Plötzlich wußte ich, daß ich eine weitere Woche in Venedig nicht aushalten könnte, nicht noch einen Tag dieser sanften Melancholie, nicht noch eine Stunde schierer Verzweiflung. Ich hätte in eine andere Stadt fliehen können. Paris, Portland, Angkor Wat ..., aber ein Planet allein schien zu klein. Ich habe Venedig verlassen und seitdem nie mehr wiedergesehen. Und mir bedeutet es auch nichts mehr.«

Meine Stimme bebte. Das tat mir weh bis ins innerste Mark. Diese erfundene Geschichte war mir viel näher als meine tatsächliche Kindheit, diese elenden Jahre der Ablehnung und Verachtung, durch das unrechtmäßig erworbene Vermögen meines Vaters nur teilweise versüßt. Ich hatte versucht, meine rüpelhaften, stockdummen Kameraden zu vergessen, ebenso wie die Anstrengungen meines Vaters, mich in seine Form zu pressen, ebenso der Tranquilizer eröffnet. Dann die stimulierenden Drogen, zuerst die zugelassenen, dann eine ganze verbotene Galaxis vielfarbiger Pillen, Freude in Kapselform. Ich hatte versucht, den Schmerz zu vergessen, und zum Teil auch mit Erfolg. Aber ich hütete die Erinnerungen an diese Drogen wie einen Schatz. Ich wußte: Endlich hatte ich eine Laufbahn gefunden, die mir lag.

Innerhalb weniger Jahre war ich ein Dealer, ein Mitglied einer seltsamen, aber einträglichen Subbranche der Pharmazie. Ich hatte es nie bereut.

Später bin ich eingeschlafen.

Am nächsten Morgen waren die Matrosen ungewöhnlich redselig. Einer der größten, mit Namen Perkum, unterbrach sich mitten beim Kauen, um zu bemerken: »Wißt ihr was? Unser Käpt'n ist wirklich ein komischer Kerl.«

Die anderen nickten und wandten sich wieder ihrer Mahlzeit zu.

Kapitän Desperandum war an diesem Tag überall, nahm Staubproben mit angeleinten Eimern, sezierte einen toten Lotsenfisch, machte sich Notizen über das Verhalten der Haie. Vor den Augen der ganzen Besatzung nahm er meinen abgetrennten Walfangspaten und bog ihn mit bloßen Händen zusammen. Nachdem sie das gesehen hatte, kehrte die Crew mit doppelter Energie an die Arbeit zurück.

Am späten Morgen hatten wir den Rand der Krillgründe erreicht. Desperandum warf hinter dem Schiff ein Schleppnetz aus und zog einige hundert Pfund Plankton an Bord. Es ergoß sich wie ebenso viele Pfunde Juwelen auf Deck, nuggetgroße Organismen in jeder erdenklichen geometrischen Form: Pyramiden, Tetraeder, Oktaeder, sogar Dodekaeder, die in ihrer Silikonhülle glitzerten und unter den Stiefeln des Kapitäns zu grünen Streifen zerquetscht wurden.

Um Mittag fanden wir einen weiteren Wal, der gemächlich durch den Staub pflügte und Plankton mit einem Lärm kaute, als zermahle er Packeis. Drei andere Besatzungsmitglieder unterzogen sich dem Blutabzapfritual. Blackburn kehrte an seine Harpunierkanone zurück und schoß die erste Harpune überraschenderweise vorbei. Der zweite und dritte Schuß saßen jedoch, und als das Schiff näher herankam, feuerte er eine vierte Harpune fast aus Kernschußweite; sie bohrte sich in die Lungen des Geschöpfs, so daß es würgte und rötliches Blut ausstieß. Es starb unter Zuckungen.

Dalusa löste sich aus der archimedischen Spirale, die in der Luft ihr Erkundungsraster bildete. Von Süden näherten sich Haie mit Höchstgeschwindigkeit, aber sie waren zwei Meilen entfernt. Es blieb viel Zeit, den Wal zu schlachten; die Haie würden zu spät kommen, um mehr als die Überreste zu bekommen. Ich fragte mich, wieso sie überhaupt wußten, daß der Wal tot war. Hatten die fliegenden Fisch das Ungeheuer aus der Luft ausgemacht? Oder gab es eine subtilere Methode?

Im Süden ragte die mächtige mondfarbene Wand des Nullaqua-Kraters empor, insbesondere der monströse Vorsprung der Seemöven-Halbinsel.

Ein breiter weißer Streifen verlief in etwa einem Viertel der Höhe über den Felsen der Halbinsel. Ich wußte, daß dieser Streifen in Wirklichkeit zwei Meilen Land waren, vollgepackt mit weißen Seemöwen, die dort nisteten, kreischten und in unglaublicher Anzahl umherstreiften. Der Überlebensraum war für die Seemöwen strikt begrenzt; unten würden sie von herabfallendem Guano ersticken, oben würden sie verhungern, während sie von und zu ihren Nestern pendelten. Unterhalb des weißen Streifens war es gräulich-grün. Dort kämpften zähe Flechten verzweifelt ums Überleben und klammerten sich an die in Jahrhunderten angehäuften Schichten ausgetrockneter Exkremente.

Irgendwo in diesem gewaltigen grauen Streifen befand sich ein kleiner dungbedeckter Klumpen – das Hochinsel-Kriegsschiff *Progress*. Diese Stelle war an die vierhundert Meter hoch in der Felswand – dorthin war das Schiff vor dreihundert Jahren in der Staubspringflut der Glimmerkatastrophe geschleudert worden. Jahrzehntelang war das Wrack sichtbar gewesen, sein glänzendes zerrissenes Metall ein Mahnmal, ein Symbol der Schuld für Generationen von Nullaquanern. Jahrelang konnte man mit einem Fernglas die zerschmetterten Mumien der *Progress*-Besatzung erkennen, die Körper vollkommen konserviert, die aufgerissenen Münder mit den geschwärzten Zungen; allmählich häufte sich grauer Guano über sie. Tonne auf Tonne herabregnenden Vogeldrecks begrub das Wrack nach und nach, haftete wie Eis an der verwickelten Takelage, tropfte wie graue Stalaktiten auf den metallenen Rumpf. Inzwischen war das Wrack vollständig eingehüllt und mit Flechten überzogen, von der Zeit begraben wie ein niemals erfüllter Kindheitswunsch oder eine unglückliche Liebesaffäre, die von den angehäuften Nichtigkeiten des Alltagslebens eingeebnet wird. Es war der Schlußpunkt des nullaquanischen Bürgerkriegs gewesen, und die vermeintliche Strafe für Sündigkeit hatte sich zu einem erdrückenden moralischen Sieg der dahingemetzelten Beharrer entwickelt, fanatischen Fundamentalisten von der allerschlimmsten Sorte. Es stimmte, daß sie ein Jahr vor der Katastrophe bis zum letzten Mann massakriert worden waren, aber dennoch schloß sich noch jetzt, nach dreihundert Jahren, ihre tote Hand um die lebenden Kehlen Nullaquas.

Verstandesmäßig wußte ich dies alles, aber für das Auge handelte es sich nur um eine Felswand mit einem weißen Streifen und einem grünen Streifen.

Plötzlich sah ich in der Ferne das grüne Aufblitzen von Flügeln. Die Haie kamen.

Ich spürte, wie jemand über meine rechte Schulter blickte. Ich drehte mich um.

Und starrte direkt in ein Augenpaar, dunkle Augen, fast wie die meinen, Augen, die von den Kunststofflinsen einer Staubmaske eingerahmt wurden, die mit einer weißen und einer grünen Zielscheibe geschmückt war. Der Mann, Murphig, hatte genau meine Größe. Der ganze Kontakt dauerte nur eine Sekunde. Dann wandten wir uns beide unbehaglich ab, um das Herankommen der Haie zu beobachten. Sie näherten sich schnell. Ich erschauerte. Ich war mir nicht sicher, warum; die Haie waren es nicht.

Überraschenderweise zeigten die Haie und ihre geflügelten Freunde keine Neigung, die Besatzung anzugreifen. Statt dessen machten sie sich gemächlich über die dahintreibenden, staubüberzogenen Eingeweide her, die wir über Bord geworfen hatten. Mit einem Scharfsinn, der schon nicht mehr tierhaft war, wußten sie, daß der Wal bereits verarbeitet worden war. Ein Angriff konnte nichts einbringen. Und sie blieben außer Reichweite unserer Walfangspaten.

Ich kehrte in meine Küche zurück und begann damit, mein Gebräu durch eine provisorische, aber funktionierende Destillieranlage laufen zu lassen, die ich aus einigen losen Kupferrohren zusammengeflickt hatte. Beim Mittagessen machte ich Dalusa plausibel, daß es sich um eine Destillieranlage handelte und daß ich vorhatte, Weinbrand herzustellen. Sie verlor sofort ihr Interesse; Alkohol übte auf sie keine Anziehungskraft aus.

Vor dem Abendessen hatte ich etwa fünfundzwanzig Gramm einer wäßrigen schwarzen Flüssigkeit gewonnen. Das Schwarzmarkt-Flackern, das ich aus reinem nullaquanischen Eingeweideöl raffiniert hatte, war fast durchsichtig gewesen. Ich fragte mich, ob ich versuchen sollte, dieses neue Gebräu zu filtern.

Das Abendessen verlief ereignislos. Ich stapelte die unzerbrechlichen Geschirrstücke in einem großen, grob gewebten Sack und trug sie in die Küche. Dort traf ich Dalusa. Auf der Truhe vor ihr lag ausgebreitet eine große nullaquanische Seemöwe, tot. Blaßpurpurne Flüssigkeit rann aus drei Löchern in ihrer Brust. Dalusa starrte in versunkener Faszination auf den toten Vogel. Ihre eigenen Flügel waren zusammengefaltet, ihre Hände vor der Brust verschränkt.

Mit lauten Schritten kam ich die Treppe hinunter, aber sie zeigte kein Anzeichen, daß sie meine Gegenwart wahrnahm. Ich schaute auf den Vogel. Er hatte eine Flügelspannweite von etwa einem Meter zwanzig; seine gelben Augen, glasig und tot, waren von den Lidern halb bedeckt, die sich vom Unterrand des Auges nach oben bewegten. Der Schnabel war mit winzigen, konischen Zähnen gesäumt.

Die Füße waren völlig fremdartig; lange schwarze, gewebeähnliche Netze, am Fußansatz mit knöchernen Knötchen verstärkt. Ganz offensichtlich fischte er, indem er über den trüben Staub flog und aufs Geratewohl mit seinen Netzen einfing, was sich unter der Oberfläche befand.

Ich schaute über Dalusas Schulter. Sie blickte nicht auf, sondern starrte weiter auf den Vogel. Ein dicker Tropfen lavendelfarbenen Bluts rann langsam über eine seiner Brustfedern und tropfte auf die Truhe. Im Gesicht des Ausguckpostens stand keine Reue, nur Versunkenheit, verquickt mit einem Gefühl, für das ich keinen Namen fand. Vielleicht war kein Mensch dazu in der Lage.

»Dalusa«, sagte ich sanft.

Sie sprang in die Höhe und breitete ihre Schwingen ein wenig aus; der angeborene Reflex jeder fliegenden Kreatur. Ihre Füße verursachten Klicklaute, als sie das Deck wieder berührten. Ich blickte hinab. An jedem Fuß trug sie Sandalengeflecht aus Walhaut. Bänder legten sich quer über den Rist und wanden sich die Waden hinauf. Vom Ansatz der Zehen krümmten sich an jedem Fuß drei rostfreie Stahlhaken nach oben, fünfzehn Zentimeter lang und mit Metallzacken versehen.

Künstliche Klauen.

»Du bist auf der Jagd gewesen«, stellte ich fest.

»Ja.«

»Und hast diesen Vogel gefangen?«

»Ja.«

»Wirst du ihn essen?«

»Ihn essen?« wiederholte sie ausdruckslos. Verwirrt

blickte sie mich an. Sie war verehrungswürdig. Ich spürte einen plötzlichen starken Drang, sie zu küssen.

Ich fand meine Fassung wieder. »Du trägst Klauen«, sagte ich.

»Ja!« sagte sie, beinahe trotzig. »Wir hatten alle welche, in den alten Zeiten.« Schweigen. »Hast du gewußt, habe ich dir erzählt, daß ich dabei war, als eure Leute meine zum ersten Mal getroffen haben?«

Ich blinzelte. »Eine wissenschaftliche Expedition?«

»Ja, das haben sie gesagt.«

»Sicher von der Akademie finanziert«, sagte ich zu mir selbst.

»Was?«

»Ach, nichts. Was ist geschehen?«

»Sie haben mit uns gesprochen«, sagte Dalusa. Langsam strich sie mit einem blassen Finger am Flügel des Vogels entlang.

»Wie schön sie gesprochen haben. Von meinem Platz in den Schatten ging mein Herz hinaus zu ihnen. Wie weise sie waren. Wie anmutig in der Art, wie sie *gingen* und stets den Boden berührten. Sie waren so fest und sicher. Aber die Älteren hörten zu und wurden zornig. Sie flogen von oben auf sie hinab und zerrissen die Menschenwesen, zerfetzten sie mit ihren Klauen. Ich konnte nichts tun, ich, nur ein Kind und nicht *kikiye'*. Ich konnte sie nur lieben und in der Dunkelheit für mich alleine weinen. Aber sogar ihr Blut war schön, reich und rot, wie Blumenblüten. Nicht wie das von diesem Ding ...«

An der Luke ertönte ein dreifaches Klopfen. Calothrick. »Komm' rein«, rief ich. Calothrick trat ein und zog seine Maske ab. Wie erstarrt blieb er stehen, als er Dalusa sah.

»Ihr habt etwas zu besprechen«, sagte sie plötzlich. Sie zog die Ofenklappe auf, packte zwei Topflappen vom Haken an einem Schrank und zog eine zugedeckte Schüssel heraus. »Ich esse bei den Matrosen.«

»Nein, bleib!« sagte ich.

Eine Sekunde lang blieb sie stehen und sah mich mit solcher Gefühlsintensität an, daß ich zurückfuhr. »Wir werden später miteinander reden.« Sie nahm ihre Maske vom Tisch, eine porzellanweiße Maske mit einem einzelnen roten Blutstropfen aus dem Winkel des rechten Auges. Sie ging die Treppe hinauf; Calothrick, der herabkam, machte einen großen Bogen um sie. Sie ging hinaus, die Luke schlug zu.

»Unheimlich«, sagte Calothrick kopfschüttelnd. Strähnen seines wirren blonden Haars fielen über seine Augen. Er strich sie mit einer Hand zur Seite. Seine Fingernägel waren schmutzig. »Sag mal... du willst doch nicht mit diesem... ähmm...« – er suchte nach einem Substantiv und konnte es nicht finden – »mit ihr weitermachen, oder?«

»Ja und nein«, antwortete ich. »Ich könnte, wenn es irgendeinen Zweck hätte. Aber es hat keinen.«

»Damit?« fragte Calothrick ungläubig. Er sprach schriller als sonst. Ich musterte ihn aufmerksam. Ganz sicher, das Weiße in seinen Augen zeigte leichte gelbe Flecken – der Entzug des Flackerns. Er litt. »Was ist mit Millicent?«

»Ja, natürlich, sie ist immer da«, log ich geschmeidig. Nach der Art und Weise, in der sie mich betrogen hatte, würde ich sie nicht einmal mit der Kneifzange anfassen. »Aber was ist Liebe schließlich anderes als eine emotionale Besessenheit...?«

»Verursacht von sexueller Enthaltung, ja, ja, das kenne ich«, sagte Calothrick. »Aber diese Fledermaus-Frau verursacht mir 'ne Gänsehaut. Sie sieht ja prima aus, aber das ist doch alles Chirurgie, nicht? Ich meine, wenn die Skalpelle nicht an ihr rumgemacht hätten, hätte sie große Ohren, Klauen und Fänge. Sie hat ihr eigenes Zelt, weißt du. Die Jungs sagen, sie schläft mit dem Kopf nach unten. Hängt mit den Zehen an der Firststange.«

Ich war verärgert. »Mmm«, sagte ich. Ich wechselte das Thema. »Was hältst du vom Verhalten der Haie?«

»Haie? Keine Ahnung. Murphig hat vor einiger Zeit mit mir darüber gesprochen. Er verbringt 'ne Menge Zeit damit, Dinge zu *beobachten*, weißt du, *er guckt* sie einfach nur *an*. Er sagt, sie können den Tod über einige Entfernung hinweg riechen. Vielleicht sagt er, können sie ihn riechen, bevor er eintritt. Der Bursche ist genauso beknackt wie Desperandum. Ach ja, wo wir gerade von Murphig sprechen ... was macht das Zeug?«

Ich öffnete eine Schranktür und nahm die Metallflasche heraus. Auf dem Grund war eine dünne Schicht des Syncophins. »Grausig«, sagte Calothrick, als er an der Flasche schnüffelte. Er zog sein Plastiketui aus dem Hemd und schüttete ein dünnes Rinnsal der Flüssigkeit hinein. »Oi, oi! Es ist schwarz«, bemerkte er, während er den Behälter verschloß. »Also, morgen als erstes, dann kriegt Murphig es.«

»Nicht zuviel«, warnte ich. »Es könnte außerordentlich starkes Zeug sein.«

»Klar, schon in Ordnung. Ich werde vorsichtig sein«, sagte Calothrick ungeduldig. »Ach, übrigens, guckst du dir heute nacht das Plankton draußen an? Toller Anblick.« Er befestigte seine Maske wieder, steckte das Flackern in sein Hemd und ging durch die Luke hinaus.

Ich setzte mich auf den Küchenstuhl und fing an, die Destillieranlage gewissenhaft zu säubern. Früher oder später würde ich etwas Schnaps darin destillieren müssen, und wenn es nur dazu diente, einen möglichen Verdacht Dalusas zu zerstreuen. Ich fragte mich, wieso ich von dieser Frau angezogen wurde. Es gab vermischte Motive, entschied ich.

Und die vielfachen Freuden, die ihre Gesellschaft bereitete, waren dabei nicht die kleinsten. Es mag Ihnen merkwürdig erscheinen, lieber Leser, aber versetzen Sie sich bitte an meine Stelle. Hat sich Ihre Freundin, Ihre

Geliebte, Ihre Begleiterin schon einmal vorgebeugt und heiß auf Ihren Nacken gehaucht? Erinnern Sie sich an den quasi-erotischen Schauder, den Ihr Rückgrat hinabgesandt hat? Dann stellen Sie sich einen ähnlichen Reiz von Dalusa vor, deren Körpertemperatur die eines Menschen überstieg. Erinnern Sie sich an die ansteckende Erregung, die Ihnen vermittelt wird, wenn der Herzschlag Ihrer Partnerin sich beschleunigt? Der von Dalusa war fast doppelt so schnell wie der einer normalen Frau. Wenn die Vorstellung von der Frau als einem Objekt des Rätselhaften Sie reizt – nun, Dalusas fremde Herkunft verlieh ihr eine stete romantische Hülle. Und sie war schön. Was machte es schon, wenn ihre klassische Lieblichkeit das Geschenk chirurgischen Könnens war? Sie werden gewiß zustimmen, daß es die Seele im Innern ist, die wir lieben, eher als das reine Äußere. Sie stimmen dem zu, ob Sie es glauben oder nicht.

Das war die wesentliche Facette ihrer Anziehungskraft. Aber es gab eine starke unterschwellige Kraft, die Dalusa vielleicht mit Bedacht gepflegt hatte.

Jeder von uns hat sadomasochistische Eigenschaften. Meine schienen, auch wenn ich sie gut unter Kontrolle hatte, ziemlich stark zu sein. Ich hatte mir schon vor langer Zeit eingestanden, daß der Gebrauch von Drogen mich umbrachte. Diese Vorstellung war nur ein weiterer Teil meines Selbstbilds geworden. Aber Grausamkeit gegen sich selbst ist der erste und entscheidende Schritt zur Grausamkeit gegen andere.

Ich überdachte das alles, und es langweilte mich. Ich beschloß, an Deck zu gehen und mir das Plankton anzusehen, das Calothrick erwähnt hatte. Ich zog meine Staubmaske über.

Als ich durch die Luke trat, huschten die letzten Sonnenstrahlen über den Ostrand des nullaquanischen Kraters. Es war Nacht.

Aber es gab Sterne, und aus dem Meer um uns

herum stieg ein schwacher grüner Glanz auf. Ich ging zur Reling und sah, daß um die *Lunglance* herum sich Quadratmeilen von Krill erstreckten, die in lebendem Licht brannten. Es war großartig. Plötzlich lächelte ich unter meiner Maske. Ich war froh, daß ich die Dinge getan hatte, die mich hierhergebracht hatten. Ich war froh zu leben, denn ich brauchte mein Leben, um das hier zu sehen.

Als ich an der Reling lehnte, flatterte vor mir plötzlich eine dunkle, geflügelte Gestalt, und in den dicht zusammengedrängten Kristallen tat sich ein schmaler, dunkler Streifen auf. Ein glühendes Kristallbündel bewegte sich mit der Leichtigkeit einer Schwalbe aus der Masse hinaus und befand sich plötzlich genau über mir. Grüne Kohlenstücke ergossen sich um mich herum, fielen wie Lava-Nuggets aus einem erkalteten Vulkan herab, prasselten über das Deck.

Die Haare in meinem Nacken wurden vom Luftzug ihrer Schwingen bewegt, als Dalusa neben mir niederging. Ein schwarzes gewebeähnliches Netz war noch immer an einem ihrer Knöchel befestigt.

Sie hatte mir im abgetrennten Fuß der Seemöwe Juwelen gebracht.

....

6

Der Sturm

BEIM FRÜHSTÜCK NÄCHSTEN MORGEN im Zelt saß Calothrick direkt neben Murphig am Tisch. Die Pipette in
der hohlen Hand versteckt, drückte er eine beträchtliche Dosis in Murphigs Haferschleim. Dann zwinkerte
er mir zu.

Wir beide musterten Murphig besorgt. Behäbig säu-
berte der junge Nullaquaner seine Schüssel, stand in
aller Gemütsruhe auf und ging aus dem Zelt. Ich hatte
schon immer gewußt, daß Syncophin eine starke und
schnelle Wirkung zeigt, aber trotzdem behielt ich ihn
eine ganze Stunde lang im Auge. Nichts. Offensichtlich
war es noch viel zu schwach.

Als wir unseren nächsten Wal töteten, schaffte ich
zwei Eimer mit Eingeweiden beiseite und ging ans
Werk. Calothrick kam an diesem Tag nach der Mittagsmahlzeit zu mir, und wir berieten uns hastig.

»Immer noch zu schwach«, sagte ich. »Vielleicht gibt
es ein bestimmtes Organ, das das Flackern erzeugt.
Vielleicht die Galle, oder die Bauchspeicheldrüse ...«

»Mir kommt die Galle hoch«, meinte Calothrick ge-
reizt. Er war jetzt ständig nervös, seine Augäpfel waren
gelblich und blutunterlaufen. »Wie, zum Teufel, soll
uns das weiterhelfen? Weder du noch ich haben Ahnung von Anatomie, und von der eines Wales schon
gar nicht. Wahrscheinlich *haben* sie noch nicht mal eine
Galle.«

»Wir müssen eben tun, was wir können«, sagte ich
geduldig. »Früher oder später kriegen wir es hin. Willst

du etwas von dem Gebräu probieren? Vielleicht hat Murphig irgendwelche körperliche Abweichungen.«

»Warum quälst du mich?« fuhr Calothrick auf. »Wir haben ihn jetzt seit vier Tagen damit gefüttert, jedesmal stärker, und nichts. Nichts! Weißt du, allmählich wundere ich mich über dich. Du nimmst es ganz schön leicht; du bist kalt wie ein Fisch. Kein Zittern, kein Tatterich. Vielleicht hast du etwas, von dem ich nichts weiß. Zum Beispiel eine Flasche.«

»Also wirklich«, sagte ich tadelnd.

»Du hast es bequem, weißt du. Du bleibst hier unten, wo es kühl ist, und servierst uns dieses Spülwasser, das du Essen nennst – Mann, laß das *Psst!* Weißt du, was ich da oben durchzumachen habe? Sie kommandieren mich herum wie einen Köter, beauftragen mich mit Sachen, von denen ich noch nie gehört habe, und ich kann noch nicht einmal eine Frage stellen, Mann. Nicht mit dieser Maske vor dem Gesicht! Wenn ich etwas fragen will, müßte ich sie abnehmen und meine Lungen mit rauher Luft zerfetzen. Jedes Staubkörnchen ist wie eine Nadel in deiner Brust. Nicht drin! Ist dir klar, daß es auf dieser Badewanne sieben verschiedene Arten von Seilen gibt? Und da sind noch nicht mal die Brassen, die Falls, die Niederholer oder die Geitaue dabei. Und auf diesem Ding gibt es zwanzig Segel! Fock und Mars, Bram und Besan… wie soll ich das alles in die Reihe kriegen? Also geben sie mir die Drecksarbeit. Die Sachen, die sonst keiner anpacken will. Guck dir diese Hand an!«

Calothrick streckte eine Hand aus. Er hatte sich drei Fingerknöchel wundgerieben. Seine Finger zitterten merklich. »Heute morgen mußte ich den Hilfsgenerator instandsetzen. Ich hab' die ganze Arbeit gemacht, während Grent dabeistand, sich die Fingernägel saubermachte und mir erzählte, was zu tun war. Und heute nachmittag fange ich mit der Arbeit an der Abwasser-Umwälzpumpe an. Kein Wasser für ein Bad.

Kaum genug, um sich jeden zweiten Tag mit einem Schwamm abzuwischen! O nein, wir sparen jeden Tropfen. Und unten im Lagerraum haben wir Dutzende Fässer voll mit kaltem, sauberen Wasser. ›Für die Hochinsel bestimmt‹, sagen sie. Schiffseigentümer schwelgen im Luxus, während wir auf Deck vor die Hunde gehen.«

»Du bist freiwillig hier«, sagte ich scharf.

»Erinnere mich nur nicht daran!«

»Und du bist nicht der einzige Neuling an Bord.«

»Mann, Murphig ist hier geboren. Das ist ein gewaltiger Unterschied. Egal, Murphigs nehme ich mich auf meine Weise an.«

»Kopf hoch«, sagte ich schlaff. »Bis heute abend habe ich das neue Gebräu fertig. Eine halbe Flasche voll. Wenn überhaupt, dann wird's das bringen.«

Calothrick sah mich mißmutig an, dann ging er zurück an Deck.

Menschenblut vergiftet Wale, sagte ich mir. Ich fragte mich, ob Calothrick die Haie vergiftete, wenn ich ihn über Bord warf.

An diesem Abend kam Calothrick kurz vor dem Essen zu mir in die Küche. »Hast du es fertig?« fragte er und warf seine Staubmaske auf die Anrichte.

»Klar«, sagte ich, »aber ich habe darüber nachgedacht. Es ist merkwürdig. Schließlich sind die Nullaquaner seit fünfhundert Jahren hier. Man sollte meinen, daß inzwischen jeder Flackern nimmt. Oder zumindest darüber Bescheid weiß.«

»Aha? Mach schon, du verplemperst Zeit.«

Ich war verärgert. »Einen Moment, laß mich ausreden«, sagte ich ruhig. »Ich bin nicht sicher, ob du es weißt, aber die ersten Siedler auf Nullaqua waren eine sehr kleine Gruppe. Nur etwa fünfzig.«

»Was, in der Vergessenheit Namen, erzählst du mir da?« Calothrick hatte eine Vorliebe für nullaquanische Lästereien.

»Hör mir weiter zu. Man hat die erste Generation geklont, um sie den nullaquanischen Bedingungen anzupassen. Haarige Nasen, dichte Augenlider, all diese Sachen, verstehst du? Sie waren keine direkten Nachfahren der ursprünglichen fünfzig. Die hatten sich alle sterilisieren lassen. Vielleicht entstand also bei all diesen genetischen Manipulationen ein Gen, das Immunität gegen Flackern erzeugt.«

»Immunität?« sagte Calothrick entgeistert.

»Wieso nicht? Ich vermute, es ist möglich. Die Gründer lehnten unorthodoxe Drogen generell ab. Klar, wahrscheinlich wußten sie von Anfang an über das Flackern Bescheid. Sie waren verschroben, aber sie waren nicht dumm.«

»Du meinst, wir haben diesen Mistkerl ganz umsonst mit einer ganzen Flasche Flackern gefüttert?« sagte Calothrick. Er war bleich geworden.

»Ich bin mir nicht sicher. Ich bin kein Chemiker.« Ich tat es. »Was ich über seine mögliche Gefährlichkeit gesagt habe, gilt natürlich immer noch.«

»Sei still.« Calothrick zog seine Pipette heraus, hielt die Flasche schräg und saugte eine minimale Dosis ab. »Vermutlich bin ich ein Idiot, das zu tun.«

»Das hast du gesagt, nicht ich.«

»Auf der anderen Seite... also, auf das tranige Glück.«

Calothrick drückte einen Spritzer auf seine Zunge. Er schluckte.

Wir warteten. »Irgendeine Wirkung?« fragte ich schließlich.

Calothrick öffnete den Mund, würgte aber an den Worten. Schließlich stieß er ein gepreßtes »Hoii!« aus.

»Wenn es so gut ist, nehme ich mir wohl selbst auch einen Schuß. Leih mir deine Pipette.« Ich pflückte sie aus seinen kraftlosen Fingern. Eigentlich hätte ich abwarten müssen, ob Calothrick irgendwelche nachteiligen Nebenwirkungen zeigte, aber ich litt Schmerzen.

Außerdem schien es ihm ungeheuer gut getan zu haben. Auf seinem Gesicht war ein eingefrorenes Grinsen eingeprägt, und die gelbe Entzugsfärbung schwand bereits aus seinen Augen. Ich saugte eine normale Dosis aus der Flasche und schluckte.

Als ich wieder vom Boden aufstand, war das Essen kalt geworden, und ich mußte es aufwärmen. Aber das war die Sache wert gewesen.

Mit dem Inhalt der Flasche war ich ziemlich zufrieden. Er reicht gut fünf Monate für einen Mann, vielleicht zwei Monate für Calothrick und mich. Calothrick war so etwas wie ein Enthusiast.

Ich versteckte die Flasche im Schrank. Am Abend, als ich mit dem Abspülen fertig war – oder besser mit dem Abkratzen, ich benutzte Sand, kein Wasser –, rang ich mit mir wegen einer zweiten Dosis. Ich beschränkte mich fast immer auf eine pro Tag, meistens kam ich sogar mit weniger als das aus. Oder doch zumindest sehr oft. Manchmal hörte ich sogar zwei oder drei Wochen ganz auf. Aber dann schoß mein Alkoholkonsum in die Höhe, und da ich von einem Grenzplaneten wie Bunyan kam, wußte ich um die schwächenden und suchterzeugenden Wirkungen von Schnaps. Über die Langzeitwirkungen von Flackern war ich mir nicht im klaren. Aber besser ein Teufel, den man nicht kennt, als einer, den man nur zu gut kennt, dachte ich. Außerdem verlangte die neue Entdeckung geradezu nach einer Feier. Enthaltsamkeit war lächerlich.

Ich nahm meine Pipette aus ihrem Versteck unter der Anrichte und maß eine gesunde Dosis ab – vielleicht war sie mehr als gesund. Ich schaltete die Lichter in der Küche aus, legte mich auf meine Matratze, zog die Steppdecke bis ans Kinn und nahm den Schuß. Ich hatte gerade genug Zeit, die Pipette unter mein Kissen zu stecken, als es lostobte.

Die Dunkelheit wurde von Halluzinationen erfüllt. Elektrische blaue Netzgitter breiteten sich über mein

Gesichtsfeld aus. Sie wurden von glitzernden silbernen Punkten ersetzt, die in unentwirrbaren, unerklärlichen geometrischen Mustern miteinander verknüpft waren. Strahlende Energie saugte sich mein Rückgrat empor. Ich spürte, daß mein Gehirn dabei war, sich aufzulösen.

Irgend jemand trat über mich. Eine plötzliche Überzeugung überkam mich – es war der Todesengel. Panische Angst erfaßte mich. Ich kämpfte sie nieder, indem ich innere Mantras wiederholte: Seelenruhe, Friede. Ruhe. Stille …

Derselbe Jemand zog die Schrankschublade auf. Das Geräusch war so laut wie ein Pistolenschuß. Und jetzt akustische Halluzinationen, Echos, fremdartige Stimmen sprachen. Ich kämpfte darum, mich unter Kontrolle zu bekommen. Es war absolut sicher, daß jemand in der Küche war. Ich versuchte, mich auf einem Ellbogen aufzustützen; Schwindelgefühl überkam mich. Hilflos grinsend sank ich auf das Kissen zurück.

»Ist da wer?« versuchte ich zu sagen, aber als die Worte herauskamen, klangen sie wie seltsam nuschelig. Ich war hilflos.

Ich hörte das verzerrte Tapsen von Füßen auf der Treppe. Die Luke schlug auf. Sie schloß sich wieder.

Plötzlich wurde mir klar, daß es Calothrick gewesen sein mußte, der wegen einer zweiten Dosis heruntergekommen war und mich nicht wecken wollte. Vor meinem geistigen Auge tauchte das Bild Calothricks auf, ganz erkennbar er, auch wenn sein schmaler Kopf mit wulstigen grauen Stacheln geschmückt war. Calothrick, natürlich. Ich brauchte mir keine Sorgen zu machen. Ich fiel in den Schlaf.

Am nächsten Morgen entdeckte ich, daß meine Flasche weg war. Calothrick und ich stritten uns darüber. Er hielt an der absurden Theorie fest, daß ich sie versteckt hatte, um sie allein verbrauchen zu können, während ich davon überzeugt war, daß er sie irgendwo an Bord verborgen hatte. Die dritte Möglichkeit, daß jemand anders sie weggefischt hatte, erweckte beiderseitige Besorgnis. Da es nichts gab, was wir daran tun konnten, beschlossen wir, die Augen offenzuhalten und aufs Beste zu hoffen.

Die *Lunglance* hätte bei der Seemöwen-Halbinsel bleiben können, bis sie ihre Laderäume gefüllt hatte. Aber zu viele Planeten waren ausgeplündert und für die Menschheit wertlos gemacht worden, als daß diese Art der Ausbeutung noch länger betrieben wurde. Wir hielten nicht an; wir waren auf die Große Reise festgelegt und wollten die gesamte Weite des Staubmeers mit den langsam kreisenden Winden segeln.

Nullaquas Witterungsverlauf war eigentümlich. Zwischen der Mitte des nullaquanischen Kraters, auf dem Äquator gelegen, und den Rändern existierte ein sehr sanftes Temperaturgefälle. Es reichte aus, um eine schwache Doppelkonvektionszelle zu betreiben. Erwärmte Luft stieg vom Äquator auf und verteilte sich nach Norden und Süden. Dabei kühlte sie ab, sank langsam an den Klippen hinab und strömte zurück zum Äquator. Obwohl der Großteil des Staubes sich aus der Luft niedergeschlagen hatte, gab es immer noch genügend viele mikroskopisch kleine Steinkörnchen, um den Fuß der Felswand allmählich auszuschaben. Über Äonen wurde der Fuß nach und nach unterhöhlt; schließlich rutschte die Spitze der Felswand nach und stürzte zusammen. Dadurch wiederum entstand auf Meeresniveau ein Schutthaufen, der den Felsen vor weiterer Zerstörung schützte. Viele Zeitalter würden vergehen, bis der Wind wieder auf die Klippe treffen würde. Und er war nie sonderlich stark.

Oder fast nie. Der erste Hinweis, daß es auch anders sein könnte, tauchte auf, als ich eines Morgens, sechs Wochen nach Beginn unserer Reise, von einer lauten Folge schmetternder Töne aus dem Horn des Ausgucks aufwachte. Ich erkannte das Signal nicht; es wird nicht häufig benutzt.

Kapitän Desperandum kam aus seiner Kajüte, blickte nach Südosten und befahl, alle Segel sofort zu reffen. Ich folgte seinem Blick. Ich sah eine mächtige graue Wand vor dem beschatteten Hintergrund des Null-aqua-Kraters. Eine kleine Insel, dachte ich. Wir mußten während der Nacht an sie herangetrieben worden sein.

Nein. Noch während ich hinschaute, wurde die Wand länger. Die Besatzung jagte die Webeleinen hinauf und begann, an den Segeln zu zerren. Ich blickte nach oben. Im Nest des Ausgucks war ein Mann; Dalusa war nirgendwo zu sehen. Angst packte mich.

Die Zelte wurden eilig zusammengefaltet und unter Deck verstaut. Alles, was nicht niet- und nagelfest war, wurde festgezurrt oder nach unten verfrachtet. Mr. Bogunheim hatte als Antwort auf meine gestikulierten Fragen nur ein einziges Wort. »Sturm«, sagte er.

Die Matrosen verließen bereits, hastig durch die Luken hüpfend, das Deck. Ich ging mit ihnen nach unten. Sie trampelten durch die Küche, und von dort rannten sie in den Vorratsraum. Hier erwarteten sie schon andere Besatzungsmitglieder, die mürrisch auf Fässern saßen und ihre übelriechenden Pfeifen entzündeten. Calothrick lehnte sich gegen das falsche Schott und ließ seine Augenpipette in den Gürtel zurückgleiten. Als er mich sah, brach er in unkontrolliertes Kichern aus.

Dalusa war nicht da. Ich rannte an dem verstörten zweiten Maat vorbei, riß die Luke auf und sprang an Deck. Achselzuckend schloß Grent die Luke hinter mir. Es hatte keinen Sinn, uns alle sterben zu lassen.

Das Deck schien verlassen. Dann machte ich Desperandum aus; er stand, das Notizbuch in der Hand, neben der Luke, die zu seiner Kajüte führte. Mit mißtrauischem Blick starrte er in die Sturmfront. Seine Maske war cremefarben und wahllos mit mathematischen Symbolen in blauer Farbe markiert.

»Faszinierend, was?« meinte er. Sein tiefer Baß kam ganz dünn durch den Maskenlautsprecher.

Ich flatterte mit den Armen. Desperandum blickte mich verblüfft an. Dann dämmerte es ihm. »Der Ausguckposten. Ist sie nicht mit den anderen im Vorratsraum?«

Ich schüttelte den Kopf. »Nun, bei mir ist sie auch nicht«, sagte Desperandum. »Sie ist sicher noch auf ihrem morgendlichen Erkundungsflug. Verflixt schade. Sie war uns ziemlich nützlich.« Bedauernd schüttelte er den Kopf. »Pech. So etwas passiert nicht oft. Außergewöhnliche Windbedingungen, oder vielleicht eine seismische Störung. Man sagt, am Ende der Bucht – dort, wo der Sturm herkam –, sei eine Öffnung, aus der Hitze entweicht. Wir müssen das einfach durchstehen. Gehen wir in die Kajüte hinunter. Kommen Sie mit mir; wir wollen nicht auch noch Sie verlieren.« Mit einer beiläufigen Bewegung griff Desperandum nach meinem Handgelenk. Sein Griff war so fest wie eine stählerne Handfessel.

Zusammen gingen wir in seine Kajüte hinunter. Desperandum zog seine Maske vom Gesicht und fuhr mit der Hand über sein kurzgeschorenes rotblondes Haar. Er schaute zu den dicken Glasfenstern im rückwärtigen Teil der Kajüte und schnalzte bedauernd mit der Zunge. »Diese Fenster ...«, sagte er. »Und nach all dem Ärger, den es mich gekostet hat, sie einbauen zu lassen. Wenn der Staubsturm über sie hinweggegangen ist, werden sie trübe und undurchsichtig sein. Nutzlos.«

Ich wollte verzweifelt zurück an Deck. Mein Drang, Dalusa zu helfen, war von solch psychotischer Stärke, daß ich nicht einmal in der Lage war, meine Motive rational zu erwägen. Ich zog meine Maske mit betonter Beiläufigkeit ab, aber Desperandum, dessen Einsicht in menschliches Verhalten durch die Erfahrung von Jahrhunderten geschärft war, durchschaute mich. »Sie sind erregt«, sagte er. »Versuchen Sie, sich zu beruhigen. Es gibt einige Dinge über Dalusa, die Sie meines Erachtens wissen sollten ...«

»Sehen Sie!« schrie ich. »Ist sie das nicht, dort vor dem Fenster?«

Die Reaktion auf einen solchen Schrei geschieht automatisch. Als Desperandum sich umwandte, zog ich meine Maske über, sprang die Treppe hinauf und durch die Luke. Desperandums Schrei wurde abgeschnitten, als ich sie hinter mir zuschlug. Ich hoffte, er würde vernünftig sein und nicht hinter mir her an Deck kommen.

Aber ich hatte nicht mit der Treue eines Kapitäns zu seinen Leuten gerechnet. Die Luke schlug auf, und ich hatte kaum die Zeit, mich hinter einem Trantiegel flach hinzulegen, ehe Desperandum aufs Deck sprang. Mit schnellen Blicken sah er sich einige Sekunden um, bemerkte den herannahenden Sturm und sprang wieder in seine Kajüte hinunter. Die Luke wurde zugeschlagen und verriegelt.

Es gab keinen Blitz, keinen Donner. Der Wind war völlig still. Fasziniert starrte ich auf die herannahende Wand. Sie war nicht so fest, wie sie aus der Entfernung erschienen war; waagerechte Schichten trieben vor der Hauptfront des Sturms her, und lange Schlingen und Spiralen streckten sich wie gasförmige Tentakel aus, ehe sie sich ins Nichts ausbreiteten. Das Licht wurde düster, und die Morgensonne wurde bereits von einem aufkommenden Schauer getrübt. Adrenalin ergoß sich in meinen Blutkreislauf. Meine übermäßige lebhafte Vorstellungskraft verselbständigte sich; ich hatte die plötzliche Vision eines erbarmungslosen Sandsturms, der meine Haut ablöste, die Kunststofflinsen meiner Maske frostig eintrübte, meine widerstandsfähige Gummimaske zu nutzlosen Fetzen zerriß, mein Gesicht mit einer Million kristaller Nadelstiche zerfurchte. In wenigen Sekunden würde ich zu einem klebrigen Skelett zerfetzt werden, meine Knochen würden bloßgelegt sein, von den gnadenlosen Böen immer dünner geschnitten und schließlich aufgelöst werden. Panische Angst erfaßte mich; ich sprang hinter den Trantiegeln hoch und rannte über das Deck. Da sah ich vor der herannahenden Wand eine verschwommene geflügelte Silhouette. Windstöße fuhren an mir vorbei, scharfe Staubpartikel stachen in meine Hände und meinen Hals. Das Licht schwand. Dalusa hatte die Kontrolle verloren und trieb wie ein Blatt dahin, drehte sich fast wie eine Windmühle. Sie würde den Bug der *Lunglance* passieren. Jetzt konnte ich ein schwaches Grollen hören, als ich über das plastikverkleidete Deck rannte. Eine harte Bö traf das Heck, und die Verspannungen der *Lunglance* surrten wie Geigensaiten. Eine weitere Bö packte mich und riß mich fast von den Füßen, aber ich krabbelte zum Bug. Gerade rechtzeitig. Aber Dalusa war zu hoch, flog aus meiner Reichweite heraus – nein, sie schwebte abwärts. Aber war es nahe genug?

Dann, als sie vorbeitrieb, sprang ich über Bord. Und zu meiner Überraschung erwischte ich ihre Beine in einem panischen Griff. Wir schlugen auf die Staubfläche und gingen unter, aber nur eine Sekunde lang. Das spezifische Gewicht des Staubes war höher als das von Wasser, und wir schwammen wie Korken auf der Oberfläche. Ich packte Dalusas staubverklebtes Haar und bewegte mich auf den Raum zwischen dem Mittel- und dem Backbordrumpf der *Lunglance* zu.

Ich versuchte, Atem zu holen und fing zu würgen an. Staub hatte die Filter meiner Maske völlig verstopft. Mit enormer Anstrengung stellte ich meine hektischen Versuche einzuatmen ein und atmete heftig aus. Meine Ohren sausten, aber die Filter wurden wieder frei.

Dalusa würgte röchelnd und krallte ihre scharfen roten Fingernägel in die Maske. Als ich mit dem Hinterkopf gegen den Mittelrumpf schlug, hob ich mich aus dem Staub und stieß ihr meine geballte Faust fest in den Solarplexus. Aus der Öffnung ihres Maskenfilters spritzte Staub heraus, und sie sog keuchend den Atem ein.

Zuckend warf sie ihre Arme um meinen Hals, Staub

knirschte über meine Haut. Ich war mit dem mehligen Stoff völlig bedeckt; zäh klebte er an der dünnen Schicht aus Schweiß und Fett auf meiner Haut. Daß Dalusa sich jetzt infizierte, war unmöglich.

Der Wind steigerte sich zum Heulen, der Himmel verfinsterte sich gänzlich. Unterhalb der *Lunglance* war es pechschwarz. Dalusas lange Arme besaßen eine erregende, panische Kraft; es war offensichtlich, daß sie nicht die mindeste Ahnung davon hatte, wie man schwamm. Ich versuchte, ihr besänftigend auf die Schulter zu klopfen, aber ihre Schwingen waren im Weg. Schließlich griff ich unbeholfen über ihre Arme – ein schwieriges Unterfangen, da ihre samtenen, aber zähen Flügel mich fast vollständig umhüllten – und gab ihr einen Klaps zwischen die Schulterblätter. Ihr Griff lockerte sich minimal.

Allmählich wurde die *Lunglance* vom Wind langsam durch den Staub geschoben. Das war schlecht. Falls das Schiff Bug oder Heck in den Wind drehte, würde der Sturm zwischen die Rümpfe fahren und uns umbringen.

Ich hörte auf, Staub zu treten und stieß mich zweimal schwerfällig mit den Füßen ab, um in Rückenlage zu kommen. Ich klammerte beide Füße an den Mittelrumpf und hielt Dalusa fast völlig aus dem Staub heraus. Sie ließ meinen Hals los und lag ruhig in voller Länge auf mir. Die Tragfähigkeit des Staubs reichte aus, den runden Atemfilter meiner Maske in der Luft zu halten, aber der Rest meines Kopfs wurde vom Staub überspült. Der größte Teil von Dalusas Gewicht war in ihren kräftigen Flugmuskeln konzentriert.

Kratzend glitt sie an meinem Rumpf hinab und legte ihre maskierte Wange auf meine Brust. Etwas von Dalusas Körperwärme strömte allmählich durch die Staubschicht, die uns trennte. Wenn ich an den Stellen, an denen wir uns berührten, zu schwitzen anfing, würde sie sich einen heftigen Hautausschlag zuziehen.

Ich atmete kräftig aus und sank ein wenig tiefer, so daß frischer, kühler Staub an mir haften blieb.

Als sie spürte, daß ich sank, verschränkte Dalusa ihre Arme locker um meine Taille. Noch immer war es pechschwarz. Nur die Berührung ließ mich ihre Stellung erkennen. Es war kein Laut zu hören außer dem hohlen Röhren des Winds und dem knirschenden Sandpapiergeräusch, das der Staub verursachte, als er über uns an der *Lunglance* entlangschabte.

Aber wir waren sicher, zumindest für den Augenblick. Mein Herzschlag hatte sich verlangsamt, und mir wurde das ausgesprochen Erotische unserer Situation bewußt. Ich hob meine staubbedeckten Arme und legte meine Hände über Dalusas Schulterblätter. Unter der Berührung meiner Finger versteiften sich ihre Muskeln, entspannten sich wieder und bewegten sich. Ihre Wange lag noch immer auf meiner Brust, aber plötzlich merkte ich, daß sie hinuntergriff und die Rückseiten meiner Waden streichelte.

Ihre Arme waren viel länger, als ich mir bisher klargemacht hatte; als ich mir Dalusas grundlegende Fremdartigkeit bewußt machte, spürte ich ein plötzliches Schaudern, das nicht frei von Lüsternheit war.

Sie fuhr fort, die Rückseite meiner Beine zu streicheln. An sich war es kein besonders sinnliches Gefühl; der Staub kratzte auf meiner Haut, und meine losen Seemannshosen bauschten sich störend um meine Knie. Aber allein die Vorstellung dieser Situation war aufreizend und erregend. Die Beziehung zwischen uns war so unwirklich, daß jeder körperliche Kontakt, und sei er noch so gering, eine phantastisch-groteske Bedeutung gewann. Ich streichelte Dalusas Rücken mit meinen trockenen, staubigen Händen. Ich zögerte, sie zu umarmen. Das Gefühl, ihre Flügel seien gefesselt, könnte sie in panische Angst versetzen.

Mehrere Minuten lagen wir so, lauschten dem Seufzen des Winds und wahrten unseren unbehaglichen

Kontakt. Ich konnte spüren, wie Dalusas Herz wie mit durch Amphetamin aufgeputschter Geschwindigkeit an meiner Brust pochte. Dann begannen ihre Hände überraschend in meinen sackartigen Hosen an der Innenseite meiner Beine emporzukriechen. Zentimeterweise glitten sie über meine Haut und lösten eine Reaktion aus, die in ihrer Intensität beinahe erschreckend war. Das Ganze hatte einen fast unheilvollen Charakter. Im Dunkeln trieb ich auf dem Rücken im Staub, während Dalusas fieberheiße Finger die Innenseite meiner Schenkel kratzend streichelten. Mein eigenes Herz dröhnte jetzt, meine Hände lagen steif auf Dalusas Rücken.

Da hielten Dalusas Hände inne und drückten kräftig. Plötzlich durchfuhr mich eine Folge schneller Krämpfe, so überraschend in ihrer Intensität, daß ich Schwierigkeiten hatte, sie als sexuellen Ursprungs zu identifizieren. Gleichzeitig durchlief Dalusas Körper ein Zittern. Erschöpft entspannten wir uns. Ich glaube, ich bin eingeschlafen.

Jedenfalls wurde ich mir plötzlich des Sonnenlichts auf der Staubumgebung bewußt. Dalusa lag bewegungslos an meiner Brust. Behutsam stieß ich mich vom Mittelrumpf ab und schwamm in Rückenlage aus dem Schatten der *Lunglance*.

Als das Sonnenlicht uns traf, fuhr Dalusa hoch. Ihre Schwingen ausbreitend, kniete sie sich auf meinen Rumpf und flatterte in die Luft; sie schüttelte Staub aus den Federn ihrer Schwingen und aus dem fliegenden Haar. Ich schwamm zur Backbordseite des Schiffs und war nach ein paar heftigen Fußbewegungen so gerade in der Lage, hochzugreifen und den Deckrand zu packen. Er war metallisch glatt; die ganze Kunststoffschicht war vom Sturm weggeblasen worden. Mich hochhievend, ergriff ich die untere Querstange der Reling. Gegen mein Gewicht protestierend, quietschte sie. Die obere Reling war vom Wind in Mitleidenschaft gezogen worden. Als ich sie packte, zerbrach sie in meiner Hand und schnitt in den Rand meiner Handfläche. Staub saugte das Blut auf, das mein Handgelenk herabtropfte. Sobald ich wieder zu Atem kam – der plötzliche Fall hatte mich hart gegen den Rumpf der *Lunglance* prallen lassen –, zog ich mich mit einem durch die Maske gedämpften Stöhnen hoch und rutschte unter der Reling hindurch. Ich fand ein neues Schiff vor. Es war rein, unglaublich rein, so rein wie ein abgeleckter Knochen. Einige Verdrahtungen waren zerrissen, von der ungeheuren Reibung des Windes aufgetrennt. Die Masten schimmerten. Jeder Quadratzentimeter Oberfläche war glatt und glänzend; ich konnte mein maskiertes Spiegelbild auf dem Deck sehen, wo der Sand sich ins bloße Metall gefressen hatte. Ich sah aus wie der Geist eines humanoiden Fremdwesens, so vollständig war ich mit dem hellen Staub bedeckt. Mit jedem Schritt schüttelte ich ihn aus meiner Kleidung. Der Kunststoff war völlig vom Deck gelöst, außer in den Windschattenzonen hinter den Masten, den Trantiegeln und der Steuerbordreling. Wenn die Sonne hoch am Himmel stand, würde der Glanz die Augen blenden.

Mit kreischendem Geräusch öffnete sich die Luke zur Küche; ich fröstelte. Der erste Maat, Mr. Flack, kam vorsichtig heraus und blickte in den klaren Himmel. Dann schaute er zur Luke zurück und nickte.

Als er sich umwandte, sah er mich völlig regungslos noch immer in der Mitte des nackten Metallrumpfs stehen. Auch er fröstelte. Ich sah die Gedanken, die durch seinen Kopf schossen: *Guter Gott! Schau dir diesen armen Kerl an. Seine Haut ist völlig abgelöst und durch Staub ersetzt worden, er ist lebend mumifiziert worden. Ich hoffe, er hat nicht lange gelitten.*

Dann sagte er: »Gehen Sie runter und säubern Sie sich, Newhouse. Die Männer werden bald essen wollen.«

Ich stand neben der Luke, während die Matrosen an mir vorbei die Treppe hinaufstampften. Calothrick war der letzte; als er herauskam, versetzte er mir einen übermäßig jovialen Schlag auf die Schulter, der eine Staubwolke auslöste.

Ich ging durch das elektrostatische Feld in der Lukenöffnung; es löste eine beträchtliche Staubschicht von meiner Haut und eine Wolke aus meinem Haar. Als ich die Treppe hinabging, ergoß sich ein Sturzbach losen Staubs aus meiner Hose und unter meinem Hemd. Die Staubmaske noch immer auf dem Gesicht, zog ich mich aus und klatschte meine Kleidung auf die Anrichte. Staub flog auf. Ich nahm die Maske ab, nieste und zog sie wieder auf. Ich mußte warten, bis der Staub sich setzte, ehe ich sie sauberzumachen versuchte. Ich ging zum Wassertank, drehte den Hahn auf und tränkte einen Schwamm voll Wasser. Die Berührung mit meiner Haut war in ihrem Luxus geradezu schwelgerisch.

Ich zog frische Kleidung aus meinem Seesack und holte den Besen aus dem Schrank. Der Staub war so leicht und reibungslos, daß es fast unmöglich war, ihn aufzuwischen; meine heftigen Bemühungen hatten nur den Erfolg, daß sich der Schnitt an meiner Hand wieder öffnete. Ein Blutstropfen glitt langsam an der Seite meines Handgelenks herab.

In diesem Moment kam Dalusa durch die Luke.

»Wie geht es dir? Ist alles in Ordnung?« fragte sie. Ich lächelte, als ich ihre Besorgtheit bemerkte.

»Mir geht's gut«, sagte ich. »Ein paar Hautabschürfungen; und als ich an Bord kletterte, habe ich mir blaue Flecken geholt. Ach ja, und die Hand habe ich mir aufgeschnitten.« Ich hielt die Wunde hoch.

»*Au*«, sagte Dalusa und kam näher. »Du blutest.«

»Es ist nichts«, sagte ich. Sie starrte auf die kleine Wunde mit der verzückten Faszination, die eine Gottesanbeterin beim Erscheinen einer Fliege zeigt. »Wie geht es dir?« fragte ich lahm.

»Gut. Ich bin mit derselben Geschwindigkeit wie der Staub geflogen, er konnte mich nicht verletzen. Aber er hat mein Kleid ruiniert. Siehst du?«

Es stimmte. Der dünne weiße Film war schmierig geworden; irgendwie hatten sich Millionen mikroskopisch kleiner Partikel in seine polimerisierte Oberfläche eingegraben.

»Vielleicht kannst du es waschen«, schlug ich vor.

»Oh, nicht nötig. Ich habe meterweise von dem Material. Ich werde ein neues machen.«

Unbehagliche Stille entstand. Ich stellte den Besen weg und tupfte die Wunde mit meinem Schwamm ab. Sie würde bald verkrusten.

»Als wir unter dem Schiff waren, John ...«

»Ja.«

»Mir hat gefallen, was wir getan haben.«

Unsere Blicke trafen sich. Vielleicht hätten wir einander verstanden, wenn sie eine normale Frau und ich ein normaler Mann gewesen wären. Dichter sagen, daß Seelen sich mit den Augen als Medium begegnen und berühren. Aber selbst, wenn es sich um die gleiche Rasse handelt: Welcher Mann kann behaupten, die Gedanken einer Frau wirklich zu kennen? Ihre nächsten Worte waren kaum hörbar.

»Hat es dir auch gefallen?«

»Sehr.«

»Ich möchte, daß du mich küßt, John.« Sie trat noch näher an mich heran, so nahe, daß ich die strahlende Wärme ihres Körpers spüren konnte.

»Du weißt, daß ich das nicht tun kann.«

Sie schloß die Augen und hob das Kinn. Ich legte meine Hände auf meinen Rücken. »Ich werde dir weh tun«, sagte ich nachgebend. Ihre vollkommen geformten Lippen öffneten sich den Bruchteil eines Zentimeters.

Ich beugte mich vor und ließ mit der Sorgfalt eines Biologen, der ein einzigartiges Exemplar seziert, meinen Mund den ihren berühren. Sie reagierte mit träumerischer Gier, und die gesamte Situation gewann einen Aspekt glasiger Unwirklichkeit. Ein Schauder durchfuhr mich. Die seidene, fast geschmolzene Vereinigung von Geweben und Berührungen war wie der Höhepunkt eines Mords. Tränen traten in meine Augen, als ihre Zunge über die schrecklich empfindlichen Ränder meines Gaumens glitt, direkt hinter meinen Zähnen. Ich reagierte. Ihre Zähnen waren außergewöhnlich scharf, und dem Geschmack ihres Mundes haftete etwas Fremdartiges an, anders als bei jeder menschlichen Frau. Aus ihren Nasenlöchern entwich die Atemluft und erwärmte meine Wange.

Schließlich lösten wir uns voneinander. Ihre Lippen blähten sich schon und schwollen an; vor meinen Augen wurden sie eitrig und entzündet. Die Sekunden schienen dahinzusickern, bewegten sich so langsam wie Blasen, die im Schlamm hochsteigen. Dalusa sagte nichts, aber aus ihren Augenwinkeln flossen Tränen und rollten über ihre Wangen und den geschwollenen Mund.

Ich hob meine verletzte Hand und hielt sie vor ihr Gesicht. Dann ballte ich meine Faust und drückte sie fest. Der halbgebildete Schorf platzte klebrig auf, und langsam sickerte ein frischer Blutstropfen an meinem Handgelenk hinab. Bewegungslos standen wir dort und beobachteten die Schmerzen des anderen.

7

Arnar

DIE *LUNGLANCE* MUSSTE GEDOCKT UND ÜBERHOLT werden. Kapitän Desperandum ließ Kurs auf die Drudenfuß-Inseln nehmen. Nullaquas drittgrößte Ansiedlung, Arnar, war auf der größten dieser Inseln erbaut.

Es kostete drei Tage, uns in den Hafen zu schleppen. Nachdem er mit verschiedenen Schiffsbaufirmen telefoniert und alles zu seiner Zufriedenheit in die Wege geleitet hatte, versammelte Desperandum die Crew und gab uns allen Landgang. Er selbst blieb an Bord.

Die Männer trampelten über die Gangway und die verschrammten Metalldocks zu einem der riesigen Aufzüge an der Arnar-Felswand. Die mächtige Kabine lief auf stromführenden Metallschienen zu der Stadt über uns. Mürrisch füllten die Männer den Aufzug und schlossen die Sicherheitsschranke hinter sich. Ich war unter ihnen, ebenso Calothrick. Dalusa war nirgendwo zu sehen; wahrscheinlich flog sie auf Aufwinden zu der Stadt hinauf. In den letzten drei Tagen hatte ich nicht mehr mit Dalusa gesprochen. Sie hatte etwas von ihrer konzentrierten Nahrung aus der Küche geholt und sich in ihr Zelt auf dem Deck zurückgezogen. Ich war zu ihr gegangen, um mit ihr zu sprechen, aber sie hatte die Maske aufbehalten, als ich ihr Zelt betrat. Es war unmöglich, auch nur eine einseitige Unterhaltung aufrechtzuerhalten, wenn sie mir mit der porzellanweißen Maske gegenübersaß, auf der die blutrote Träne unter dem rechten Auge einen grotesken Kontrapunkt bildete. Vielleicht bedauerte sie ihr Handeln, vielleicht war sie noch immer an den Nebenwirkungen des Kusses erkrankt, wahrscheinlich traf beides zu. Ich wollte sie nicht quälen.

Der zweite Maat drückte einige Schalter, und der Aufzug begann träge die Felswand hochzusteigen. Die Hafenanlagen, Walfänger und Handelsschiffe unter uns schrumpften langsam; die Luft wurde nach und nach klarer, so daß ich von meiner Position am Geländer nach unten auf einen dünnen gräulichen Dunst schauen konnte, der die Oberfläche des Staubmeeres trübe machte. In der Ferne leuchtete die entgegengesetzte Kante des Nullaqua-Kraters, so klein wie immer, aber jetzt, da wir uns oberhalb des Dunstes befanden, waren die Konturen viel schärfer. Der Felsen nahm nun sechs Grad des westlichen Horizonts ein. Man konnte sich kaum vorstellen, daß er aus einer Vielzahl abfallender Klippen, siebzig Meilen hoch, bestand; er sah vielmehr wie eine sich zusammenballende Sturmfront aus, aus der graue Gewitterausläufer in den Himmel ragten. Aber das reichte aus, einem das Gefühl zu geben, man lebte in einer Schüssel. Im Osten, hinter uns, bedeckten die Klippen des Ostrands fast die Hälfte des Himmels. Am Fuß der Felsen kam der Morgen am Mittag. Die ersten Stunden des Tages wurden vom Glanz der Westklippen erhellt, die über die Atmosphäre hinausragten und das reine Sonnenlicht mit mondgleicher Intensität reflektierten.

Die Luft klarte immer mehr auf und nahm die gnadenlose wolkenlose Klarheit aller Inselstädte Nullaquas an. Ich riskierte es, meine Maske abzunehmen. Sie war rein. Ich tat einen tiefen Atemzug und drehte mich zu Calothrick um.

Alle Matrosen starrten mich düster und unfreundlich an, als hätte ich gegen die Etikette verstoßen. Ich zog die Maske wieder über.

Schließlich erreichte der Aufzug die Spitze der Klippe und blieb mit einem Klicken vor einem weiten, mit Metall ausgelegten Gang stehen, der an der offenen Seite mit einem zwei Meter hohen Drahtzaun gesichert war. Damit wurde verhindert, daß selbst die betrunkensten nullaquanischen Seeleute über den Klippenrand strauchelten und ihre Körperflüssigkeit auf den Felsen weit unten vergeudeten. Der zweite Maat packte das Sicherheitsgeländer des Aufzugs und ließ es mit einem Kreischen aufschwingen. Ich machte mich bereit, den Aufzug zu verlassen.

Plötzlich rannten alle Matrosen wie ein einziger Körper vorwärts; ihre überraschende Bewegung ließ mich rasselnd gegen den Drahtzaun prallen.

Ich stolperte hinter ihnen her und merkte, daß wir uns auf der Starcross Street befanden, dem Herzen des Bordellviertels. Beide Seiten der breiten Avenue waren mit Bars, Nachtclubs, Ringkampfarenen, Automatenhallen und Häusern mit schlechtem Ruf gesäumt.

Plötzlich riß Flack seine karierte Maske vom Gesicht und ließ ein ohrzerreißendes Geheul hören. Wie auf ein Kommando zogen die übrigen Matrosen ihre Masken ab und hängten sie in die Ringe an ihren Gürteln ein. Inzwischen hatte Flack lauthals einen ritualisierten Singsang angestimmt:

»Ich bin Flack, der erste Maat der *Lunglance*, des schönsten Schiffs in der Flott!«

Die übrigen Matrosen johlten zustimmend.

»Ich bin zäh wie Federstahl und so groß wie der Großmast! Im Beton hinterlasse ich meine Fußabdrücke, und ich lasse Felsen mit meiner bloßen Faust zerbersten! Ich kann einen fliegenden Fisch mit meinen Blicken töten und einen Hai in einem fairen Kampf totbeißen! Harpunen sind meine Zahnstocher, und meine Nägel mache ich mit Schmiedehämmern sauber!«

Flack legte die Hände auf die Hüften und vollführte einen schnellen Hüpfschritt. Dann sprang er in die Luft und ließ seine Hacken dreimal zusammenklappen, ehe er wieder landete. Die *Lunglance*-Crew brach in tobenden Beifall aus. Inzwischen hatte sich schon eine Menschenmenge um uns versammelt, meist grell gekleidete nullaquanische »Maßliebchen« und ihre Zuhälter. Auch ein Dutzend haarnasiger nullaquanischer Halbstarker waren da, und einige rivalisierende Seeleute, die man an den gebräunten Armen und den blassen Gesichtern erkennen konnte.

Jetzt setzte Grent zu seiner Rede an: »Zurück, Leute, zurück, macht mir Platz, sonst schaffe ich Platz über euren massakrierten Körpern! Kommt *mir* nicht zu nahe, denn ich stehe Klassen über euch! Ich kann meinen Arm in den Ozean stecken und Kiesel von seinem Grund auflesen! Legt euch mit mir nicht an, tut es nicht, sonst trete ich die Nullaqua-Mauer nieder und lasse alle eure Luft verströmen! Mit einer Hand knüpfe ich einen Knoten in den Großmast, mein Atem schmilzt Stahlblech...«

Mir war klar, daß dies eine Weile so weitergehen würde. Ich zupfe an Calothricks Ärmel, und wir schlüpften unauffällig aus der Menge hinaus.

»Hee, Mann, willst du einen schnellen Schuß? Komm, gehen wir die Gasse hinauf«, sagte Calothrick und zog seine Pipette aus dem Gürtel. Ich folgte ihm in den düsteren Schatten, der von einem Tätowiersalon auf die Straße geworfen wurde. Grinsend zog Calothrick sein Kunststoffetui heraus und schlürfte eine erschreckende Dosis Flackern heraus. Er reichte mir die Pipette.

»Monty, soviel kann ich nicht nehmen«, sagte ich.

»Ach was, John, das ist doch keine Dosis für einen rotblütigen Mann wie dich«, protestierte Calothrick. Er nahm mir die Pipette aus den Fingern, legte den Kopf in den Nacken und drückte sich die ganze Dosis in den Hals.

»Siehst du?« Er steckte die Pipette wieder in den Behälter und saugte schlürfend eine weitere Überdosis an.

»Ich nehme weniger«, sagte ich. »Wir müssen alles, was wir können, für die Leute im Neuen Haus sparen.«

»Ach, wir werden 'ne Menge haben. Wie viele Wale werden wir denn noch töten? Zwanzig, dreißig? Du könntest gallonenweise Stoff haben, wenn wir zurückkehren. Bist du sicher, daß du keinen Schuß willst?«

»Keinen von dieser Größe.«

»Wie du willst«, meinte Calothrick achselzuckend und schluckte eine zweite Dosis.

»Du hast es verdünnt«, schlußfolgerte ich plötzlich. Ich nahm den Behälter aus seinen steifen Fingern und füllte die Pipette zu einem Viertel. »Auf Ericald Svobold«, sagte ich. »Möge er in dem Frieden ruhen, den er verdient.«

»Wer?«

»Ericald Svobold. Er war der Entdecker des Flakkerns. So hat man es mir jedenfalls erzählt.«

Ich schluckte die Dosis runter. Die Reaktion kam sofort, und sehr stark; ein Stromstoß jagte mein Rückgrat entlang und wandelte mein sorgfältig arrangiertes Nervensystem in eine zufällige, chaotische Masse sprühender Funken und Verschmelzungen. Wie Calothrick lehnte ich mich hilflos grinsend an die Wand.

Ganz nahe an meinem Ohr ertönte eine Stimme. »Gute Laune, Schätzchen?«

Hastig ließ ich den Flackern-Behälter in mein Hemd gleiten und bemühte mich, meine derangierten Kräfte zu sammeln. »Was?«

Ein nullaquanisches Maßliebchen in mittleren Jahren, das Gesicht mit einer dünnen Schicht bunten Puders auf den Wangenknochen verziert, war in der Gasse nähergekommen, als ich weggetreten war. »Willst du ein bißchen Spaß haben, Seemann?«

»Ich, äh, ich weiß nicht ...«

»Ich glaube, ich muß mich hinlegen«, brabbelte Calothrick und sank gegen die Wand.

Die Frau half ihm auf die Füße. »Komm schon,

Schätzchen. Ich weiß einen Platz für dich.« Sie legte seinen Arm über ihre stämmigen Schultern und griff hinter ihn, um seine Brieftasche mit mütterlichen Fingern abzuklopfen. Sie zwinkerte mir zu. Meinem vom Flackern ausgedörrten Verstand erschien ihr Gesicht glasig und unerträglich hell. »Adieu und traniges Glück, Walfänger. Guck mal bei Madam Annie rein. Frag nach Melda.«

Es war eine enorme Erleichterung, als sie beide fort waren. Ich lehnte an der Wand und atmete die kühle Luft ein. Die Dinge schienen von selbst wieder in die Reihe zu kommen, und eine verschüttete Erinnerung nagte an meinem Unterbewußtsein. Eine Besorgung... ah ja, der Schnaps.

Mit äußerster Vorsicht ging ich auf die Straße hinaus und trat auf einen schmalen, langsamen Gleitweg. Schließlich glitt ich an einer Kneipe vorbei, die etwas weniger heruntergekommen aussah als die meisten, und verließ den Gleitweg. Auf hohen Blockbuchstaben, mit grünem Lack bemalt, der die selbstleuchtenden Säfte des nullaquanischen Planktons enthielt, stand dort: »Merkles Bar und Grill«.

Ich ging hinein und stellte einen Fuß auf die Messingstange vor der Theke. Merkle, ein untersetzter, glatzköpfiger Mann mit gebräuntem Gesicht und einem gezwirbelten Schnurrbart, tauchte vor mir auf.

»Was soll's sein, Seemann?«

»Gib mir 'nen Schuß vom alten Rotauge«, brummte ich auf Original-Seemannsart.

»Was, zum Teufel, ist das denn?«

Ich erklärte es ihm. »Tut mir leid, so was wirst du hier nirgendwo finden«, sagte Merkle. »Nichts, was stärker als zwanzig Grad Normalstärke ist.«

»Warum nicht?«

»Weil es ungesetzlich ist.«

Ich hätte es eigentlich wissen müssen. »Gib mir ein Bier«, sagte ich. Selbst die relativ schwachen Getränke reichten nicht aus, einen entschlossenen nullaquanischen Seemann im Stande der Nüchternheit zu halten. Ich spülte den Geschmack des Flackerns aus meiner Kehle, als ich plötzlich den Ausbruch eines lauten Streitgesprächs zwischen den Gästen am Ende der Theke hörte. Es klirrte und knallte, als jemand einen verbeulten Messing-Bierkrug gegen irgendeinen Kopf schlug. Diesem Geräusch folgte das schnelle Klatschen von Fingerknöcheln, die auf Zähne trafen.

»Das haben wir hier nicht so gerne«, brüllte Merkle und ergriff eine lange Aluminiumkeule, die mit Messingnägeln besetzt war. »Geht raus und tragt euren Streit wie Gentlemen aus.«

»Ich schlage ihm die Zähne ein«, versprach einer der Streithähne und trank den Rest des Biers aus dem verbeulten Messingkrug. Als ich mich über die Theke lehnte und an den blassen, trunkenen Gesichtern der Matrosen vorbeischaute, erkannte ich Blackburn, den Harpunier der *Lunglance*. Er und sein Gegner, ein muskulöser Nullaquaner, dessen Nasenhaar unentwirrbar mit einem mächtigen roten Schnauzbart verflochten war, gingen unter einer von der Decke herabhängenden Walfischtranlampe hindurch nach draußen.

Ich trank mein Bier aus, nahm das Trinkgeld, das auf einem runden, kunststoffüberzogenen Tisch für eine Kellnerin lag, und zahlte.

»Liefert ihr außer Haus?« fragte ich.

»Ja, sicher; Seemann.«

Ich bestellte drei Liter vom stärksten Bier, die er zur *Lunglance* liefern sollte. Die Adresse unseres Docks schrieb ich auf einen Kunststoffblock. Dann ging ich.

Draußen waren Blackburn und sein Kontrahent noch immer zugange. Ich quetschte mich durch die Menschenmenge, die sich versammelt hatte und zusah, wie die beiden sich auf dem Pflaster beharkten. Das Haar in einem von Blackburns Nasenlöchern war blutgetränkt, und sein Gegner hatte eine aufgeplatzte Lippe. Nicht mehr in der Lage, auf die Füße zu kommen, schlugen sie sich abwechselnd in den Leib. Ihre Schläge wurden immer schwächer, aber da die Widerstandskraft der beiden Männer ebenfalls nachließ, hatten die Schläge die gleiche Wirkung wie am Anfang. Bei jedem Treffer öffneten sie den Mund, brüllten auf, stießen kurze, tiefe Schreie aus, von keuchenden Atemzügen unterbrochen.

Schließlich, von blauen Flecken übersät und japsend, klammerten sie sich hilflos aneinander und atmeten röchelnd und stoßweise ein und aus.

Langsam, mit geradezu quälender Konzentration, ballte der schnauzbärtige Seemann seine Faust. Blackburn hob schwach eine Hand. »Zum Teufel«, sagte er durch geschwollene Lippen. »Gehen wir ein Stück die Straße hoch und legen uns hin.«

»Jawoll«, sagte der andere nickend. Enttäuschtes Murmeln stieg aus der Menge, als die beiden sich zitternd gegenseitig auf die Füße halfen und Arm in Arm auf ein Bordell auf der anderen Straßenseite zutaumelten.

Es war Zeit zum Mittagessen, schloß ich nach einem Blick zur Sonne. Ich nahm den Gleitweg, der von der Starcross Street zu einem achtbareren Teil der Stadt führte. Dort hielt ich an einem kleinen Straßenrestaurant und genehmigte mir ein Beefsteak. Es war nicht gerade vom Besten; die nullaquanischen Gewürze, die bei seiner Zubereitung verwendet worden waren, gaben der Soße einen dünnen Beigeschmack von Säure, und der Salat, der dazu gereicht wurde, war mit ausgesprochen erschreckender Ahnungslosigkeit zusammengestellt. Ich ging, ohne ein Trinkgeld zu geben, und beschloß, zur *Lunglance* zurückzukehren und mich nach Dalusa umzusehen.

Mein Fortkommen wurde durch einen Menschenauflauf auf der Starcross Street etwas behindert. Mehrere *Lunglance*-Matrosen waren daran beteiligt, und wenn sie mich gesehen hätten, hätten sie wahrscheinlich darauf bestanden, daß ich mitmachte. Ich nahm einen Umweg durch die Schneiderstraße. Vielleicht hatte es hier wirklich einmal Schneider gegeben, aber falls das zutraf, so waren sie inzwischen durch Maskenverkäufer ersetzt worden. Ein Laden nach dem anderen säumte die Straße, und in den Schaufenstern lagerte eine erstaunliche Vielfalt von Farben. Ich hatte noch einige in meinem Seesack, die ich zusammen mit meiner Maske auf der Hochinsel gekauft hatte. Das schien schon Jahre her zu sein. Aber es waren nur zwei Monate.

In Erinnerung an die irritierend langsame Geschwindigkeit des Aufzugs erwartete ich eine ähnlich lange Fahrt, um die Hafenanlagen unten zu erreichen. Stellen Sie sich meine Überraschung vor, als der Apparat so schnell fiel, daß meine Füße tatsächlich einige Zentimeter über dem Boden schwebten. Meine Begleiter im Aufzug hatten ihre Masken bereits angelegt; sie schwebten mit solcher Würde, als gehörten sie zu einem Konföderationsgericht, das gerade ein Todesurteil aussprach. Hastig schnallte ich meine Maske vom Gürtel und zog sie mir über, ehe der Staub Gelegenheit hatte, meine ungeschützten Augen und Lungen anzugreifen.

Als wir das letzte Viertel der Strecke vor uns hatten, setzte eine so starke Bremsung ein, daß ich in die Knie ging. Benommen trat ich auf die Hafenanlagen hinaus und atmete tief ein. Auf Meereshöhe war die Luft voller und dichter.

An Bord der *Lunglance* waren Schiffbauer dabei, das Deck neu zu beziehen. Sie klebten lange Streifen Walknochen-Plastik mit einem dünnen wäßrigen Leim auf das Deck. Neue Masten waren schon eingesetzt, und ein halbes Dutzend Handwerker ersetzten die zerrissenen Seile durch neue Trossen. In meiner Maske pfiff ich leise vor mich hin. Es hatte eine beträchtliche Summe gekostet, diese Arbeit so schnell erledigt zu bekommen.

Die meisten Walfängerkapitäne hätten sich in einer ähnlichen Situation an die Filiale ihrer Walfängerfirma gewandt, aber Desperandum besaß solchen Rückhalt nicht. Er mußte mit seinem eigenen Geld dafür aufkommen. Beeindruckend.

Dalusas Zelt war an Deck nicht aufgebaut. Nicht sonderlich überraschend. Schiffsbauer bezogen die Stelle, wo es normalerweise stand, mit neuem Kunststoff. Vielleicht war Dalusa irgendwo in der Luft. Ich beschloß, Desperandum zu fragen, ob er wußte, wo sie sich aufhielt. Obwohl meine Besessenheit – ich fragte mich bereits, ob ich sie Liebe nennen sollte – nicht Desperandums volle Zustimmung fand, war ich mir einigermaßen sicher, daß er es mir sagen würde.

Die Luke zu Desperandums Kajüte stand offen, also ging ich die Treppe hinab zum Speiseraum. Desperandum hatte die ganze Zeit an Bord gegessen; die Überreste mehrerer Mahlzeiten, schmutzige Teller mit erstarrtem Fett, bedeckten den Tisch des Kapitäns.

Ich nahm meine Maske ab und klopfte an der Tür zu Desperandums Kajüte. »Herein«, knurrte Desperandum.

Ich stieß die Tür auf und bemerkte sofort eine angespannte Stille. Desperandum saß in seinem Drehstuhl; an der Koje stand, steif dem Kapitän zugewandt, der nullaquanische Matrose Murphig.

»Aha, Newhouse«, sagte Desperandum mit vorgetäuschter Herzlichkeit.

»Störe ich?« fragte ich.

»Nein, nein. Matrose Murphig hat mir gerade einen recht interessanten Vorschlag gemacht. Möchten Sie ihm davon erzählen, Murphig?«

Murphig starrte nur mißmutig an die Wand.

»Nein? Na gut. Murphig hat erfahren, daß ich so etwas wie ein Wissenschaftler bin, und er ist zu mir gekommen, um … über eine Lehre zu reden.«

Ich sagte nichts.

»Aber ich fürchte, daß Matrose Murphig und ich in unseren Vorstellungen über wissenschaftliche Methoden ziemlich radikal voneinander abweichen. Matrose Murphig hat ausgeprägte Meinungen.«

Murphig hatte offensichtlich die Grenzen seiner Selbstbeherrschung erreicht. »Sie glauben, wir seien Barbaren, nicht wahr?« sagte er verbissen. »Sie kommen aus dem Nirgendwo in diesen glänzenden interstellaren Schiffen und glauben, Sie haben es mit einer Rasse von Untermenschen zu tun. Gott weiß, wir sind Sünder. Gott weiß, wir haben einige unserer Ideale verloren, aber das gibt Ihnen nicht das Recht, uns und unsere Ideen wie Dreck zu behandeln.«

Desperandum lächelte einnehmend. »Matrose Murphig ist verärgert, weil ich ihm eröffnet habe, daß seine Ideen eher mythisch als wissenschaftlich sind.«

»Wir sind nicht blind«, stellte Murphig verdrossen fest. »Wir sind keine Idioten. Wir reden nicht darüber, aber wir wissen, daß es unter dem Staub etwas gibt, etwas sehr Altes, Scheußliches und Starkes. Es … sie … sind seit Millionen von Jahren dort unten gewesen, meilenhoch Staub über ihren Köpfen; sie haben gelernt, gelebt, werden stärker, bis sie weise sind auf eine Art, die wir möglicherweise nicht verstehen können, weil sie wie … wie Götter der Tiefe sind.«

»Götter der Tiefe«, sagte Desperandum analytisch. »Eine klassische Form des Aberglaubens. Verstehen Sie richtig, Murphig: Daß ich Ihr Angebot zurückwies, bedeutet nicht, daß ich Sie persönlich nicht schätze. Sie sind ein ausgezeichneter Seemann. Aber mehr auch nicht.«

»Und was ist mit den Haien?« fragte Murphig. Sein Mund straffte sich. »Ich habe sie beobachtet. Ich habe *alles* beobachtet.« Er spießte mich mit einem schnellen Blick auf. »Sie sind immer da, wenn wir einen Wal töten. Sie können ihn nicht sehen. Sie können das Blut nicht riechen, weil der Staub es aufsaugt. Ihre Ohren sind winzig, sie können es nicht hören. Aber sie wissen, wenn etwas gestorben ist. Ich habe gesehen, wie Sie einen aufgeschnitten haben, Käpt'n. Ich weiß, daß ihr Gehirn sehr klein ist. Aber sie sind schlau und verschlagen; sie haben mehr Intelligenz, als man es irgendeinem Raubtier zubilligen darf.«

»Das hatten wir doch schon erledigt«, sagte Desperandum resignierend.

»Sie haben Lotsenfische, erinnern Sie sich? Sicherlich haben Sie die auch beobachtet, kleine Tiere mit Flügeln und großen, perfekt funktionierenden Augen.«

Murphig schwieg.

»War es das, was Sie sagen wollten, Matrose?«

»Nur noch eins, Käpt'n«, erwiderte Murphig, wobei seine Stimme vor unterdrückter Erregung vibrierte. »Am Ende der Reise werden wir sehen, wessen Ideen Gottes eigener Wahrheit mehr entsprechen. Aber das will ich noch sagen: Sie bringen Ihr Leben – und vielleicht noch mehr als Ihr Leben – in Gefahr, wenn Sie sich in Dinge einmischen, die Sie nicht verstehen.«

Urplötzlich brach Desperandum in dröhnendes Gelächter aus. Schließlich hörte er auf und wischte Lachtränen aus seinen kleinen, von Runzeln umgebenen Augen. »Ich bitte um Pardon, Murphig, wenn es mir nicht gelungen ist, Ihrem Volk den rechten Respekt zu erweisen. Aber bis jetzt ist mir noch nie klar geworden, welches Potential für Belustigungen in Ihnen steckt.«

Murphigs bleiches Gesicht wurde noch bleicher. Mit schwerfälligen, knotigen Händen zog er seine mit Zielscheiben bemalte Staubmaske über, ging durch die Kajütentür und rannte, drei Stufen auf einmal nehmend, die Treppe hinauf.

»Es hat mir kein Vergnügen bereitet, ihn auf diese Art zurechtzustutzen«, sagte Desperandum ernst. »Ich mag die Einstellung dieses Mannes. Aber das ist der Gen-Bestand. Wenn ein Planet nur von Mystikern, von religiösen Fanatikern, besiedelt wird, dann werden die

Verschrobensten unter ihnen, die mit dem geringsten ausgleichenden Anflug von Vernunft... nun ja, ich bin ganz sicher, Sie verstehen, was ich meine, Newhouse.«

»Ja, Sir, das tue ich.«

»Und wenn diese Situation durch eine von Grund auf starre und konservative Kultur kompliziert wird... tja, es ist eine Frage des Menschenmaterials. Aus Holz kann man kein Oszilloskop machen.«

»Sehr richtig«, stimmte ich zu.

Desperandum lehnte sich in seinem Drehstuhl zurück; mit einem Quietschen gab die Lehne nach. »Was kann ich für Sie tun, Newhouse?«

»Ah ja, die Ausguckfrau. Ich meine, mich zu erinnern, daß unser letztes Gespräch über dieses Thema ziemlich abrupt unterbrochen wurde.«

Ich sagte nichts, versuchte aber, ein wenig verärgert auszusehen. »Wissen Sie, wo sie ist, Sir?«

»Ich habe große Achtung vor Ihnen, Newhouse, als Mann, als Terraner und natürlich als Koch. Seit ich in den Krater gekommen bin, ist das das erste Mal, daß ich annehmbar gegessen habe.«

»Danke, Sir.«

»Und auch vor Dalusa habe ich viel Respekt. Sie war bei meinen beiden früheren Fahrten dabei. Aber Ihre Beziehung betrachte ich mit einiger Besorgnis. Ich frage mich, ob Sie je über die Art der Motivation nachgedacht haben, die eine Person dazu bringt, ihren Planeten, ihren Körper, sogar ihre ganze Spezies zu ändern.«

»Sie hat irgend etwas darüber erwähnt, daß sie nie richtig dazugehörte.«

»Sie war ein Außenseiter«, sagte Desperandum unverblümt. »Sie war abstoßend. Keiner aus ihrem... äh... Stamm wollte sie berühren oder mit ihr reden. Sie war eine Paria.

Dann kam die Expedition, Geschöpfe wie Götter in infektionssicheren Anzügen. Sie waren bereit zu reden. Sie waren bereit, ihre Ideen jedem mitzuteilen, der zuhören wollte. Also wurden sie in Fetzen zerrissen. Berufsrisiko.« Desperandum zuckte die Achseln. »Und so starben Dalusas Peiniger in schrecklichem Todeskampf, vergiftet vom Blut ihrer Opfer. Als die nächste Expedition kam, die unvermeidlich war, traf sie Dalusa vorbereitet. Und sie ging mit ihnen fort und legte sich unters Messer.«

»Eine löbliche Entscheidung«, sagte ich.

Desperandum runzelte die Stirn. »Es ist nicht klug, menschliche Maßstäbe an Fremde anzulegen, das weiß ich. Aber ist Ihnen nie der Gedanke gekommen, daß Dalusa geistig nicht normal ist?«

»Käpt'n, es gibt keine objektiven Maßstäbe, um geistige Gesundheit zu messen. Wie Sie selbst sagen, ist es absurd, menschliche Maßstäbe an sie anzulegen, und wenn sie nach ihren eigenen Maßstäben nicht normal wäre, kann ich leider nicht erkennen, welche Belastung das für mich haben sollte. Schließlich habe ich keine Vorstellung davon, was bei ihren Artgenossen als normal gilt. Aber nach dem, was Sie mir erzählt haben, scheinen sie ausgesprochen unerfreulich zu sein.«

»Und wenn das, was ich Ihnen erzählt habe, etwas mit Blut zu tun hat?« fragte Desperandum. »Menschliches Blut, der Mittler ihres Heils. Und was, wenn ich Ihnen sage, daß Blut ihre Besessenheit ist, sogar ein sexueller Fetisch?«

»Dann würde ich Sie fragen, Käpt'n, wo Sie Ihre Information herhaben?«

Einige Sekunden war es still. »Ich glaube, das würde ich Ihnen dann nicht sagen«, sagte Desperandum schließlich.

»Nun denn, um zu unserem früheren Gesprächsthema zurückzukehren: Ich möchte, daß Sie den jungen Murphig scharf im Auge behalten. Er wird das Schiff nicht plötzlich verlassen. Für einen nullaquanischen Walfänger ist das undenkbar. Aber er verhält sich in letzter Zeit merkwürdig. Manchmal träge, manchmal fast überdreht, als stände er unter dem Einfluß einer ...« Ich hielt den Atem an, während Desperandum nach einem Wort suchte. »... einer Art religiöser Erregung. In einer Kultur wie der hiesigen muß man mit einem solchen Syndrom rechnen. Wenn es an Bord der *Lunglance* Unruhe gibt, wird Murphig vermutlich in ihrem Zentrum sein.«

»Ich werde ihn beobachten, Käpt'n«, versprach ich.

»Prima. Ach, übrigens, könnten Sie beim Hinausgehen die Reste vom Eßtisch abräumen?«

»Käpt'n«, sagte ich sanft, »was ist mit meiner Frage?«

In diesem Moment wußte ich mit Sicherheit, daß Desperandum ein alter Mann war. Ein bestürzter, fast erschreckter Ausdruck huschte über sein Gesicht, so wie ich ihn vorher schon beim alten Timon Hadji-Ali und bei den Undines gesehen hatte. Eine verzweifelte Suche unter den angehäuften Jahrhunderten der Erinnerung; Erinnerungen, die von einem unzulänglichen menschlichen Gehirn aufgestaut und verzerrt wurden.

Aber Desperandum fand es schnell: »Dalusa. Sie ist in der Küche und wartet. Wartet auf Sie.«

Ich stapelte das fettige Geschirr übereinander und zog meine Maske über. Dann trug ich es auf Deck, wo die Handwerker immer noch eifrig arbeiteten, und ging in die Küche.

Es war dunkel. Mit dem Ellbogen drückte ich den Lichtschalter an und setzte das Geschirr auf die Anrichte.

Dalusa saß auf dem Stuhl neben der Tür, die zum Vorratsraum führte. Sie hatte noch immer ihre Maske auf; ihre Hände waren von ihrem Hals verschränkt, und ihre Schwingen hingen wie schwarze Samttücher von ihren Armen.

Ich schwang mich neben dem Geschirr auf die Anrichte und blickte ihr ins Gesicht. Ich nahm meine Maske ab. »Ich will mit dir reden, Dalusa. Willst du deine Maske nicht abnehmen?«

Dalusa griff nach dem Elastikband hinten an ihrer

Maske und streifte es langsam über ihren Kopf. Ihr Bemühen, die Situation zu dramatisieren, war so offensichtlich, daß ich ungeduldig wurde. Aber ich hielt mich zurück.

Langsam hob sie die Maske vom Gesicht und hielt sie immer noch zwischen uns, so daß ich ihr Gesicht nicht sehen konnte. Dann ließ sie sie plötzlich sinken.

Ich konnte spüren, wie das Blut aus meinem Gesicht wich; ich könnte schwören, daß ich fühlte, wie es durch Millionen Arterien in meinen Hals tropfte und entwich. Ich sah Dalusas bleiches, zerstörtes Gesicht grau werden. Ich schauderte, fühlte mich übel und packte die Kante der Anrichte mit beiden Händen.

Dalusa sah aus, als hätte sie an einem Schwamm voll Säure gesaugt. Ihr Mund war geschwollen und abstoßend; ihre Lippen waren so aufgequollen und entstellt, daß sie wie kleine rote Würstchen wirkten. Weiße Fetzen feuchter, roter Haut klebten an den Rändern ihrer Lippen, und ihr entstellter Mund war mit schwarzen und gelben schwärenden Blasen übersät.

Ich schaute weg. Dalusa begann zu reden. Ich war so verblüfft, daß sie in der Lage war zu sprechen, daß ich ihre Worte beinahe nicht aufnahm. Sie sprach langsam und lispelnd, ihre Lippen schienen auf unnatürliche Weise aneinanderzuhaften. Bei jedem Konsonant öffneten sie sich klebrig.

»Siehst du, was du mir angetan hast?«

»Ja«, sagte ich. Es würde ihre Qual nur noch steigern, wenn ich darauf hinwies, daß es eher ihre Verantwortlichkeit als meine war.

Aber sie sagte nichts, und die Stille dehnte sich schmerzlich aus. Schließlich sagte ich: »Ich hatte keine Ahnung, daß es so schlimm sein würde. Die Strafe steht in keinem Verhältnis zu dem kleinen Funken Freude – Gott ist grausam zu dir, Dalusa.«

Ihr Mund bewegte sich mühsam, aber ich konnte kein Wort hören. »Was?« fragte ich.

»Liebst du mich?« wiederholte sie. »Wenn du mich liebst, ist alles in Ordnung.«

»Ja, ich liebe dich«, sagte ich. Und obwohl der Satz als Lüge begonnen hatte, wurde mir, als ich ihn ausgesprochen hatte, bestürzt klar, daß ich die Wahrheit gesagt hatte.

Dalusa begann lautlos zu weinen, dünne glänzende Tränen rannen mit unnatürlicher Geschwindigkeit über ihre bleichen, vollkommenen Wangen, um die geschwollenen Ränder ihres Mundes zu berühren. Unwillkürlich stand ich auf, um sie zu umarmen, hielt aber dann inne. Nicht zum ersten Mal, und sicher nicht zum letzten Mal, wurde ich von peinigender Frustration zerrissen.

»Du glaubst mir nicht«, sagte ich, und meine Gedanken vollführten einen plötzlichen intuitiven Sprung. »Du möchtest, daß ich ebenso leide wie du. Deine Liebe besteht aus Schmerzen, also kannst du mir nicht glauben, solange ich deine Qual nicht teile.«

Dalusa stöhnte – ein merkwürdiger gutturaler Laut, der meine Haare zu Berge stehen ließ. »Warum? Warum können wir einander nicht berühren? Was habe ich getan? Was hat man mir angetan?«

»Wußtest du, daß ich ein Paar Handschuhe habe?« fragte ich.

Dalusa starrte mich an und brach in hysterisches Lachen aus. »Handschuhe auf einem Walfängerschiff?« Plötzlich sprang sie mit einem Rascheln ihrer Schwingen von dem Stuhl auf, griff nach ihrer Maske und rannte unbeholfen die Stufen hinauf und durch die Luke.

Ich setzte mich auf den Stuhl und schnupperte. Dalusa benutzte Parfüm.

Die Fahrt geht weiter

NACHDEM ICH MIT DEM GESCHIRR FERTIG WAR, ging ich wieder auf Deck, Dalusa war fortgeflogen. Auf meinem Weg zurück zum Aufzug traf ich einen Botenjungen von Merkles Bar und Grill mit meiner Bierbestellung. Er trug eine völlig schwarze Maske, die ihn sofort als Landratte kennzeichnete. Ich bezahlte ihn und brachte die Flaschen in die Küche hinunter. Dann reinigte ich die Destillationsanlage mit einer harten Flaschenbürste aus Draht und fing an, Whisky zu brennen.

Als ich wieder Hunger bekam, schüttete ich das abscheuliche Zeug in eine Flasche um und stellte es in einen Schrank. Mit ein wenig Glück würde ich nie davon trinken müssen. Dann ging ich zurück zum Aufzug. Langsam kroch er an der im Schatten liegenden Seite der Felswand empor. Die Sonne wurde vom westlichen Horizont in der Mitte geteilt, und die Ostwand des Kraters warf das Licht zurück. Im dunkler werdenden Himmel traten die ersten Sterne als verschwommene Flecken hervor.

Ich ging zur Starcross Street zurück. Es gab keine elektrisch betriebenen Reklameschriften – sie waren gesetzlich verboten –, aber die Körpersäfte der nullaquanischen selbstleuchtenden Lebensform fanden massiv Verwendung. Zu meiner Rechten bildeten sechs schwankende Nullaquaner eine menschliche Pyramide; sie hatten vor, in ein Fenster im zweiten Stock eines Bordells einzusteigen. Aus verschiedenen Kneipen drang laute Tubamusik, von den schwülstigen schrillen

Tönen nullaquanischer Kornetts begleitet. Ich trat über einen brabbelnden Handelsmatrosen hinweg und schaute mich nach einem ruhigen Restaurant um. Es gab nicht viele, aber schließlich fand ich eines, einen Betrieb, der Nullaquas gebrechliche Seniorbürger versorgte. Wie alle Kulturen mit massiven technologischen Beschränkungen hatte Nullaqua einfach keine Verjüngungstechniken nötig, die das Leben über hundert Jahre hinaus verlängerten. Die Lebenserwartung der Nullaquaner lag bei nur neunzig Jahren, und den tattrigen Gaffern um mich herum, deren Nasenhaare im Alter weiß geworden waren, sah man jedes einzelne Jahr an.

Doch obwohl die Bürger wie Eintagsfliegen starben, war die nullaquanische Zivilisation in den letzten vierhundert Jahren einigermaßen stabil geblieben. Und obwohl die älteren Generationen schnell in die Krematorien geschafft wurden, war fast jeder in der Lage, einen direkten Nachfahren zu haben. Die kaum merklichen schleichenden Auswirkungen eines Erwachsenenlebens ohne Kinder wurden noch von nichtnullaquanischen Sozialwissenschaftlern gemessen. Und auf jenen fortgeschrittenen Planeten, die das Bevölkerungswachstum nicht in Grenzen hielten, betrug die Lebenserwartung – wenn man die Abtreibungen nicht berücksichtigte – nur dreiundzwanzig Jahre. Auf solchen Planeten töteten sie viele Kinder. Und natürlich packten Zukunftsschock und übermächtige Todessehnsucht fast jeden, vor allem auf fortgeschrittenen Planeten. Tief, ganz tief im Innern, wollten wir alle sterben.

Aber ich war nicht in Eile, überlegte ich, während ich eine Aluminiumgabel in einen schmackhaften Oktopus bohrte. Durch die stieren Blicke zittriger Neugier, die die Nullaquaner mir zuwarfen, wurde mein Appetit nur geringfügig beeinträchtigt. Für einige dieser Fossile war ein Außenweltler immer noch ein ungewohnter Anblick. Ich überlegte, ob ich mir ein Nasentoupet zulegen sollte. Andererseits würden meine Augenlider meine Herkunft immer noch verraten; sie waren nicht gewellt, und meine Wimpern waren nicht dicht genug, um mich als Einheimischen auszuweisen.

Nach dem Essen verlor ich etwas Geld in einem Kasino; nicht genug, daß es mir weh tat, aber genug, um mich zu unterhalten. Danach fand ich ein Hotel, lehnte das Maßliebchen ab, das die Hotelleitung mir anbot, und versuchte zu schlafen. Mein Schlummer wurde ständig unterbrochen, da ein Chor betrunkener Seeleute alle halbe Stunde unter meinem Fenster auftauchte und obszöne Walfängerlieder sang. Es war unmöglich festzustellen, ob es jedesmal derselbe Chor war; jedenfalls sang er gleichbleibend schlecht. Wütend, wie ich schließlich war, nahm ich einen weiteren Schuß von Calothricks Flackern, und zwar eine solche Dosis, daß meine Ohren wie Kirchenglocken klangen und ich das Bewußtsein hinter einer Wolke aus blauen Flammen verlor.

Am nächsten Morgen erwachte ich von den Schreien einer großen Menschenmenge, die sich zwei Häuserblocks weiter auf der Starcross Street versammelt hatte.

Die *Lunglance* war unglücklicherweise am Vorabend eines örtlichen Feiertages gelandet, einem der wichtigsten des Jahres: Wachstumstag. Die Feierlichkeiten begannen mit einem Ringerwettbewerb. Ringkampf langweilte mich, also ging ich nach einem gemütlichen Frühstück im Hotelrestaurant aus und betrank mich. Als ich auf die Straße torkelte, wurde ich von einem blonden nullaquanischen Maßliebchen angesprochen, die mir begreiflich machte, daß sie besondere Feiertagspreise anbot. Mit einem psychologischen Einfühlungsvermögen, das für einen Nullaquaner ungewöhnlich war, bot sie mir sogar an, sich vor unserem Techtelmechtel die Nasenhaare stutzen zu lassen.

Es gab keinen vernünftigen Grund, sie zurückzuweisen. Sie war billig, sauber, gesund und frei von jeglichen emotionalen Nebenwirkungen. Außerdem war ich zwei Monate auf See gewesen.

Aber ich war erst am Anfang, die Tiefen des Masochismus auszuloten, die Dalusa mir eröffnet hatte. Ich gab dem Maßliebchen ein nullaquanisches Drei-Monun-Stück und bat sie, mich in Ruhe zu lassen.

Aber ich hatte nicht mit der aufrichtigen Abneigung gerechnet, die die Nullaquaner Almosen entgegenbrachten. Sie lehnte es ab, das Geld zu nehmen, ohne mir dafür irgendeinen Dienst zu erweisen. Offenbar neu im Geschäft, dachte ich erschöpft. Also sagte ich ihr – Folge einer verqueren Logik, die jetzt unverständlich erscheint –, sie solle den Matrosen Murphig von der *Lunglance* aufsuchen und ihm John Newhouses Entschuldigung übermitteln. Dafür könnte sie das Geld behalten.

»Entschuldigen wofür?« fragte sie.

»Wenn du nicht verschwunden bist, bevor ich bis drei gezählt habe, werde ich die Gewerbesynode informieren«, drohte ich. Eilig machte sie sich davon.

Inzwischen zog eine Parade durch die Straßen. Paraden hatten ebenfalls nie viel Anziehungskraft auf mich ausgeübt, aber nachdem ich mich mit einer viertel Pipette Flackern gestärkt hatte, blieb ich an der Ecke stehen und sah den vorbeiziehenden Farben zu. Ich hatte Schwierigkeiten, meine Augen unter Kontrolle zu halten. Ich meine mich zu erinnern, daß ein Dutzend Nullaquaner, in ein gewaltiges schwarzes Walkostüm gekleidet, direkt vor mir vorbeikamen, aber das kann auch eine Erfindung meines fiebernden Hirns gewesen sein. Einmal in Stimmung, nahm ich minimale Dosen Flackern ein, um ein stetiges Glühen aufrechtzuhalten.

Als ich Hunger spürte, kaufte ich von einem fliegenden Händler ein gebratenes Schaschlik. Ich aß es unter der Begleitung einer großen und ausgesprochen stümperhaften Blaskapelle.

Die *Lunglance* würde am nächsten Tag Segel setzen. Es war unerläßlich, daß ich vor Mitternacht an Bord war. Aber bis dahin war noch reichlich Zeit. Mein Kopf wurde allmählich wieder klar, und ich nahm noch einen kurzen Schuß Flackern. Ein großer Trupp nullaquanischer Halbstarker, in identische lilablaue Uniformen gekleidet, kam die Starcross Street herabmarschiert, im Gleichklang singend. Wäre ich nüchtern gewesen, wäre der Anblick absolut unerträglich gewesen. Ich unterdrückte jedweden Gedanken an Dalusa. Ich würde schon früh genug wieder im emotionalen Dampfkochtopf der *Lunglance* stecken. Bei dieser Vorstellung überkam mich eine drogeninspirierte Depression. Ich fing schon an, mich übel, gefangen, frustriert und schwach zu fühlen. Ein flüchtiges Abbild von Dalusas aufgedunsenem Gesicht erschien vor meinem geistigen Auge, und ich fröstelte. Ich kam mir vor wie ein Mann, der sich sterbenselend fühlte und um sich schlagen wollte, obwohl er wußte, daß dies seinen elenden Zustand nur verschlimmern würde.

Das Flackern machte mich fertig, schloß ich plötzlich. Ein geschäftstüchtiger Nullaquaner hatte vor seiner Kneipe eine Theke aufgebaut, und ich bestellte ein leichtes Bier. Ich mochte die leichten Biere Nullaquas, je leichter, desto besser. Die leichtesten waren fast ohne Geschmack.

Vier oder fünf Bier später fand ich mich auf einem summenden, elektrisch angetriebenen Pendelzug wieder, der nordwärts zum zweiten Hafengelände fuhr. Von dort aus konnte man Fähren zu den übrigen vier Inseln der Drudenfuß-Gruppe nehmen. Der Zug bewegte sich mit irritierender Trägheit, vielleicht mit sechs Meilen in der Stunde, der Geschwindigkeit eines schnellen Fußmarsches. Ich hatte das Bedürfnis, auszusteigen und zu schieben, machte es mir aber statt dessen in dem Walhautsitz bequem, wobei ich die argwöhnisch dreinblickende nullaquanische Matrone mit dem

Kopftuch neben mir anrempelte. Ihr natürliches Mißtrauen Seeleuten gegenüber wurde noch verstärkt durch die Tatsache, daß ich ein Außenweltler war.

Die Zugwaggons waren kleine Zellen aus Plastik und Metall, die nur für vier Leute Platz boten. Jeder Waggon besaß zwei Walhautbänke, die eine in Fahrtrichtung, die andere entgegengesetzt. Als Nüchternheit mich übermannte, bemerkte ich, daß die beiden ernsten Geschäftsleute, die mir gegenübersaßen, mir die unerbittliche Wohltat ihrer Aufmerksamkeit widmeten. Ich schaute weg, lehnte mich zur Seite und ließ meinen Arm lässig hinaushängen. Der Wagen hatte ein Sonnendach, aber keine Fenster. Man brauchte sie nicht. Auf Nullaqua regnete es nie.

Nullaquanische Sonnenuntergänge waren beeindrukkend, stellte ich einige Zeit später für mich fest. Der Zug war auf dem Rückweg von den Hafenanlagen und voll mit schnauzbärtigen Fischern. Meist Krabbenfänger. Sie fetteten die Spitze ihrer Bärte ein.

Die Sonne war bereits im Westen gesunken. Jetzt kroch der unregelmäßige Saum des Sonnenlichts langsam an der östlichen Felswand hoch. Das Licht war viel schärfer, weniger rosig als das staubgetrübte Felslicht auf Meereshöhe. Die Felsen hatten eine Albedo von etwas dreißig Prozent, stellenweise, wo lange geschmolzene Streifen der Felswand einen Obsidian-Schimmer gaben, die dort, wo Erzadern an die Oberfläche traten, glühend hell aufleuchteten, noch mehr. Die Sterne kamen heraus.

Das Sonnenlicht beendete seinen Auftritt, indem es zum Rand der Klippe stieg. Einen Moment lang strahlten die Zacken in sternengleichem Glanz; dann zeigten sie ein letztes Flimmern und tauchten wie der übrige Krater in schattige Düsternis.

Und genau in diesem Augenblick, zweifellos von knausrigen Mathematikern berechnet, gingen die Straßenlampen von Arnar an. Sie waren recht schwach.

Auch das Licht im Zug flackerte auf, eine einzelne trüb-
gelbe Glühbirne, die über uns am Sonnendach angebracht war.

Nur die Zonen um die Aufzüge an der Felswand
waren gut beleuchtet. Für die Seeleute gab es keine
Ausreden. Zusammen mit einem Dutzend mißmutiger
Nullaquaner drängte ich mich in den Aufzug, und wir
jagten mit einer Geschwindigkeit, die einem den Magen umdrehte, die Felswand hinab.

Auch die Hafenanlagen waren beleuchtet. Es gab
keine Gelegenheit, aus Versehen von einem Pier aus in
den Staub zu torkeln. Und an den Kais war ein schwaches grünes Leuchten zu sehen. Eine spärliche Kolonie
nullaquanischen Planktons war um sie herum entstanden; Nahrung fanden sie in dem Wasser, das beim Verladen gelegentlich verspritzt wurde. Die Handwerker
hatten ihre Arbeit beendet, die *Lunglance* war in bester
Verfassung. Die Reparaturmannschaft hatte sogar die
Zelte und Trantiegel wieder auf das Deck gebracht, das
jetzt wieder neu mit Kunststoff verkleidet war. Regie-
rungsarbeiter von der Ökologiesynode waren dabei,
Waleier im Backbordrumpf der *Lunglance* zu verladen.
Die bereits befruchteten Eier würden später über Bord
geworfen werden, drei für jeden getöteten Wal. Keine
leichte Aufgabe, denn die weißen Eier, deren Oberfläche leichte Vertiefungen aufwies, maßen über dreißig
Zentimeter im Durchmesser und wogen Stück für
Stück fünfzig Pfund. Sie kamen von einer Walzuchtan-
lage von einer der Drudenfuß-Inseln. In der Spitze dieser Insel befand sich eine breite Senke, und sie war
Tonne auf Tonne mit Staub gefüllt worden. Jetzt wurden gefangene Wale in dem seichten See gefüttert, und
sie vermehrten sich ungehemmt. Es wurden auch einige Versuche unternommen, spezielle Züchtungen zu
erreichen. Ihre Nachkommen füllten das Meer wieder
auf, und ihre Eier waren in der meisten Zeit der In-
kubationsperiode sicher vor den nadelschnäbligen Ok-

topi, die die meisten Eier aussaugten und die Walbevölkerung normalerweise in Grenzen hielten.

Ganz groß in Ökologie, diese Nullaquaner. Sehr besorgt um stabile Verhältnisse. Ich spürte den Flüssigkeitsentzug, der entstand, als mein Körper den Alkohol verarbeitete, und ging in die Küche hinunter, um etwas Wasser zu mir zu nehmen.

Ich hatte gerade mein erstes Glas geleert, als Dumonty Calothrick polternd die Treppe herunterkam.

»Erzähl mir nicht«, sagte ich, »du bist ausgeraubt worden. Dein ganzes Geld ist futsch.«

Calothrick wirkte verwirrt. »Geld? Ich habe mein Geld. Jemand hat mein Flackern gestohlen.«

»Heißt das, das Maßliebchen hat dich nicht ausgeplündert?«

»O nein, nein«, sagte Calothrick ungeduldig. »Sie hat mir eineinhalb Monun für ein Bett berechnet und mich allein gelassen. Ich war nicht in Stimmung. Vor allem nicht mit ihr.« Calothrick schüttelte sich. »Hee … du hast noch Flackern übrig, richtig? Gib mir was!«

Zum ersten Mal bemerkte ich, daß das Weiße in Calothricks Augen mit einem gelblichen Film überzogen war, ein Film wie die dünne, geriefelte Schicht, die sich als erstes auf der Oberfläche eines Topfes mit geschmolzenem Wachs bildet.

»Ich habe dein Päckchen«, sagte ich. »Ich habe es genommen, als wir in der Gasse waren.« Ich zog das Etui aus meinem Hemd und hielt es ihm hin; Calothrick schnappte es aus meinen Fingern. »Du hast auch die Pipette, hm?«

Ich reichte sie ihm. Er nahm sie und schaute mich aufgebracht an. »Du bist gerissen, Newhouse, verdammt gerissen. Wie ich sehe, hast du dich selbst bedient.« Er blickte auf die verringerte Füllung des Flackerns und saugte eine volle Pipette auf.

»Ich hatte Angst, man würde dich durchsuchen. Es ist jetzt illegal, erinnerst du dich?«

»Illegal. Wie kommst du darauf, daß auch nur einer von diesen Hohlköpfen gemerkt hätte, was es ist? Ich hätte ihnen gesagt, es wäre Arznei.«

»Du bist ganz schön angetörnt.«

»Du glaubst wohl, ich sei so eine Art Bauerntrampel«, fuhr Calothrick mich an, legte den Kopf in den Nacken und nahm einen Schuß aus der Augenpipette. »Merk dir das: Ich mag jung sein, aber ich bin nicht blind.« Er unterbrach sich, um zu rülpsen. »Du hast den größten Teil des Geldes und das ganze Flackern behalten. Ich will mehr. Vielleicht eine Flasche voll. Vor allem, wenn du vorhast, die ganze Zeit hindurch meines zu benutzen.«

Ich war erbost und hörte zu gähnen auf. »Eine Flasche! Was würdest du damit tun? Wo würdest du sie hinstecken? Die Maate würden sie sicher finden. Wenn du mehr willst, kannst du hierherkommen.«

Calothrick zögerte; das Flackern zeigte allmählich Wirkung. »Also, hör mir mal zu, Mann«, sagte er undeutlich. »Ich bin nicht danach süchtig oder so, klar, aber es interessiert mich mehr als früher, und ich spüre, daß es besser wäre, wenn ich immer etwas bei mir habe. Was ist, wenn wieder alles gestohlen wird? Ich brauche viel. Mindestens für ein paar Wochen.«

»Wieviel ist das?«

»Aah … rund vier Pipetten pro Tag … zwei oder drei Päckchen, schätze ich.«

»Du kriegst es bis Mitternacht«, sagte ich. »Geh nach Arnar und kauf dir ein paar Behälter.«

Mit finsterem Blick ging Calothrick hinaus. Vier Pipetten voll pro Tag, überlegte ich. Eine solche Dosis würde mich wahrscheinlich umbringen. Und wenn er bei diesen Portionen blieb, würden Calothricks Hirnzellen zerstört werden. Ausgebrannt. Wenn er nicht außergewöhnlich widerstandsfähig war, würde Calothrick innerhalb weniger Jahre in den Zustand des Schwachsinns verfallen.

Aber es war sein Gehirn.

Im Morgengrauen stach die *Lunglance* mit kompletter Besatzung in See. Nach den zweitägigen Ausschweifungen war die Mannschaft mißmutiger denn je. Beim Frühstück fiel kein Wort; die Matrosen aßen wie träge Maschinen.

Wir segelten nach Nordosten. Nach zwei Wochen hatten wir die Drudenfuß-Inseln hinter uns gelassen. In diesem Teil des Staubmeers trat eine eigentümliche Lebensform auf, die als Seerosenblatt bekannt war. Hunderte Hektar waren von diesen seltsamen Pflanzen bedeckt. Ihr fotosynthetisches Organ war ein einzelnes rundes Blatt, mehrere Meter im Durchmesser, aber nur wenig mehr als einen Zentimeter dick. Es schwamm auf der Oberfläche und breitete sich weit aus, um soviel Sonnenlicht wie möglich aufzunehmen. Das graue Meer war mit Tausenden der Pflanzen grün getupft; sie trieben frei dahin und waren außergewöhnlich empfindlich. Wurden sie gestört, rollten sich die Blätter ein, falteten die gesamte Oberfläche zusammen und zogen sich vollständig in die Wurzel, eine dicke, runde Knolle, zurück. Diese sank dann sofort in die trübe Tiefe aus der Reichweite der Pflanzenfresser.

Viele Geschöpfe lebten in Symbiose oder in einem parasitären Verhältnis mit dem Seerosenblatt. Desperandum, der die Pflanze eingehend untersuchte, isolierte 257 verschiedene Arten von Organismen, die sich mit der Pflanze verbanden; dazu gehörten Blattknabberer, Blattgräber, Blattsauger, Wurzelfresser und Galleerzeuger. Daneben gab es sechsundzwanzig räuberische Arten, fünfundfünfzig Primärparasiten, neun Sekundärparasiten und drei Tertiärparasiten. Unter all diesen Geschöpfen gab es eine kleine, sechsbeinige Krabbe, die einen prächtigen Eintopf ergab. Wenn unser Bug die Seerosenblätter berührte, schrumpften diese sofort zusammen und sanken; ihre krabbelnden Passagiere blieben zurück und schwammen hektisch davon. Desperandum fing Hunderte der Tierchen, indem er einfach ein Netz hinter dem Schiff herzog.

Einige der Seerosenblätter standen in Blüte; sie besaßen einen langen, geraden Halm und eine bauschige weiße Blüte. Chitingepanzerte Bienen summten von Halm zu Halm und verstreuten Pollen. Sie waren stachellos, aber nicht eßbar.

Jeder wollte Krabbeneintopf. Schließlich fand ich in der untersten Schublade zwei Krabbenzangen, klapprige Geräte mit rostigen Gelenken und scharfen Metallschnäbeln, die schwer zu beschreiben sind. Man legt eine Krabbe in ein Gitter und drückt einen abgegriffenen Kunststoffhebel – dadurch wurden Rückenschild und Beine der Krabbe sauber aufgeschnitten.

Vom Koch wurde es erwartet, daß er die Krabben tötete, indem er sie in eine verdünnte Lösung seines eigenen Bluts tauchte. Die Nullaquaner hatten eine bemerkenswert beiläufige Einstellung zum Blut. Übrigens konnte Dalusa, deren Mund inzwischen bis auf einige winzige Narben an den Rändern verheilt war, ihr Angebot, mir zu helfen, nicht verwirklichen, wenn die Krabben mit menschlichem Blut vergiftet waren. So fand ich schließlich doch noch eine Verwendung für den Whisky. Der Alkohol schien auf die Krabben wie ein Nervengift zu wirken: Einem kurzen epileptischen Zucker folgte ein schneller Tod.

Ich knackte die vergifteten Krabben, während Dalusa mit ihren langen, scharfen Fingernägeln das Fleisch herauszog.

Ich hatte immer noch meine Handschuhe. Unsere Versuche, sie zu benutzen, waren fehlgeschlagen. Sobald meine behandschuhten Hände über ihren Körper glitten, brach sie in Tränen aus und verbarg ihr Gesicht in den Schwingen. Vielleicht, dachte ich, war es ihre Unfähigkeit, es mir gleichzutun, die sie quälte. Sie war nicht in der Lage, die Handschuhe zu benutzen, wenn ich sie einmal angehabt hatte, denn meine Handflächen waren, verständlicherweise, schweißbedeckt, und sie hätte sich in den Handschuhen einen Hautausschlag geholt. Logischerweise kochte ich einen der Handschuhe aus, um die Giftstoffe zu beseitigen, aber ich hatte mir nicht klargemacht, daß der glatte, weiche Kunststoff hitzeempfindlich war. Er schmolz.

Aber einen Handschuh hatte ich noch. Ich hatte immer eine lebhafte Vorstellungskraft besessen und konnte mir nicht weniger als fünf Arten ausdenken, auf die wir uns unter Verwendung des Handschuhs gegenseitig Befriedigung verschaffen konnten. Aber Dalusa wollte von keiner etwas wissen. Schon beim Anblick des Handschuhs brach sie in Tränen aus und verließ die Küche. Es war, milde gesagt, enttäuschend. Sicher, ich erkannte das Unappetitliche an der Situation, aber verzweifelte Umstände rufen nach verzweifelten Taten.

Als eine Art Ausgleich verbrachte Dalusa immer mehr Zeit bei mir in der Küche und bemühte sich krampfhaft um Herzlichkeit. Auf ihre unbeholfene, künstliche verstümmelte Art versuchte sie, mir beim Kochen zu helfen. Ihre Bemühungen rührten mich, rührten mich so sehr, daß ich sie nicht aus der Küche hinauswarf, auch wenn ich die Arbeit doppelt so schnell erledigt hätte.

Also knackten wir zusammen Krabben.

Nachdem wir die Seerosenfelder hinter uns hatten, beschloß Desperandum, Tiefenmessungen durchzuführen. Er war gut vorbereitet; er brachte noch mehr von dieser superkeramischen Angelleine an Bord, insgesamt mindestens eine Meile lang, dazu einen mächtigen Bleiklumpen mit einer Metallöse obenauf. Nachdem er die Leine fest verschnürt hatte, hievte er den Klumpen über Bord und ließ die Leine von einer kleinen Winde abspulen.

Murphig beobachtete ihn aus dem Schatten des Großmasts. Er sah, daß ich ihn beobachtete, wie er Desperandum beobachtete, also beobachtete er mich eine Zeitlang. Es war eine unbehagliche Situation.

Desperandum kam auf fünfundzwanzig Meter Tiefe. Lächelnd trug er die Meßdaten in ein kleines schwarzes Logbuch ein. Dann tauchte ein zweifelnder Ausdruck auf seinen bärtigen Gesichtszügen auf. Er ging zur anderen Seite des Schiffes und warf die Leine wieder aus. Er kam auf eine Tiefe von fast achthundert Metern.

Offenbar trieben wir über der Kante eines extrem steilen Plateaus. Ein anderer hätte die Achseln gezuckt und die Sache auf sich beruhen lassen. Aber Desperandum besaß die Skepsis des echten Wissenschaftlers. Er wiederholte die erste Messung und kam auf eine Tiefe von knapp eintausendachthundert Metern.

Die zweite Messung auf der anderen Seite erbrachte zweihundertfünfzig Meter.

Desperandum krauste die Stirn und wiederholte die erste Messung noch einmal. Er ließ die ganze Leine, zweieinhalb Meilen lang, über Bord gleiten, und erreichte dennoch den Grund nicht. Er holte die ganze Leine wieder ein, ein Vorgang, der eine volle Stunde dauerte. Er setzte sich und dachte eine Weile nach; dann beschloß er, die zweite Messung ebenfalls zu wiederholen.

Er erreichte eine Tiefe von zweitausendsiebenhundert Metern, dann wurde die Leine schlaff. Desperandum rollte sie wieder auf. Irgend etwas in zweitausend Meter Tiefe hatte die Leine sauber abgeschnitten.

Beim Anblick der zerschnittenen Leine änderte sich Desperandums Gesichtsausdruck keinen Deut, aber an den Kieferansätzen traten harte Muskelknoten hervor, die seine Staubmaske ausbeulten.

Ich ging in die Küche hinunter. Dalusa war draußen auf einem Erkundungsflug. Bald würde ich mit der Arbeit für die dritte Mahlzeit des Tages anfangen müssen, die traditionell im Dämmerlicht der Felswand verzehrt wurde.

Ich plante die Menüs immer eine Woche im voraus. Als ich meinen Vorschlag für diesen Abend nachschaute, öffnete sich quietschend die Luke. Murphig kam herein.

Ich blickte auf und versuchte, die Muskeln zu entspannen, die sich bei seinem Anblick sofort verhärtet hatten. Ich hatte nie erfahren, wieviel er über unsere Syncophin-Operation wußte, und mir war keine Methode eingefallen, sein Wissen auszuloten, ohne ihm noch mehr zu enthüllen.

»Was kann ich für Sie tun?« fragte ich.

»Ich wollte hier runterkommen und mich unterhalten«, sagte Murphig, während er seine Maske abzog. »Ich habe die Botschaft erhalten, die Sie mir in Arnar geschickt haben. Die durch das Maßliebchen.«

Ich drehte mein Gedächtnis zwei Wochen zurück. Ich hatte tatsächlich eine Botschaft geschickt. Eigentlich hatte ich angenommen, die Erinnerung an diese Handlung sei irgendein Fiebertraum. Ich hatte Murphig um Verzeihung gebeten, wie ich mich jetzt erinnerte.

»Ja«, sagte ich. »Es tat mir leid, daß ich in Ihre Diskussion mit dem Käpt'n geplatzt bin.«

»Was hielten Sie von unserem Gespräch?« fragte Murphig und blickte mich scharf an.

»Ich war der Meinung, daß er Ihre Ansichten ziemlich schroff abgetan hat.«

»Nett von Ihnen, das zu bemerken«, sagte Murphig beinahe lebhaft. Seine Augen waren dunkel, wie Scherben braunen Glases, und sein Nasenhaar war, wie ich bemerkte, in Kugelform gestutzt, anstatt wie das traditionelle drahtige Büschel zu sprießen. Sein Akzent war zudem leichter als der eines Nullaquaners, fast schon galaktisch. Es war offensichtlich, daß er aus einer Oberschichtfamilie kam; vielleicht gehörten seine Eltern zum Verwaltungsklerus.

»Sie haben die Ergebnisse der Tiefenlotung gesehen. Was haben Sie dabei gedacht?«

»Verblüffend.«

»Es paßt alles zu meinen Theorien. Ich habe in letzter

Zeit über den Krater nachgedacht. Über die Luft. Angenommen, es gab eine Zeit, in der Nullaqua eine Atmosphäre hatte. Dann loderte die Sonne auf und blies sie davon. Aber angenommen, eine intelligente Rasse hatte sich damals schon entwickelt, eine Rasse, die es kommen sehen konnte. Sie hätten einen Schutzraum gebaut, eine Zuflucht, die Platz genug für eine ganze Zivilisation bot. Ein riesiger Schutzraum mit siebzig Meilen hohen Mauern und einer Schicht aus Staub, um sie vor der Strahlung zu schützen. Und dann, nach der Katastrophe, wäre die Luft allmählich wieder in den Krater geflossen. Doch bis dahin hätte sich das Alte Volk an den Staub dort unten gewöhnt. Sie wären unfähig, ohne ihn zu leben, hätten vielleicht sogar ihre Körper verändert, um ohne Luft leben zu können …

Einst waren sie stark; das kann man an den Vorposten der Älteren Kultur oben auf den Klippen erkennen. Damals wagten sie es nicht, in den Krater zu kommen. Vielleicht wurden sie … gefressen? Jetzt sind sie also viel schwächer. Alles, was sie wollen, ist Frieden, Status quo, gegenseitige Nichtbeachtung. Sie wollen weder weh tun noch töten, aber jene, die ihre Vollkommenheit stören, werden ausgelöscht, leise und schnell. Die Menschen leben hier schon seit fünfhundert Jahren, und obwohl es Gerüchte gibt, Volksmärchen, unbestätigte Beobachtungen, Rätsel der Tiefe – trotz alledem gibt es nichts wirklich Greifbares. Möglicherweise sterben sie. Oder vielleicht schlafen sie nur. Aber sie sind da, das ist gewiß.«

Murphigs Gesicht hatte sich während seiner Worte vor Erregung leicht gerötet; jetzt setzte er sich aufseufzend auf den Stuhl.

»Murphig«, sagte ich langsam, »das ist das Lächerlichste, was ich je gehört habe.«

Der Matrose wurde rot vor Zorn, griff eilig nach seiner Maske und verließ die Küche.

....

9

Ein weiteres Gespräch mit dem Ausguckposten

NACH DEM ABENDESSEN, einem vorzüglichen Krabbentopf, schickte Desperandum seinen Kajütenjungen Meggle zu mir und ließ mir ausrichten, ich möchte zu seiner Kajüte kommen. Ich ging hin; Desperandum saß in seinem Drehstuhl. Der Schreibtisch vor ihm war mit verstreuten Papieren übersät. Darüber hing eine einzelne Tranlampe; sie warf bizarre Schatten über Desperandums mächtiges, bärtiges Gesicht.

Desperandum lehnte sich in seinem Stuhl zurück und verschränkte die Finger hinter dem Kopf. »Sie haben kürzlich einiges Interesse an der Wissenschaft gezeigt, Newhouse«, sagte er ohne Einleitung, »also habe ich gedacht, ich erkläre Ihnen ganz genau, was ich heute getan habe und was ich bewiesen habe.«

»Das ist sehr zuvorkommend, Käpt'n.«

»Nehmen wir die Tatsachen, und untersuchen wir sie ganz sachlich«, sagte Desperandum in einem Tonfall, der so gespielt leidenschaftslos war, daß Mißtrauen sich in mir breitmachte. »Die Leine blieb in unterschiedlichen Tiefen hängen, dann wurde sie auf dem Weg nach unten abgetrennt. Was schließen Sie daraus?«

»Verspieltheit.«

Desperandum blickte mich starr an. »Ich habe einige Berechnungen durchgeführt«, sagte er, ohne auf meine Bemerkung einzugehen. Er zeigte auf die Papiere auf seinem Schreibtisch. Ich schaute sie mir an. »Berechnungen, die auf den Eigenschaften granulierten Gesteins beruhen. Sehen Sie, ich habe das spezifische Gewicht des

Felsgesteins genommen, dazu die elektrostatische und chemische Bindung als Funktion des Oberflächenbereichs. Diese Daten habe ich in eine wohlbekannte geologische Formel für die Bildung metamorphischen Felsens eingesetzt.«

Ich schaute weiter auf die Papiere auf dem Schreibtisch. Es war ein wenig schwierig, die Daten auf dem Papier zu erkennen, aber ich versuchte es. »Heraus kommt, daß die Dynamik des Staubmeeres komplexer ist, als wir es bisher vermutet haben«, fuhr Desperandum gesprächig fort. »Unter bestimmten Bedingungen, die hier an der Oberfläche nicht hergestellt werden können, wird der Staub unter Druck zu langen horizontalen Streifen flachen Felsens verschmolzen. Diese Streifen sind ständig in Bewegung, verkleinern sich; sie sind äußerst instabil. Aber sie sind stabil genug, eine Lotleine aufzuhalten, und ihre Kanten sind dünn und scharf wie Feuerstein. Sie können schneiden.«

»Das war es also«, sagte ich. Mir war gerade klargeworden, daß die Papiere, die ich die ganze Zeit untersuchte, tatsächlich mit Zahlen bedeckt waren. Aber es gab keine Anzeichen für irgendwelche Berechnungen. Zwar entdeckte ich drei oder vier wahllos hingeschriebene Multiplikationszeichen und zwei große Integrale, aber sie hatten nichts mit den eigentlichen Zahlen zu tun. Es gab keine Summen. Nur Zahlen. Auch sehr große Zahlen, Zahlen in den Millionen und Milliarden, als gewännen die Zahlen zunehmende Bedeutung und einen stärkeren Bezug zur Wirklichkeit, wenn man ihre Stellenzahl vermehrte. Die anderen Papiere waren genauso. Sinn- und wahllose Kritzeleien.

»Ja, so ist es«, sagte Desperandum freundlich. »Es gibt auch noch eine Bestätigung dafür. Es ist leicht einzusehen, daß solche Barrieren außergewöhnlich starke Strömungen verursachen können. Stellen Sie sich beispielsweise vor, daß eine Felsbarriere, die zwei unterschiedliche Temperaturbereiche trennt, plötzlich verschwindet. Es würde sofort zu Turbulenzen kommen. Vielleicht entstände dabei ein Sturm.«

»Sehr überzeugend«, sagte ich. Unsere Blicke trafen sich in einem schnellen Aufblitzen gegenseitigen Argwohns.

Später in dieser Nacht, viel später, wachte ich von einem leisen Auftreten auf der Treppe auf. Nur ein Wesen konnte so leise gehen: Dalusa.

Die Nacht war fast völlig dunkel, so dunkel, daß seltsam verschwommene Flecken, purpurn und kastanienbraun, nebelhaft durch mein Blickfeld schwebten. Als ich von meinem Matratzenlager auf dem Küchenboden nach oben durch die Luke blickte, konnte ich einen einzelnen schwachen, staubgetrübten Stern erkennen.

Es war eine kalte Nacht auf dem Staubmeer. Der Staub besaß nicht die wärmespeichernden, klimamäßigenden Eigenschaften des Wassers. Ich schlief auf meiner Matratze, eine Decke aus schwarzen und weißen Sechsecken bis ans Kinn gezogen.

»Dalusa«, sagte ich. In der Stille wirkte meine Stimme unnatürlich laut.

»Ich wollte mich unterhalten«, flüsterte sie. Ich hörte, wie sie auf mich zutrat. Waren ihre Augen im Dunkeln besser als meine? Vielleicht konnte sie die infraroten Wellen sehen, die ich ausstrahlte, oder ihr reichte das Licht eines einzigen Sterns. Jedenfalls kam sie unbeirrt näher, zog den Rand der Decke sorgfältig um mein Kinn und legte ihre Wange auf meine Brust. Die Decke trennte uns, aber ich konnte ihre Körperwärme und ihr Gewicht spüren. Sie war so leicht wie ein Kind.

Mein Puls schlug schneller; ich versuchte, ruhig zu bleiben. »Was hältst du von den Spielereien des Käpt'n?«

»Das ist nichts Neues«, sagte sie leise und schmiegte sich noch enger an mich. Sie legte ihre Hände auf meine Oberarme, die unter der Decke waren. Ich spürte ein plötzliches Bedürfnis nach einem Schuß Flackern. Ich versuchte, es zu vergessen.

»Wie meinst du das?«

»Ich habe drei Fahrten mit dem Käpt'n gemacht«, sagte sie. »In der ganzen Zeit habe ich vielleicht zwanzig Tiefenmessungen gesehen, und nie hatte er Erfolg. Manchmal akzeptiert er das erste Ergebnis. Manchmal fährt er mit den Messungen fort. Es gibt nie zwei gleiche Situationen.«

»Du meinst, das hat er alles schon einmal gemacht?«

»Immer und immer wieder. Jedesmal mit einer neuen Crew, außer mir.«

Ich lachte in die Dunkelheit hinein. Dalusa bewegte sich auf mir. Die ganze Situation war von solch tragischer Komik, daß es nur zwei menschliche Reaktionen darauf gab: lachen oder sich betrinken. Es war zu spät in der Nacht, um zu trinken. »Warum tut er das? Warum verbeißt er sich darin?«

Dalusa bewegte sich, und ohne es zu sehen, konnte ich spüren, daß sich ihr Gesicht wenige Zentimeter über dem meinen befand. Ihr warmer Atem, der schwach nach fremdartigen Gewürzen roch, berührte meine Nase und meinen Mund. »Ist dir je der Gedanke gekommen, daß Kapitän Desperandum geisteskrank ist?«

Ein übermächtiges Gefühl des Déjà-vu machte sich in mir breit. »Sag nur nicht, er sei davon besessen«, sagte ich flüsternd.

»Aber es ist so«, sagte Dalusa freundlich. »Du weißt doch, daß in sehr alten Menschen der Drang zu sterben allmählich immer stärker wird. Der Tod kommt auf Wegen, die niemand versteht. Aber ich glaube, man sagt, man kann leben, wenn man einen Sinn sieht, ein Ziel, etwas, das einem soviel bedeutet, daß jede Körperzelle davon weiß und seinetwegen am Leben bleibt.«

Geistesabwesend versuchte ich, sie zu umarmen, wobei ich die Decke zwischen uns behielt. Aber ich hatte vergessen, daß sich ihre Flügel seitlich an ihrem Rumpf befanden, von den Schultern bis zur Taille hinab. Ich richtete es so ein, daß meine Hände auf ihrem Gesäß lagen.

Unbeirrt fuhr Dalusa fort. »Genau das will Desperandum. Er will leben, immer weiterleben. Aber das Bewußtsein ist trickreich. Wenn man gegen sich selbst Krieg führt, kann man nur verlieren.«

»Ich habe volles Vertrauen zum Kapitän«, sagte ich. Ich war sicher, daß er einen Weg finden würde, sich selbst umzubringen.

Langsam hob ich meine Knie, und Dalusa schmiegte sich an meine Leistengegend. Sie legte ihr spitzes Kinn auf meine Brust. »Ich liebe dich«, sagte sie.

»Ich liebe dich auch.« Es war noch immer die Wahrheit.

Einige Sekunden schwiegen wir. »Ich kann hören, wie sich dein Blut bewegt«, flüsterte Dalusa.

Es folgten einige Minuten äußerster Frustration. Danach fühlte ich, daß ich den Höhepunkt eines neuen Gefühls erreicht hatte, eines Gefühls, das mir bisher unbekannt war. Es war ein grotesker Zwitter aus Begierde und Zorn, der seinen Gipfelpunkt im Schmerz fand. Dalusas plötzliches wimmerndes Aufkeuchen, als ich ihren Ellbogen in einen schraubstockgleichen Griff nahm, war Musik in meinen Ohren.

Schließlich traf mich die Erkenntnis meines Sadismus schlagartig, und ich ließ ihren Arm los.

Ganz nahe bei meinem Ohr sog Dalusa röchelnd den Atem ein. Ich knirschte mit den Zähnen. »Es war unbefriedigend, kein Höhepunkt ...«

Meine klagenden Worte wurden plötzlich unterbrochen, als Dalusa mich in den Magen schlug. Ihre geballte Faust trug die Kraft ihrer Schultern und Brustmuskeln; sie traf so hart, daß ein leuchtendroter Blitz vor meinen Augen auftauchte und die Luft aus meinen Lungen entwich.

»Besser?« fragte Dalusa freundlich.

Ich ballte die Faust, um ihr die Zähne einzuschlagen,

aber plötzlich merkte ich, daß es tatsächlich besser war. Das war mein erster Einblick in die Freuden des Schmerzes.

»Du hast mir weh getan«, sagte ich.

»Das tut mir leid«, erwiderte sie zerknirscht. »Du hast damit angefangen; ich dachte, das sei es, was du willst. Sei bitte nicht böse.« Ich merkte an ihrer verkrampften Haltung, wie elend sie sich fühlte.

»Ich bin nicht wie du«, sagte ich nach langem Schweigen. »Du kannst nicht erwarten, daß ich Schmerzen wie du erleide. Ich kann nicht für dich bluten, Dalusa. Ich kann nicht – und ich will nicht. Wenn du dir das nicht klarmachst, sollten wir die ganze Geschichte vergessen.«

»Wir werden sehen, wie es sein wird«, flüsterte sie, und ihr dichtes Haar fiel sanft über mein Gesicht.

10

Fliegende Fische

IN DEN NÄCHSTEN TAGEN WAR ICH MEIST mit Kochen beschäftigt. Ich verbrauchte viel Zeit damit, nullaquanische Geschmacksrichtungen zu untersuchen, denn ich hatte vor, meine Freunde mit seltenen Delikatessen nach Nullaqua-Art zu überraschen, wenn ich nach Reverie zurückkehrte. Leider kippte Dalusa das Meerrettichgewürz in eines meiner Eintopfgerichte, als sie die Küche putzte und dabei gegen den Behälter stieß. Eine einzige Kostprobe aus dieser Schüssel ließ meinen Mund sich für zwei Stunden zusammenziehen. Fast hätte ich das Gericht fortgeschüttet, servierte es dann aber doch noch in letzter Minute. Die Crew aß mit der gewohnten Stumpfheit und Aufmerksamkeit. Wären auf Nullaqua Bäume gewachsen, hätten sie die Rinde gegessen und sie für gut befunden.

In diesem Teil des Staubmeeres gab es nicht viel Wind. Der Äquator befand sich auf der Grenze der beiden Konvektionszellen, die das Klima des Kraters bestimmen, und ewige Stille dehnte sich von Wand zu Wand aus. Die Luft war klarer, und auf beiden Seiten der *Lunglance* erstreckte sich silbriger Wärmedunst schimmernd in die Ferne. Man konnte mit zusammengekniffenen Augen durch die Linsen der Maske spähen und sich beinahe vorstellen, wie die *Lunglance* auf einem gewaltigen Ozean aus Quecksilber trieb. Der Himmel erschien hier blauer als gewöhnlich zu sein, fast violett, und der untere Rand der Klippen weit draußen im Westen wirkte purpurrot gesprenkelt. Jeder

Fetzen Kunststoffsegel, den die *Lunglance* besaß, war gesetzt, selbst die winzigen Hilfssegel ganz hoch oben, deren Masten nicht dicker als Besenstiele waren. Nur ein Hauch von Wind trieb uns voran, und das Schiff schien fast widerwillig durch den Staub zu gleiten.

Ich schwitzte in meiner Maske; ich mußte den Kopf zurücklegen und schütteln, um den Schweiß aus meinen Augen zu halten. Die Matrosen, die dichtere Augenbrauen hatten als ich, kannten dieses Problem nicht. Ich lehnte über der Reling und starrte versonnen in die Ferne; das Flackern, das ich am Morgen genommen hatte, wirkte noch ein wenig nach. Es war eine anheimelnde Szene, stellte ich fest. Ich erwog, ein Gedicht darüber zu schreiben. Ich entschied mich dagegen.

Dalusa kehrte von ihrem morgendlichen Erkundungsflug zurück, schwebte an der Reling so nahe an mir vorbei, daß der Luftzug meine Haare aufrichtete. Ich winkte ihr zu. Dalusa, stellte ich fest, entwickelte ihr Äquivalent der Sonnenbräune: sie wurde immer bleicher, je öfter sie sich der Sonne aussetzte. Eigentlich eine logischere Reaktion als die meines Körpers. Schließlich reflektiert bleiche Haut die Hitze.

Unauffällig blickte ich mich um und registrierte erleichtert, daß Murphig nirgendwo zu sehen war. Ich war sicher gewesen, daß er irgendwo herumstand und beobachtete.

Vielleicht würde ich mich mit Murphig anfreunden müssen. Er verfügte über einen aufnahmebereiten, fragenden Verstand und schien trotz seiner Eigenarten tief in geistiger Gesundheit verwurzelt zu sein. Einmal angenommen, Desperandum wurde plötzlich gefährlich. Von den in der Tradition verhafteten Maaten oder den ochsengleichen Matrosen wäre wenig Hilfe zu erwarten. Wahrscheinlich würden sie eher ihre Mutter vergiften, als ihre Seele mit Meuterei beflecken. Calothrick war ebenfalls eine Null. Wie ich erst gestern erfahren hatte, als er zu mir gekommen war, um alle drei Kunststoffpäckchen nachzufüllen, war er immer noch beleidigt, weil ich ihm keinen eigenen Flacker-Vorrat gegeben hatte. Zudem wurde er immer schmutziger; sein Haar war glatt und schmierig, und die aufgemalten Blitze lösten sich allmählich von seiner Maske. Man konnte ihm nicht trauen.

Und es erforderte mindestens zwei von uns, um mit Desperandum fertig zu werden. Wahrscheinlich waren mindestens zwei nötig, nur um ihn zu töten, selbst mit den Harpunen. Sogar über Dalusas Wert als Verbündete hegte ich Zweifel. Sie liebte mich, daran war nicht zu zweifeln. Aber auf welche Weise? Was bedeutete Liebe überhaupt für sie? Das konnte ich nicht herausfinden, da sie sich weigerte, über ihren kulturellen Hintergrund zu sprechen. Ich war besessen von Dalusa, aber ich war nicht blind.

An diesem Tag töteten wir zwei Wale und warfen sechs befruchtete Eier über Bord. Am Abend bereitete ich Walsteaks zu. Sie waren scheußlich.

Am nächsten Morgen tauchte am westlichen Horizont eine Wolke auf. Das konnte nur Schlimmes bedeuten, denn Nullaqua hatte nie jene sanften normalen Wolken aus harmlosem Wasserdampf, die den Himmel anderer Planeten schmücken.

»Was halten Sie davon, Mr. Flack?« hörte ich Desperandum den ersten Maat fragen, während er ihm ein Fernglas reichte.

»Fliegende Fische, Sir«, entgegnete der einsilbige Walfänger.

»Gut! Gut!« sagte Desperandum barsch. »Mr. Flack, halten Sie zwei Mann bereit, um mir mit den Apparaturen zu helfen. Der Rest der Mannschaft zieht sich unter Deck zurück.«

Während zwei Matrosen Kontrollgeräte aus Desperandums Kajüte zogen, suchten wir übrigen Schutz unter Deck. Bevor ich nach unten ging, blickte ich mich schnell nach Dalusa um. Sie war nirgendwo zu sehen.

Später entdeckte ich, daß sie schon vor mir nach unten gegangen war. Ich saß auf dem Stuhl in der Küche, während die übrigen Matrosen die Treppe herunterpolterten. Calothrick kam vorbei und warf mir ein glasiges, gelbzähniges Grinsen zu.

Ich überlegte, ob ich einen schnellen Schuß Flackern nehmen sollte, während sie an mir vorbeizogen. Das Pro gewann allmählich Überhand, als Flack seinen Kopf durch die Luke steckte und knapp befahl: »Koch an Deck!«

Ich ging hinauf. Auf Deck spannten Desperandum und zwei Mannschaftsmitglieder Netze zwischen den Masten. Ich bemerkte, daß sechs würfelförmige Kästen mit drehbaren Radarschirmen etwa zwei Meter vor den Netzen aufgestellt worden waren. Rote und blaue Kabel zogen sich von den Kästen zu einer Art Minibunker, der aus fünf dünnen Eisenplatten zusammengebaut worden war. Er besaß ein dickes, visierähnliches Fenster auf der Südseite, in Richtung der Wolke. Die Segel waren bereits gerefft worden, um dem Schwarm Bewegungsfreiheit zu geben. In den lauen Winden des Äquators hätten wir den Fischen weder entkommen, noch ihnen ausweichen können.

Die Netze waren fertig. »Geht runter, Männer«, sagte Desperandum zu den Matrosen. Sie rannten zum Lagerraum und schlugen die Luke hinter sich zu. Der Fischschwarm nahm schon unheilvolle Ausmaße an.

»Newhouse!« rief der Kapitän. Ich trat auf ihn zu und salutierte. »Hierher, bitte«, fuhr Desperandum fort. Er öffnete eine niedrige Tür in dem Metallunterstand, und wir gingen hinein. Einige Knöpfe berührend, schaltete Desperandum ein schwaches Deckenlicht ein und setzte einen summenden Luftfilter in Gang. Es war ein ziemlich beengter Aufenthaltsort, nur zwei mal zwei Meter, und Desperandums mächtiger Körper beanspruchte viel Platz. Außerdem stand dort ein Metallbord, auf dem Desperandums Fernglas lag und das außerdem eine große, flache Kontrolltafel mit einem kleinen Bildschirmgerät trug. Zwei winzige weiße Leuchtzeichen bewegten sich über den Bildschirm. Sie fingen oben an und bewegten sich langsam und unregelmäßig.

Desperandum griff unter den Tisch und reichte mir eine Kladde und einen Bleistift. »Sie können Ihre Maske abnehmen«, sagte er. »Inzwischen müßten die Filter die Luft gereinigt haben.«

Ich nahm die Maske ab und legte sie unter den Tisch. »Sie können hoffentlich schreiben«, sagte Desperandum.

»Sicher, Käpt'n«, erwiderte ich.

»Gut. Sie sind hier, um Notizen zu machen. Schreiben Sie die Zahlen, die ich Ihnen gebe, in die Spalte, die ich mit ›Individuen‹ bezeichnet habe. Verstanden?«

»Jawohl, Sir«, sagte ich, nahm die Kladde und legte sie in die Beuge meines linken Ellbogens.

»Zwei«, sagte Desperandum. »Wir werden ein paar Minuten am äußersten Rand des Schwarms sein, Sie können es also locker angehen lassen. Aber bleiben Sie wachsam. Wollen Sie einmal schauen, ehe sie ankommen?«

Ohne eine Antwort abzuwarten, gab er mir das Fernglas. Ich bückte mich, um durch das Visier blicken zu können, das für Desperandum auf Augenhöhe eingesetzt war. Ich stellte das Fernglas scharf.

Die Wolke löste sich in Tausende einzelne Fische auf, dreißig Zentimeter lange Kreaturen mit dünnen, hell gefärbten Flügeln.

»Sie sehen wie Schmetterlinge aus«, sagte ich.

»Was sind Schmetterlinge?«

»Irdische Fauna. Sechsbeinige, wirbellose Tiere mit bunten Flügeln. Manchmal wandern sie in Schwärmen.«

»Sind es Wassertiere?«

»Nein, Sir.«

»Trotzdem, es könnte wertvoll sein, dieser Analogie nachzugehen«, knurrte Desperandum. »Siebenundachtzig.«

Ich schrieb die Zahl auf. Ein verwickeltes Muster zusammengeballter und verstreuter Punkte erschien auf Desperandums Bildschirm; er zeichnete eine flüchtige Skizze des Musters in sein Notizbuch. »Sehen Sie nach, wie viele wir in den Netzen haben«, ordnete er an.

Ich kauerte mich nieder, um hinauszuschauen.

»Hmm … Käpt'n …«

»Was ist?«

»Sie zerfetzen das Netz da draußen in Stücke. Ihre Flügel sind so scharf wie Rasierklingen.«

Desperandums rötliches Gesicht wurde blaß. Er blickte aus dem Fenster und stöhnte, als hätte man ihm einen Schlag in den Magen versetzt. Mit dem Anschein intensiver Konzentration blickte er nach unten und berührte zwei Schalter auf seiner Kontrolltafel.

»Dreihundertundneununddreißig«, sagte er.

Ein helles metallisches Klatschen war zu hören, als ein fliegender Fisch auf unseren Bunker prallte. Desperandum fuhr zusammen.

Das Zentrum des Schwarms flog über die *Lunglance* hinweg. »Eins vier neun vier drei«, sagte Desperandum und machte hastige Skizzen. Der Bildschirm war mit schwirrenden Punkten belebt. »Fangen wir denn gar keinen ein?« wollte Desperandum wissen.

Ich schaute hinaus und zuckte zusammen, als ein Fisch auf das Fenster prallte. »Nein, Sir«, sagte ich. »Die Netze sind jetzt völlig zerfetzt und liegen auf dem Deck herum. Aber am Besanmast sind einige Fische. Einen Moment. Jetzt sind sie fortgeflogen.«

»Fünf fünf sechs zwei sieben«, sagte Desperandum. Die Luft verdunkelte sich. Dort draußen waren Millionen von ihnen. »Macht nichts«, meinte Desperandum, der seine Fassung wiedergewann. »Wir haben immer noch das Radar, um ihre Flugstruktur zu analysieren. Ihre Laichgründe befinden sich in einer Bucht unmittelbar hinter den Bruchfuß-Inseln. Dort können wir anhalten und ein paar Fische einfangen.«

»Das ist ein ziemlicher Umweg, Käpt'n«, sagte ich. Eine unkluge Bemerkung.

»Ich wäre Ihnen dankbar, wenn Sie sich erinnerten, daß ich der Kapitän dieses Schiffs bin«, entgegnete Desperandum.

»Ich bitte um Verzeihung, Sir. Ich war durcheinander.« Die Geräusche auf unserem Unterstand klangen wie ein Hagelschauer; Dutzende von Fischen flogen gegen die Wände und prallten zurück. »Zwei null fünf, acht dreiundachtzig«, sagte Desperandum.

Plötzlich wurde ein Teil von Desperandums Bildschirm dunkel, ein langer schmaler Streifen an der linken Seite. Desperandum runzelte ärgerlich die Stirn und fuhr mit seinen dicken, stumpfen Fingern über die Schalter. Der Streifen blieb blind. »Sie müssen die Kabel eines meiner Radargeräte durchschnitten haben«, sagte Desperandum. »Das heißt, daß ich meine weiteren Werte mit einem Sechstel multiplizieren muß. Machen Sie eine Notiz darüber. Eins fünfundachtzig, neun einundvierzig.«

Ich blickte auf den Bildschirm. Weiße Punkte ergossen sich aus den funktionierenden Abschnitten des Schirms in den toten Bereich. Keiner kam wieder zurück.

»Was machen die da draußen?« fragte Desperandum sich. Er spähte durch das Visier; sofort prallten drei Fische, deren dünne kristalline Flügel gelb und scharlachrot gesprenkelt waren, gegen das Fenster. Desperandum fuhr zurück.

Auf dem Bildschirm wurde ein zweiter Streifen blind. »Eins null eins drei zwo«, sagte Desperandum. »Wird der Schwarm dünner, oder fliegen sie nur in die toten Bereiche?«

Ich beugte mich vor und schaute nach draußen. »Es schaut tatsächlich so aus, als würde es etwas heller, Käpt'n.«

»Haben wir welche in den Netzen?«

»Nein, Sir. Aber einige Dutzend sind bei den Radargeräten. Einer von ihnen bewegt sich nicht. Seine Flügel scheinen verstümmelt zu sein. Er muß einen elektrischen Schlag abgekriegt haben. Jetzt kommt ein Schwarm über die Reling. Gerade haben sie einen Radarschirm getroffen und umgeworfen.«

Ich warf einen Blick auf Desperandums Bildschirm. Der Radarschirm wies genau nach oben, und seine Werte stimmten mit denen der anderen nicht mehr überein. Sie ergaben kein zusammenhängendes Bild mehr. Zwischen den Bereichen, die vom vierten und fünften Radargerät abgedeckt wurden, sprangen die Punkte wie wild hin und her.

»Wir werden blind«, stellte Desperandum fest.

»Sie scheinen die Geräte anzugreifen«, sagte ich. Flackernd stellte ein weiterer Streifen auf dem Bildschirm seine Anzeigen ein.

»Ja«, sagte Desperandum. »Sie operieren wohl selbst mit Radar. Wahrscheinlich bringen die Signale ihre Flugmuster durcheinander. Deshalb kollidieren sie mit den Geräten. Es wäre interessant festzustellen, wie sie das machen.« Der nächste Abschnitt des Bildschirms wurde dunkel. Ich schaute aus dem Fenster.

»Nur noch das erste, vierte und fünfte Gerät funktionieren, Käpt'n«, sagte ich. »Und dort sind auch alle Fische. Die übrigen Geräte sind verlassen. Hmmm. Mit dem vom Stromschlag getroffenen Fisch habe ich mich geirrt, Käpt'n. Er lebt noch und versucht fortzufliegen. Aber er hat offenbar Schwierigkeiten.«

»Ich muß eines von diesen Tieren haben«, sagte Desperandum verbissen und schaltete den Bildschirm mit schnellem Griff aus. Die Fische flogen hoch und flatterten davon. »Ziehen Sie Ihre Maske über, Newhouse, ich werde die Tür öffnen.«

Ich griff nach meiner Staubmaske. »Tun Sie's nicht, Käpt'n. Sie werden in Fetzen gerissen.«

»Versuchen Sie nicht, mich aufzuhalten«, gab Desperandum drohend zurück. »Wenn ich etwas herausfinden will, räume ich jedes Hindernis beiseite.« Er legte seinen Arm vor meine Schulter und schob mich mühelos aus dem Weg. Ich flog in eine Ecke des Bunkers und sah Sterne. Hastig zog ich meine Staubmaske über, griff nach der Tür und schlug sie zu.

Ich hörte ein flatterndes Geräusch. Irgendwie war eins der verflixten kleinen Biester in den Bunker gelangt. Ich packte die Kladde mit beiden Händen und starrte wild umher. Irgend etwas berührte meinen Ärmel neben den Ellbogen, und aus den Augenwinkeln sah ich etwas rot und gelb aufblitzen. Schnell schwang ich herum und hörte ein lautes *Wupp* und ein Klatschen, als der Fisch gegen die Wand prallte. Zappelnd glitt er zu Boden, und aus einem seiner flachen lidlosen Augen tropfte eine Flüssigkeit. Seine gesprenkelten Flügel waren gebrochen, aber die rasiermesserscharfen Ränder blitzten immer noch unheilverkündend im Licht der Deckenlampe. Er sah einem Schmetterling wirklich sehr ähnlich. Ich hatte einmal einen in einem Buch gesehen.

Ich schaute mir meinen Ärmel an. Direkt über dem Ellbogen war ein glatter, fünf Zentimeter langer Schnitt, aber die Haut hatte keinen Kratzer davongetragen.

Ich legte die Kladde auf den verkrüppelten Fisch und preßte ihn so am Boden fest. Dann blickte ich nach draußen, um zu sehen, was Desperandum dort trieb.

Er hatte sich von irgendwoher einen Walfängerspaten gegriffen und ihn zerbrochen. Jetzt hielt er einen ein Meter fünfzig langen Metallstab mit einem flachen Spaten an einem Ende wie eine Fliegenklatsche in der Hand. Die Fische attackierten ihn nicht. Die wenigen, die zurückgeblieben waren, wichen ihm mit geradezu dreister Leichtigkeit aus und flatterten gemächlich davon, um sich ihren Brüdern in dem fortfliegenden Schwarm anzuschließen. Desperandum schlug mit seiner ganzen Kraft nach ihnen, aber sie schwebten gelassen über dem Spaten her und an ihm vorbei.

Plötzlich tauchte einer nach unten und flog an ihm vorbei. Er schien ihn zu verfehlen, aber plötzlich erschien eine helle rote Linie an seinem Hals. Desperandum brüllte, holte mit einer Hand nach dem Ding aus und beförderte es mit einem Schlag auf das Deck. Blut tropfte von seinen Fingern. Das Tier versuchte verzweifelt, wieder hochzukommen, aber plötzlich sprang Desperandum vor und zerquetschte es unter seinen Stiefelabsätzen zu einer breiigen Masse. Blut tropfte von seinem Hals in das Hemd hinein. Eine schnelle Finte mit dem Spaten und dann ein Stoß holten einen zweiten Fisch herunter. Er klatschte ihn aufs Deck. Der Fisch zerplatzte. Dann rannte er hinter den sich zurückziehenden Fischen her und halbierte einen mit der Metallkante seines Spatens. Sein Kopf flog über Bord. Aus dem Nichts flog wieder ein Fisch herab und schlitzte seinen Arm auf. Mit erstaunlicher Schnelligkeit schnappte Desperandum ihn in der Luft und zerquetschte ihn, wobei er sich noch mehr Schnitte zuzog. Immer mehr Blutspritzer verunzierten das Deck.

Die wenigen noch zurückgebliebenen Fische flatterten jetzt nach oben, gewannen an Höhe und gelangten außer Reichweite. Es hatte keinen Sinn, ihn anzugreifen. Hunderte solcher oberflächlichen Wunden wären nötig, um die vielen Liter Blut aus Desperandums massivem Körper zu vergießen.

Der ganze Schwarm war fort. Ich öffnete die Bunkertür und blickte den fliegenden Fischen hinterher. Die letzten Nachzügler versuchten, Anschluß an den Schwarm zu gewinnen.

Blutend sah Desperandum ihnen nach, wie sie davonflogen. Dann warf er seinen blutverschmierten Spaten zur Seite und kam auf den Bunker zu.

»Ein paar Exemplare haben wir jetzt«, sagte er. »Es ist zu schade, aber ich glaube, ihre Köpfe sind alle zerschmettert. Und dort muß sich ihre Radarausstattung befinden. Eine Schande.«

Er ging in den Bunker und trennte ein paar Drähte aus der Kontrolltafel. Ich zog meine Maske aus und schloß die Augen. »Einer der Fische ist hier reingeflogen, Käpt'n. Mir ist es gelungen, ihn zu fangen«, sagte ich in einem Atemzug. Ich zog meine Maske wieder über und amtete ein. Staub prickelte in meiner Nase. Ich nieste, daß meine Trommelfelle beinahe platzten.

Desperandum schlug die Tür mit lautem Krachen zu und schaltete die Luftfilter ein. »Wirklich? Wo?«

Ich wartete, bis die Luft gereinigt war, dann zog ich die Maske ab und sagte: »Ich glaube, er lebt noch. Unter der Kladde da.«

»Kladde? Wo?« Desperandum schaute auf den Tisch. Er trat einen Schritt zurück, und – *quosch* – sein großer, flacher Fuß landete genau auf dem Buchdeckel. Ich fuhr zusammen.

»Oh! Was für ein Pech«, sagte Desperandum in einem Tonfall tiefen Bedauerns. Er hob die Kladde auf und starrte kritisch auf die klebrig festhängenden Überrest des Fischs. »Völlig zerstört. Wirklich Pech. Ach, übrigens, Newhouse, tut mir leid, daß ich Sie eben so angefahren habe. Ich war überreizt.«

»Verstehe, Sir. Ich war wohl nicht ganz unschuldig daran.«

»Nein, nein, ich mag Offenheit. Und wie Sie schon sagten, ich glaube nicht, die Mannschaft würde einen solchen Umweg mögen. Es gibt dort nicht viele Wale; sie würden es als Zeitverschwendung ansehen. Wir wollen doch nicht, daß die Männer unruhig werden.«

»Ganz richtig, Sir.«

»Sie sind entlassen. Geben Sie den Männern Entwarnung, wenn Sie in die Küche zurückgehen. Und unser Sanitätsoffizier soll sich in meiner Kajüte melden.«

»Jawohl, Sir.«

Und damit war der Zwischenfall vorbei. Aber später fand ich Dalusa, die verzückt auf die geronnenen Flekken von Desperandums Blut auf dem Deck starrte.

Ich kratzte es in dieser Nacht, als niemand zuschaute, mit Sand sauber.

11

Die Klippen

DESPERANDUMS WUNDEN VERHEILTEN SCHNELL, abgesehen von jener am Arm. Er pinselte den Schnitt mit Jod ein, lehnte es aber ab, die häßlichen schwarzen Stiche und Nähte, die unser erster Maat gesetzt hatte, zu bedecken.

Wir segelten weiter nach Norden und passierten bald die Bruchfuß-Inseln, die auf halbem Wege unserer Strecke lagen. Die Siedlungen hier besaßen die besten hydroponischen Anlagen Nullaquas. Sie produzierten neunzig Prozent des nullaquanischen Tabaks und über die Hälfte des Getreides, das zum Bierbrauen verwendet wird. Wir landeten nicht, tauschten aber Grüße mit einigen Handelsschiffen und einem Krabbenfänger. Von einem alten Mann in einem Handelsschiff kaufte ich mir ein neues Messer.

Mein erstes Messer hatte ich in dem Leimfaß in jenem versteckten Raum auf der *Lunglance* verloren. Ich hatte oft erwogen, Desperandum direkt mit meinem Wissen über das geheime Lager zu konfrontieren. Es war sogar möglich, daß er nichts von dem Motor, dem Propeller und den Sauerstofftanks wußte. Aber ich entschloß mich zu schweigen.

Wir töteten noch vier Wale und schlachteten sie aus. Hier gab es ebenfalls Haie. Sie gehörten zu einer abweichenden Sub-Spezies jener Haie bei der Seemöwen-Halbinsel, hatten jedoch die gleichen tückischen Zähne, die gleichen Lotsenfische und zeigten die gleichen beunruhigenden Anzeichen von Intelligenz. Ohne auf seine Verletzungen zu achten, griff Desperandum die Raubtiere mit der übrigen Besatzung zusammen an, schwang einen langen Walspaten mit äußerster Wildheit und jedem Pfund seiner unglaublichen Kraft. Die Haie versuchten, Desperandum möglichst weit auszuweichen, und einmal entkam ein fliegender Fisch aus Dalusas Netz und biß ein kleines Stück aus Desperandums rechtem Ohr. Desperandum packte den Fisch in der Luft und zertrampelte ihn unter seinem Stiefel zu Brei. Danach sah er es auf die Augen der Haie ab. Geblendet reagierten sie mit selbstmörderischer Wildheit, rammten die Rümpfe der *Lunglance* mit ihren Schnauzen und sprangen aus dem Staub, um sich blind in der Reling zu verbeißen. Als die Reling zerstört war, bissen sie in alles, was sie erreichen konnten.

Bis dahin war dies keiner der Seeleute gewesen. Beim Anblick der ausufernden Freude, die Desperandum bei dem Gemetzel an den Tag legte, steigerte sich der Eifer der Crew. Und die geblendeten Haie hatten wenig Zeit anzugreifen. Desperandum brauchte nie mehr als zwei Sekunden, um seinen schleimverschmierten Spaten in die lebenswichtigen Organe zu rammen.

Inzwischen näherten wir uns dem nächsten Seezeichen.

Schon seit längerer Zeit hatten wir Klippen am Horizont gesehen, schroffe Zinnen, deren rosiges Gestein im Zwielicht ein sichelförmiges Mondleuchten ausstrahlte. Aber jetzt näherten wir uns dem steilsten Abschnitt des nullaquanischen Kraters, jenem fünfzig Meilen weiten geologischen Phänomen, das einfach *Die Klippen* heißt.

Die Klippen sind siebzig Meilen hoch. Sie erweisen sich jeglicher Beschreibung unzulänglich. Ich glaube, ich könnte stundenlang schreiben, ohne den wirklichen überwältigenden Eindruck zu vermitteln, der einem bis ins Mark fährt, wenn man etwas sieht, das siebzig Meilen hoch ist. Aber ich werde es versuchen.

Wie schnell kann ein Mensch klettern? Vielleicht zwei Meilen pro Tag? Also gut, zwei Meilen. Verehrter Leser,

Sie wären zwei Meilen über dem Meeresspiegel, ehe Sie auch nur die erratischen Felsblöcke hinter sich gelassen hätten, die sich am Fuß der Klippen angesammelt haben. Nach zweitägigem Klettern würden Sie es unmöglich finden, weiter zu atmen. Wenn Sie eine Sauerstoffmaske benutzen, könnten Sie womöglich noch eine Meile klettern. Dann müßten Sie einen Raumanzug anziehen. Ehe Sie die Klippen auch nur halbwegs bewältigt hätten, würde der Himmel vor Ihren Augen schwarz werden. Nach einem Monat kletterten Sie über Felsen, die seit vier Milliarden Jahren unberührt sind. Dort oben gibt es keinen Wind, um die trägen Staubmassen aufzurühren. Es gibt keine Flüsse, um den Fels zu erodieren, kein Wasser, das gefriert und Felsspalten aufbricht, keine Büsche oder Flechtengewächse, die mit geschickten Wurzeln und Geduld nach Rissen in der Felswand suchen. Vielleicht einmal in zehn Jahren ein lautloses Rinnen von Staubkaskaden, die sich über den uralten Fels hinunter zum ausgedörrten Meer ergießen.

Schließlich würden Sie irgendwann den Rand der Felswand erreichen. Sie ständen im luftleeren, zerklüfteten Land, auf gemartertem, schroffem Felsgestein, dem stummen ewigen Opfer schrecklicher Hitze und tödlicher Kälte.

Wenden Sie sich um und schauen Sie zurück, verehrter Leser. Können Sie den Krater jetzt sehen? Er ist breit, großartig; in ihm schimmert ein Meer aus Luft über dem Meer aus Staub. Fast eine Million Menschen leben in diesem gigantischen Loch, diesem unglaublichen Krater, diesem starren Auge im Gesicht eines leeren Planeten.

»In weniger als zwei Monaten müßten wir gesund und munter bei der Hochinsel anlegen«, sagte ich zu Dalusa, während ich sie durch die Decke umarmte. Sie ließ ein leises zustimmendes Seufzen hören, und ich grinste in das Dämmerlicht.

»Du hast gesagt, du willst Nullaqua verlassen«, fuhr ich fort.

»Ja.«

»Das will ich auch. Und wenn wir erst angelegt haben, werde ich wohl eine Menge Geld bekommen.« In etwa vier Monaten, schätze ich. Zeit genug, um die Flackern-Dealer auf Reverie über die neuen Umstände auf Nullaqua und meinen letzten großen Deal zu informieren. Ein paar Proben meines wahnwitzigen Gebräus, und sie würden Himmel und Erde in Bewegung setzen, um mich zurückzubringen. Es gab noch Hoffnung. Auf Reverie kannte ich Chemiker. Vielleicht konnten sie Flackern synthetisch herstellen. Vielleicht konnten sie es sogar verbessern.

»Eine Menge Geld. Genug, um unsere Abreise von dem Planeten zu bezahlen – für uns beide.«

Keine Antwort.

»Ich weiß, die Situation scheint hoffnungslos für uns«, fuhr ich fort und betonte das *scheint*. »Aber mit Geld ist nichts unmöglich. Du kannst deinen Körper chemisch verändern lassen; oder, falls das zu kompliziert ist, lasse ich meinen verändern. Wir können Jahre, vielleicht Jahrhunderte zusammenleben. Sogar Kinder haben, wenn du welche willst.«

Immer noch nichts. Ich ließ nicht zu, daß die Stille Unbehagen verbreitete.

»Ich spüre, daß wir etwas haben, eine Verbindung, die sehr stark sein könnte, sehr lange dauern kann«, sagte ich. »Ich weiß nicht warum, aber ich liebe dich. Ich liebe dich sehr. Deshalb ...« Ich griff unter die Decke und zog einen Ring heraus, einen von den wenigen, die ich auf die Fahrt mitgenommen hatte. Ich glaube, ich habe schon erwähnt, daß ich eine Vorliebe für Ringe habe. Dies war einer meiner Lieblingsringe, ein kleines terranisches amphibisches Tier mit vier Beinen, in Silber gefaßt. Eines der langen kräftigen Beine war bogenförmig gestreckt und berührte das Kinn. Ich trug den

Ring am kleinen Finger. »Ich gebe dir diesen Ring. Es gibt einen alten terranischen Brauch. Ich möchte, daß du seine Bedeutung genau verstehst. Man nennt es Verlöbnis. Wenn du den Ring trägst, ist das ein Symbol für unsere Zuneigung, die wir mit keinem anderen teilen.«

»Der Ring ist sehr schön«, sagte Dalusa heiser. Ich blickte zu ihr hoch; Tränen glitzerten auf ihrem Gesicht. Ich war gerührt, denn ich hatte immer gedacht, daß *vor Freude weinen* nur eine Redensart war.

»Streif ihn noch nicht über«, sagte ich hastig. »Ich habe ihn noch nicht sterilisiert.«

»Und wenn ich ihn anziehe, dann sind wir richtig verlogen?«

»Verlobt«, korrigierte ich.

Dalusa begann, laut zu weinen. »Ich fürchte«, sagte sie, »ich fürchte du wirst mich hassen, mich loswerden wollen. Ich glaube, du wirst mich anschauen und dich fragen, wieso du mich jemals haben wolltest. Was werde ich tun, wenn ich dich verliere?«

»Aber das wirst du nicht«, erwiderte ich. »Ich werde dich lieben, solange diese Persönlichkeit besteht. Ich ging ganz sicher. Bei Gott, wir werden uns ändern. Aber vor uns liegen Jahrzehnte, Jahrhunderte. Wenn die Zeit kommt, kannst du entscheiden, was du tun willst.«

»Ich fürchte mich …«

»Ich werde dich beschützen. Das ist ein Versprechen.« Ich wurde drängender. »Komm, wir kochen den Ring. Dann kannst du ihn überziehen.«

Dalusa stand auf und wischte mit einer Hand die Tränen aus ihren Augen. »Wohin werden wir gehen, wenn die Fahrt vorüber ist?«

»Nach Reverie. Dir wird es dort gefallen. Dort gibt es noch Wildnis; die Bevölkerungskontrolle ist streng, das Klima ist sehr angenehm. Ich habe dort gelebt, ehe ich nach Nullaqua kam. Ich habe dort noch Freunde.«

»Und was ist, wenn sie uns nicht akzeptieren?«

»Dann sind sie nicht mehr meine Freunde. Ich ... wir brauchen sie nicht.« Ich stellte einen Topf auf den Herd, goß etwas Wasser hinein und stellte die Flamme an. Dann warf ich den Ring hinein.

»Schau nicht so trübselig drein, Dalusa«, ermunterte ich sie. »Zeig mir ein Lächeln. So bist du ein braves Mädchen, denk daran. Vielleicht können wir eine richtige terranische Hochzeit arrangieren, eine ganz traditionelle. Ich bezweifle, daß es auf Reverie terranische Sekten gibt, aber wahrscheinlich können wir irgendeinen Monotheisten finden, der bereit ist, die Zeremonie zu leiten. Und nach den Operationen können wir fast ganz normal zusammenleben ... natürlich abgesehen davon, daß wenige Männer den Vorzug haben, mit einer so schönen Frau verheiratet zu sein.«

Zum ersten Mal lächelte sie.

»Keiner von uns kann als völlig normal bezeichnet werden«, sagte ich, während ich den Ring im kochenden Wasser prüfte. »Aber das heißt doch nicht, daß es uns schlecht geht. Wir haben genauso ein Recht wie jeder andere darauf, ohne Not und Leiden zu leben. Keine Schmerzen, kein Hautausschlag, kein Blut ...«

Ich angelte den Ring mit einer Pinzette aus dem kochenden Wasser und schwenkte ihn in der Luft, damit er abkühlte.

»Vielleicht sollten wir warten«, sagte Dalusa schließlich. Ihre dunklen Augen folgten den Bewegungen des Rings. »Vielleicht wirst du mich nicht mehr lieben, wenn wir wieder an Land sind, wenn du Gelegenheit hast, normale Frauen zu sehen.« Sie schien beinahe verzweifelt.

Mein Gesicht zeigte keine Regung, aber innerlich »runzelte« ich die Stirn. »Ich kenne meinen Verstand. Ich glaube, der Ring ist jetzt kalt. Willst du ihn?«

Sie nahm ihn.

12

Anemonen

SOBALD WIR *DIE KLIPPEN* hinter uns gelassen hatten, warf Desperandum wieder sein Netz über Bord und zog es gemächlich hinter dem Schiff her. Ich fragte mich, hinter was er her war. Plankton gab es hier nur wenig. Während der Wartezeit ging Desperandum nach unten in den Laderaum. Bald kam er wieder an Deck, einen Klapptisch unter einem Arm und einen riesigen Glasbottich in der anderen Hand. Es war einer der größten Glasbehälter, den ich je gesehen hatte. Mit angezogenen Knien hätte ich mich hineinkauern können. Er war zylindrisch geformt, so weit wie hoch und hatte keinen Deckel.

Desperandum stampfte zum Großmast hinüber und setzte den Bottich mit einem Klirren aufs Deck. Dann klappte er den Tisch mit präzisen Bewegungen auf und stellte die Beine gerade. Aus einer großen Stofftasche unter dem Tisch zog er vier mächtige Saugnäpfe heraus; sie waren aus Kunststoff und von der Größe eines Tellers. Elastische Vorsprünge in der Mitte paßten exakt in die Tischbeine. Desperandum setzte die Näpfe aufs Deck, drehte den Tisch herum und stellte ihn auf. Er stützte einen Teil seines gewaltigen Gewichts auf den Tisch, und sofort wurden die Saugnäpfe zusammengepreßt. Mindestens fünf Männer wären nötig gewesen, um den Tisch zu lösen.

Ich bemerkte, daß eine weite, kreisförmige Einbuchtung in dem Tisch war, die der Größe des Glasbottichs entsprach. Wie zu erwarten, nahm Desperandum den

Bottich und setzte ihn in die Vertiefung. Er trat zurück, um sein Werk zu bewundern.

»Mr. Bogunheim!« donnerte Desperandum.

»Jawohl, Sir?« sagte der dritte Maat.

»Lassen Sie diesen Bottich mit Staub füllen. Etwa drei Viertel der Höhe werden ausreichen.«

Bald darauf waren Calothrick und ein magerer null-aquanischer Matrose damit beschäftigt, Eimer herbeizutragen. Desperandum zog sich in seine Kajüte zurück.

In dem mit Staub gefüllten Gefäß entstanden seltsame Strömungen. Von der Sonne durch das Glas hindurch erwärmte Teilchen stiegen am Rand entlang nach oben und breiteten sich auf der Oberfläche aus. Kälterer Staub floß träge nach unten. Die Struktur des Kreislaufs würde sich ändern, wenn die Sonne über den Himmel strich.

Hier im Zentrum des Kraters war der Tag in gleiche Hälften geteilt. Der Vormittag dauerte fünf Stunden. Wir brauchten nicht, wie in Arnar, im trockenen Schatten der östlichen Felswand auf den Morgen zu warten. Auf der Hochinsel kam die Morgendämmerung früh. Sie kam jeden Tag zur gleichen Zeit, und die Sonne ging immer an derselben Stelle auf. Nullaqua hatte eine Axialneigung von weniger als drei Grad. Es gab keine Jahreszeiten, keine nennenswerte Witterung, nur Gleichförmigkeit, Konstanz, physikalische und kulturelle Stasis, für immer und ewig, amen.

Nach der letzten Mahlzeit des Tages holte Desperandum sein Netz ein. Behutsam breitete er es auf Deck aus. Dutzende harter kleiner Nuggets befanden sich darin; drei- oder vierhundert Klumpen grünen Planktons, kleine weiße Fischeiperlen, wurmähnliche verdrehte Zylinder, grünlich gesprenkelte Ovoide, abgeflachte Kugeln mit braunen Linien auf der cremeweißen Hülle. Auch ein stacheliges, glänzendschwarzes Ei, so groß wie meine Faust, war dabei.

Desperandum kniete sich hin und begann, seinen

Fang zu sortieren, wobei er Notizen in ein aufgeschlagenes Heft kritzelte. Dann kamen die ausgewählten Eier und ein Teil des Planktons in den Bottich mit Staub. Desperandum schickte einen Matrosen in die Küche hinunter, um Wasser zu holen; als der Mann zurückkam, schüttete Desperandum einige Liter über dem Staub aus.

»Sie werden schnell ausgebrütet sein«, sagte Desperandum zu mir. »Dann werden wir sehen, was wir erwischt haben.«

Ich nickte; Desperandum entfernte sich. Jetzt, nach Sonnenuntergang, wurde es kühler. Der Staub floß jetzt anders; er kühlte sich an der Oberfläche ab und floß am Rande des Bottichs hinab. Von den schwachen Strömungen getragen, klumpte sich das Plankton am Rand des Glases zusammen.

Irgendwie war der Behälter ein Mikrokosmos des Kraters. Zu rund, natürlich, und es fehlten die felsigen Aufwerfungen der Inseln hier und hier und hier und hier. Die Hochinsel, Arnar, Bruchfuß und Ausdauer. Die *Lunglance* würde sich etwa hier befinden und langsam auf den nordwestlichen Rand des Kraters zukriechen; an Rand der winzige Fleck Protoplasma, der John Newhouse darstellte, erkennbar nur durch ein Mikroskop. Eine komische Arroganz, sagte ich zu mir. Ich ging nach unten und schlief ein. Das Schiff segelte weiter.

Am nächsten Morgen war der Staub an einigen Stellen ein wenig aufgewühlt. Desperandum war früh auf den Beinen und fischte behutsam mit einem Seihtuch aus gewebten Bindfäden in dem Bottich. Alle paar Minuten zog er eine zappelnde Elritze oder einen krabbenähnlichen Anthropoden heraus und hakte ein Ei auf seiner Liste ab. Aus dem Lautsprecher seiner Maske erklang leises Summen. Er war bei guter Laune. Mir gefielen die schwarzen Stiche auf seinem verletzten Arm nicht. Der Schnitt an seinem Hals war gut verheilt, aber sein Arm war angeschwollen und entzündet. Ich hoffte, er nahm Antibiotika. Zwischen der Zahl der Eier auf seiner Liste und der Zahl der Lebewesen, die er hatte fangen können bestand eine Diskrepanz. Das schien ihm nichts auszumachen. Er konnte kaum erwarten, jedes Tier zu fangen, indem er einfach blind mit seinem Netz herumfischte. Nachdem er dreimal denselben Fisch gefangen hatte, zuckte er gutgelaunt die Achseln und gab seine Bemühungen auf. Das bewies, daß Desperandums Frustrationsschwelle sehr hoch war, und dies überraschte mich. Ich hatte erwartet, daß er den ganzen Bottich durch ein Netz ausleerte. Offenbar befürchtete er, damit die Gesundheit der Organismen zu gefährden.

Alles in allem hatte er sechzehn Lebewesen von achtundzwanzig Eiern gefangen. Am nächsten Tag versuchte er es erneut. Jetzt fanden sich mehr Plankton-Nuggets; ihre Sporen waren schon vorhanden gewesen, als der Staub zum ersten Mal eingefüllt worden war. Außerdem hatte sich das übrige Plankton, durch das Vorhandensein von Wasser angeregt, vermehrt. Dutzende winziger Klümpchen, nicht größer als Glassplitter, tauchten auf. Einige der größeren Nuggets fehlten. Sie waren gefressen worden.

Desperandum gab etwas Wasser hinzu, um das Wachstum der Hauptnahrungsquelle voranzutreiben, und begann dann wieder zu fischen. Diesmal mit mehr Erfolg. Er fing zwanzig Lebewesen. Merkwürdigerweise gelang es ihm nicht, einige der früheren Organismen zu erwischen, einschließlich des Fisches, den er dreimal gefangen hatte. Es schien ihm nichts auszumachen. Schließlich war jede einzelne Kreatur in dem Gefäß völlig unter seiner Kontrolle.

Ich stellte meine Spekulationen ein. Es ging über meine Fähigkeiten, Desperandums geistigen Zustand zu ergründen; wie alle alten Menschen hatte er eine Orientierung angenommen, die von meiner so verschieden war wie die Kindheit vom Erwachsenenstadium.

An diesem Tag töteten wir einen Wal und warfen drei Eier über Bord.

Am nächsten Tag fing Desperandum nun fünfzehn Lebewesen. Eins von ihnen war ein Rauboktopus, der für das Verschwinden einiger Fische verantwortlich war. Desperandum nahm ihn aus dem Bottich und sezierte ihn.

Zwölf Organismen am Tag darauf. Desperandum warf drei allesfressende Fische weg, weil er annahm, daß es sich um die Übeltäter handelte. Auf seiner Liste hatte er siebenundzwanzig der achtundzwanzig Eier abgehakt. Das stachelige glänzendschwarze Ei blieb unidentifiziert.

Als er am Tag danach nur vier Organismen fand, wurde Desperandum ärgerlich. Er leerte den Bottich aus. Träge raschelnd floß der Staub über das Deck und unter der Reling hindurch ins Meer. Rasch griff Desperandum nach den Lebewesen, die zappelnd auf dem Deck lagen: drei Krabben, ein kleiner pflanzenfressender Oktopus und die Larve eines Staubläufers. Er runzelte die Stirn. Alle seine Gefangenen verzehrten nichts außer Plankton oder – wenn sie davon etwas bekommen konnten – die langen, verwobenen Seetangstränge, die in diesem Teil des Kraters verbreitet waren.

Dann wandte er sich dem Bottich zu. Dort klebte mit einer staubbedeckten Saugscheibe eine kleine nullaquanische Anemone an der Glaswand.

»Erstaunlich!« sagte Desperandum laut. »Eine Anemone. Was für ein Glücksgriff!«

Die Anemone sah ziemlich wohlgenährt aus, wie man es auch nicht anders erwarten konnte – mußte sie doch nur einen ihrer stachelbewehrten Arme ausstrecken, um an Beute zu kommen. Sie hatte acht Arme, lange geschmeidige blaßbraune Tentakel, wie die Zweige eines Rosenstrauchs mit tückisch-scharfen Dornen besetzt. Die Dornen waren hohl, ebenso wie die Arme selbst; und jeder Dorn war ein vampirischer Saugschnabel. Die

Arme ragten aus einem kurzen, dicken Stamm, am unteren Ende des Stamms befand sich ein schneckenähnlicher Saugfuß. An den Verbindungsstellen zwischen Armen und Stamm wuchs ein kompliziert geformtes, mehrschichtiges Gebilde, das den Blütenblättern eines Blume ähnelte. Wie bei einer Blume war es ein Geschlechtsorgan. Für ein Geschöpf ihrer Größe war die Anemone ziemlich kräftig. Auch ohne die Stütze des Staubs hingen ihre dreißig Zentimeter langen Tentakel frei in der Luft. Sie atmete durch die siebähnlichen Spitzen ihrer Arme; sie waren so dünn, daß es nicht verwunderlich war, daß sie nie bemerkt worden waren.

Die Anemone schien durch das Fehlen des Staubs irritiert. Unentschlossen bewegte sie ihre Tentakel, bis sie einen schließlich über den Rand des Gefäßes festhakte. Dann löste sie ihre Saugverbindung zu dem Glas mit einem schwachen *Plopp* und zog sich geschäftig an der Glaswand hoch.

»Staub! Schnell!« befahl Desperandum, der die Anemone mit der Fürsorge eines liebenden Vaters für sein krankes Kind beobachtete. Sofort kam ein Matrose mit einem Eimer, und Desperandum schüttete den Staub langsam in den Bottich. »Mehr, mehr!« verlangte Desperandum ungeduldig. Bald erreichte die Oberfläche des Staubs einen der langsam umhertastenden Tentakel der Anemone. Das einer Pflanze ähnelnde Tier löste seinen Griff und glitt – geradezu dankbar, wie es mir schien – in den Staub hinunter.

Desperandum bemerkte meine Aufmerksamkeit. »Sie sind äußerst selten«, sagte er zu mir. »Ich habe gehört, daß eine letzte Kolonie von ihnen in der Bucht nordwestlich von hier lebt, aber ich habe nie eine gesehen. Kein Wunder, daß ich das letzte Ei nicht identifizieren konnte.« Desperandum lachte freundlich. Er war bei bester Laune.

Ich hoffte, sein neues Schoßtierchen würde ihn nicht beißen. Die Art, wie es versucht hatte, aus dem Gefäß herauszuklettern, schien mir unheilverkündend. Ich haßte den Gedanken, eines Nachts aufzuwachen und seine Tentakel von meiner Kehle wegreißen zu müssen.

Am nächsten Tag kletterte ich an Deck, nachdem ich das Frühstücksgeschirr für Dalusa liegengelassen hatte. Desperandum stand neben dem Glasgefäß und hielt eine zappelnde Sprotte über den Staub. Zögernd hob sich ein brauner, mit Zacken bewehrter Arm über die Oberfläche und wickelte sich um den Fisch. Dieser zuckte noch ein paarmal schwach und wurde dann steif. Um die Kraft der Anemone zu testen, hielt Desperandum den trockenen grauen Schwanz des Fischs fest im Griff. Und schon wand sich ein weiterer Tentakel aus dem Staub hoch; Desperandum zog seine Finger zurück, ehe der zweite Tentakel auf seine Hand zufuhr. Der Fisch verschwand unter der Oberfläche.

»Kräftiges kleines Biest!« sagte Desperandum bewundernd. »Wissen Sie, sie waren im gesamten Krater verbreitet, ehe er besiedelt wurde. Unwissend, wie sie waren, hörten sie nicht auf, Schiffe anzugreifen und vergifteten sich selbst. Ein Tropfen menschlichen Bluts durch einen dieser Dornenschnäbel tötete sie fast auf der Stelle. Ich habe sogar gehört, sie seien völlig ausgelöscht. Aus Angst vor gegenseitiger Zerstörung wollte niemand ihre letzte Zuflucht oben im Norden besuchen. Vielleicht erleben sie ein Comeback.«

Wundervoll, dachte ich. Ein paar hundert getarnte Killer würden dem nullaquanischen Dasein die rechte Würze geben. Ich fragte mich, wie groß dieses Geschöpf werden konnte. Drei Meter? Vielleicht bis zu zwanzig? Vor mir erschien das Bild eines giftigen Ungeheuers, so groß wie ein Mammutbaum, das in der trockenen schwarzen Dunkelheit unter dem Schiff lauterte, bis seine Zeit gekommen war. Ein gewaltiger schroffer Tentakel, der sich um die *Lunglance* legte, ein nachlässiger Ruck, und den Rätseln des Meeres wäre ein weiteres hinzugefügt. Hunger wäre ein viel zu starker Antrieb; bloße Neugier wäre schon verhängnisvoll genug. Dalusa machte an diesem Tag eine Herde Staubwale aus, aber bis die *Lunglance* die Stelle erreicht hatte, waren sie verschwunden.

Die Anemone wuchs weiter. Aus Vorsicht legte Desperandum ein schweres Eisengitter auf den Bottich. Die Besatzungsmitglieder machten, wann immer es ging, einen weiten Bogen um den Behälter, vor allem dann, wenn die Kreatur ihre drahtigen Anhängsel in die Luft streckte und sie nach Kräften hin und her bewegte. Als sie wuchs, wurde die Anemone dunkler; jetzt hatten ihre Arme die Farbe getrockneten Bluts.

Als der junge Meggle mittags zu mir kam, um die Mahlzeit für die Offiziere zu holen, sagte er mir mürrisch, daß der Kapitän mich sprechen wollte. Nach einer angemessenen Zeit meldete ich mich bei ihm. Desperandum beendete gerade seine Mahlzeit.

Wir gingen in die Kajüte; nachdrücklich schloß Desperandum die Tür. »Ich vermute, Sie haben das Gerücht gehört, daß ich vorhabe, Kurs auf die Glimmerbucht zu nehmen.«

Das war die vermeintliche Heimat der letzten Anemonen. »Jawohl, ich habe davon gehört«, log ich entschlossen.

»Was halten Sie davon?« fragte er.

Ich spürte, daß seine Offenheit nach Ausflüchten meinerseits verlangte. »Zuerst würde ich gern Ihre Gründe dafür hören.«

»Sehr gut. Es hat natürlich mit dem Tier zu tun. Ich würde es gerne an Bord behalten und seine Gewohnheiten studieren; vielleicht könnte ich es später dem Gemeindezoo auf der Hochinsel stiften. Andererseits wäre es unmoralisch, eine vom Aussterben bedrohte Art eines potentiellen Mitglieds und damit dessen Genvorrats zu berauben. Ich müßte mir die Situation selbst ansehen und feststellen, wie groß die Anemonen-Population ist. Das könnte natürlich umständlich sein.«

Der Kapitän schien nicht gewillt, mehr zu sagen. Er lehnte sich in seinem Drehstuhl zurück und verschränkte die kurzen, dicken Finger.

»Rechnen wir die Vor- und Nachteile beider Möglichkeiten gegeneinander auf«, sagte ich schließlich. »Zuerst, was gegen die Fahrt spricht. Die Kursänderung wird die Reise verlängern. Der Ausflug führt in ausgesprochen unerforschtes Gebiet, in dem Untiefen und Strömungen uns gefährden können. Und außerdem könnte die *Lunglance* von Anemonen angegriffen werden.«

»Darin liegt keine wirkliche Gefahr«, unterbrach Desperandum milde. »Selbst in den besten Zeiten dieser Gattung war die größte bekannte Anemone nur knapp zehn Meter lang. Nicht groß genug, um das Schiff als Ganzes zu bedrohen.«

»Aber wir könnten ein Besatzungsmitglied verlieren.«

»Möglich. Und ein Risiko haben Sie ausgelassen: Glimmer ist eine sehr enge Bucht, fast vollständig von Land eingeschlossen. Die Sonne scheint dort nur etwa eine Stunde am Tag. Die Düsternis und die Felswände, so sagt man, verursachen akute Depressionen, Melancholie, Klaustrophobie; selbst die eingeborenen Nullaquaner sind davon betroffen.«

Ich hob die Brauen.

»Oh, das ist ziemlich einleuchtend«, sagte Desperandum. »Sind Sie jemals in Ausdauer gewesen?«

»Nein, Sir.«

»Ich war selbstverständlich schon da. Dort ist es ebenfalls ziemlich deprimierend; Ausdauer ist eine halbe Meile hoch auf dem Felsen an der Westseite einer schmalen Bucht errichtet worden, besitzt ein unangenehmes Klima und strahlt das überwältigende Gefühl der Existenz von tausend Meilen festen Felsens aus. Ich habe kaum Zweifel daran, daß die Wahl dieses Orts als Zentrum für Religion und Regierung eine nachdrückliche Wirkung auf den nullaquanischen Charakter gehabt hat.« Desperandum seufzte und faltete seine Hände über dem Bauch zusammen.

»Nun ja, Sir, wenn wir also die Vorteile dieses Umwegs erwägen«, sagte ich, als eine Unbehagen verbreitende Stille wie auf verkrüppelten Füßen durch den Raum gehumpelt kam. »Mir fallen nur zwei ein. Erstens: Kenntnisse über die Anemonen-Population; zweitens: eine Entscheidung darüber, was mit Ihrem kleinen Findling zu tun ist. So wie ich es sehe, birgt der erste Punkt Gefahren sowohl für die Besatzung, als auch für die wildlebenden Lebewesen. Und was den zweiten angeht, tja, das hängt von der Seltenheit dieser Geschöpfe ab. Und da Sie an einem einzigen Tag mit einem einzigen Netz eines gefangen haben, kann ich kaum glauben, daß sie wirklich sehr selten sind.

Und dann noch etwas. Wir nähern uns jetzt Ausdauer. Es wäre doch einfach, dort anzulegen und die Kirche aufzusuchen, um eine spezielle Expedition loszuschicken.«

Desperandum blickte mich wie versteinert an. »Das habe ich vor vier Jahren versucht. Sie haben mir höflich zugehört und mich dann nach meinem Akademiediplom gefragt.«

Zuerst wollte ich mich entschuldigen, entschied mich aber dann dagegen. Das hätte nur das Minderwertigkeitsgefühl des Kapitäns und seinen eigenen Abscheu vor seinem Mangel an akademischen Qualifikationen gesteigert. »Ihre Argumente sind gut, aber überzeugt haben sie mich nicht«, sagte Desperandum. »Wir werden die Bucht erforschen.«

Das hatte ich erwartet.

Die Crew zeigte keinerlei Überraschung, als der Befehl ausgegeben wurde, nach Norden gegen den Wind zu kreuzen. Es war nicht ihre Sache, über die Gründe nachzudenken. Außerdem waren sie zu dieser Zeit wahrscheinlich gar nicht in der Lage dazu.

Später lehnte ich über die Steuerbordreling und blickte auf die Schichten schroffen Felsgesteins, das sich in zerklüftetem Stufen zur Oberfläche des Planeten erhob. Es war ein trockener, heller Morgen, wie alle null-aquanischen Morgen. Die Monotonie setzte mir zu. Ein kühler Windstoß, ein dichter Nebel oder ein wilder Hagelsturm wären eine Erleichterung gewesen. Meine Stirnhöhlen machten mir Ärger; meine rissigen, juckenden Hände waren glitschig von einer unangenehmen Salbe, die der erste Maat mir gegeben hatte. Ich mochte die Salbe nicht besonders. Unten in der Küche, wo ich meine Maske abnehmen konnte, stank sie.

Ich hörte das Kratzen von Dornen an einem Eisengitter. Die Anemone war mit Hilfe von Desperandums Hätschelkost schnell gewachsen, als könnte sie es gar nicht erwarten, in ein fortpflanzungsfähiges Alter zu kommen und ihrer Spezies bei dem versprochenen Comeback behilflich zu sein. Sie schien sich in ihrem Bottich beengt vorzukommen und zog wiederholt an dem Gitter, als stärke sie ihre Kräfte.

Dalusa war auf Erkundungsflug; sie versuchte, den schmalen Einlaß in die Glimmerbucht auszumachen. Desperandum benutzte Luftbildkarten des Kraters, die von dem ersten Kolonisierungsschiff hergestellt worden waren. Sie waren fünfhundert Jahre alt. Damals hatte die Glimmerbucht noch gar nicht existiert.

Ich sah, wie Dalusa flügelschlagend aus Nord-Nordwesten herankam. Sie ging präzise im Krähennest nieder, ließ das Horn ertönen, um die Besatzung zu alarmieren, und sprang ins Leere. Sie fiel in einer präzisen Parabel und öffnete ihre Schwingen mit lautem Knallen, knapp bevor sie sich die Rippen an der Reling brach. Ihr machte das Vergnügen.

Dalusa flog schnell davon, bis sie ein weißer Fleck vor dem dunklen Hintergrund des Felsens war. Dort erwischte sie einen Aufwind und kreiste, während die *Lunglance* träge hinter ihr herkreuzte.

Als wir ein gewaltiges Vorgebirge aus herabgestürzten Felsen erreichten, schwebte Dalusa um es herum und auf das Meer hinaus. Plötzlich schoß sie nach Süden. Wild schlug sie mit den Flügeln, kam aber nicht voran, wie ein Schwimmer in einer starken Strömung. Ein starker Wind hatte sie gepackt. Dalusa drehte sich in den Wind. Sie kam immer noch nicht voran, begann aber Höhe zu gewinnen. Das Schiff segelte näher heran. Jetzt konnte ich in dem Staub-Luft-Zwischenbereich einen dünnen, graupeligen Nebel sehen. Es gab keine Wellen.

Dalusa schien zu ermüden. Sie gewann weiter an Höhe, wurde aber jetzt aufs Meer abgetrieben.

Plötzlich gelangte sie in eine Zone der Ruhe. Sie verlangsamte ihren Aufstieg, wurde dann aber von einem anderen Wind gepackt, ebenso kräftig doch in die entgegengesetzte Richtung blasend. Sie stemmte sich gegen ihn, versuchte zu wenden und überschlug sich in der Luft, als sie in eine Turbulenz geriet. Der Wind zerrte an ihrem losen Umhang, dem einzigen Kleidungsstück, das sie trug.

Allmählich kam Dalusa wieder zu Kräften, legte die Flügel an und fiel. Im Sturz gewann sie Geschwindigkeit, korrigierte ihre Flugbahn, öffnete erneut ihre Schwingen und schwebte auf das Schiff zu. Sie hatte die Geschwindigkeit des Windes großartig eingeschätzt. Jetzt blickte sie genau dem Rand des Vorgebirges entgegen. So war jedenfalls die Haltung ihres Kopfes – die Form ihres Halses war schon immer etwas merkwürdig gewesen. Die beiden Vektoren, die sich gegenseitig korrigierten, ließen sie auf das Schiff zugleiten. Es gelang ihr; geradezu anmutig schwebte sie über die Backbordreling und brach auf dem Deck als flügelbedecktes Bündel zusammen.

Mr. Flack war in einem Sekundenbruchteil bei ihr. Er streckte die Hand aus, um sie an der Schulter zu packen, zog sie aber rechtzeitig zurück. Dalusas lange dünne Arme zitterten vor Erschöpfung. Sie hielt ihr Gesicht – oder eigentlich ihre Maske – unter einem Flügel verborgen. Flack konnte nichts für sie tun. Seine medizinischen Kenntnisse waren nicht auf nichtmenschliche Lebewesen ausgedehnt.

»Holt der Dame ein Ruhelager«, ordnete Flack an. »Wasser. Ruhe.«

Das Allheilmittel eines Arztes für alles, was er nicht verstand. Ich nahm eine Decke von unserem Harpunier Blackburn, wickelte Dalusa behutsam darin ein und hob sie mühelos hoch. Sie wog vielleicht vierzig Pfund, das meiste davon waren Muskeln. Dalusas weiße, wohlgeformte Beine waren vorwiegend Zierde. Sie hatten die Gewebestruktur menschlichen Fleisches – mehr oder weniger –, aber sie waren nicht dichter als Kork.

Ich trug Dalusa zur Küche hinunter, drehte meine Matratze um, damit kein noch anhaftender Giftstoff sie erreichen konnte, und setzte sie ab. Sie zog ihre Maske vom Gesicht.

»Mit mir ist alles in Ordnung«, sagte sie. »Du hättest dir nicht soviel Umstände machen sollen.« Auf der Stelle schlief sie ein.

Hier konnte ich nichts mehr tun, also ging ich zurück an Deck.

Wir umschifften das Vorgebirge. Sofort packte uns der Wind, vom Bug war das Sandpapierrascheln kleinster Partikel zu hören. Die Segel füllten sich, die Brassen waren voll belastet, und die *Lunglance* hatte tatsächlich Schlagseite, für einen Trimaran mit ihrem Rumpf ein erstaunliches Kunststück. Desperandum wendete über den Wind und ging auf Steuerbordkurs.

Nördlich war ein gewaltiger Spalt im Fels. Vor fünfhundert Jahren war dort eine schmale Klippe gewesen, die den Nullaqua-Krater von einem kleineren Nebenkrater abtrennte, der jetzt die Glimmerbucht bildete. Diese Klippe hatte einen Riß gehabt. Der Glimmerkrater, der nur um Mittag Sonnenlicht erhielt, war viel kälter als der große Krater. Es entwickelte sich eine kalte Luftströmung, die durch die mitgeführten Teilchen Schmirgelwirkung hatte. Schon bald bildete sich ein natürlicher Felsbogen, an dem ein senkrechter Windwirbel entstand, heiße Luft oben, kalte unten. Zweihundert Jahre lang dehnte die Wölbung des Bogens sich aus.

Im zweihundertundsiebenunddreißigsten Jahr menschlicher Besiedlung auf Nullaqua stürzte der Fels mit einem Knall zusammen, der im ganzen Krater zu hören war. Die Vorsichtsmaßnahmen waren ungenügend. Tausend Tonnen Fels stürzten ins Meer, und die anschließende Springflut löschte fast die gesamte nullaquanische Flotte aus. Fünf Schiffe kamen davon: drei Fischerboote, die sich rein zufällig im Schutz der Hochinsel befunden hatten, ein einzelnes außer Dienst gestelltes Kriegsschiff auf den Drudenfuß-Inseln und ein Walfänger aus Bruchfuß. Auf Ausdauer gab es nicht ein einziges überlebendes Schiff. Ausdauer war ein Jahr zuvor im nullaquanischen Bürgerkrieg dem Erdboden gleichgemacht worden.

Das Jahr nach der Glimmerkatastrophe war als das Hungerjahr bekannt.

Die *Lunglance* steuerte so hart wie möglich in den Wind. Mr. Bogunheim stand an der Ruderpinne; die Segel wurden ein wenig angeluvt, und Desperandum tadelte den Mann abwesend. Der Kapitän starrte in die düstere Nische der Bucht, das Fernglas fest auf die Linsen seiner Staubmaske gepreßt.

Im Windschatten der Gegenstände auf Deck bildeten sich dünne Staubfilme. Die Anemone rasselte an ihrem Gitter. Ich fragte mich, ob sie unseren Aufenthaltsort erkannte. Wie einer von diesen Zugvögeln, Kranich, Harnich oder so ähnlich…

Die Mittagsstunde war inzwischen herum. Trübes Licht strömte aus zwei Quellen in die Bucht, der zwei Meilen breiten Einfahrt und einem glänzenden Hügelband im Ostteil des Kraters. Ein mächtiger Vorsprung schwarzen Felses hielt den größten Teil des Nachmittagslichts ab, das auf die Hügel dahinter schien. Es war so trübe und düster wie im Innern einer abgedunkelten Kathedrale. Eine Atmosphäre wie in einer Kirche. Die *Lunglance* passierte schnell die Felsen rund um die Einfahrt und segelte mit dem abgeflauten schwachen Wind nach Osten.

Hinter uns schien ein gewaltiger senkrechter Strahl bleichen Lichts, fünfzig Meilen hoch, durch die Mündung der Bucht und über die zerklüftete schroffe Felswand. Ein äußerst erhabener Anblick. Jeder auf Deck, mit Ausnahme von Desperandum, starrte völlig verzaubert auf den matten Koloß aus Licht. Es leuchtete wie das Versprechen der Erlösung.

Ich riß meine Augen von diesem Anblick fort, mich schauderte. In der Glimmerbucht war es kalt und düster wie auf dem Grund eines Brunnens, aber es war trocken. Ausgedörrt. Gnadenlos trocken, trockener als die trockenste Wüste auf der Erde, auf Bunyan oder Reverie, so trocken, daß es einem die Nase aufspringen und nachts bluten ließ, so trocken, daß das Haar vor statischer Aufladung knisterte, so trocken, daß einem immer wieder Funken stechend über die Handknöchel sprangen. Es dörrte einem das Wasser aus dem Mund und die Tränen aus den Augen.

Und kalt. Die Männer holten ihre Nachtkleidung heraus und zogen sie an. Nullaquanische Nächte waren ohnehin kalt; hier würden sie noch viel schlimmer werden.

Warme Luft, die in die Bucht kam, kühlte sich durch die Ausdehnung ab, kalte Luft trat an ihre Stelle. In der Glimmerbucht war ein schwacher Luftzug wie der Atem eines Tieres mit Lungen aus Eis. Trockeneis.

Der Strahl hinter uns gab keine Wärme. Die Enge des Kanals sorgte dafür, daß er völlig stationär war, die Bewegung der Sonne hatte keine Wirkung auf ihn, abgesehen von der sich ändernden Helligkeit. Der unterste Teil des Strahls war vom Staubnebel leicht trüb. Der Strahl wurde mit steigender Höhe immer schwächer, je dünner und klarer die Luft wurde. Schließlich verschwand der Strahl, aber noch in vierzig Meilen Entfernung ließ das Licht die luftleere Felswand in matter Vakuumstrahlung glühen.

Auf Meereshöhe war die ganze Bucht ein grobes Oval, fünfzig Meilen lang, sechsundzwanzig Meilen breit. Die Einfahrt lag ungefähr in der Mitte der Bucht.

Wir segelten ostwärts. Es wurde finsterer, die Matrosen schauten häufig mit bedauernden Blicken zu dem Licht in unserem Rücken.

Jetzt beschloß der Kapitän, einen Test durchzuführen, der über die Anwesenheit von Anemonen Aufschluß geben sollte. Auf seinen Befehl hin eilten die Männer in die Wanten und refften die Segel. Desperandum hievte einen Staub-Schleppanker über Bord, dann warf er einen riesigen Brocken Haifischfleisch aus. Ein großer Schwimmer bewahrte ihn vor dem Sinken.

Das Fleisch trieb allmählich vom Schiff weg. Aber es gab keinerlei Anzeichen tastender Tentakel. Vielleicht war es für die Geschöpfe zu tief. Aus der Ferne tauchte ein Staubläufer auf, der auf untertassenförmigen Füßen näherkam. Bedächtig begann er, von dem Fleisch zu fressen. Die Nahrung erwachsener Staubläufer unterscheidet sich von der ihrer Larven. Das Tier fand das Fleisch annehmbar, und schon bald gesellten sich ein Dutzend Artgenossen zu ihm, die eilig aus der Dunkelheit heranglitten und sich auf das Fleisch stürzten wie Küchenschaben auf eine vergessene Brotkrume. Desperandum wurde ungeduldig; er zog das Haifischfleisch zurück an Bord. Die Staubläufer klammerten sich zäh an den Klumpen. Desperandum ließ das Fleisch auf Deck klatschen, und Staubläufer wurden fortgeschleudert, aber nicht für lange. Nur an das Fressen denkend, kehrten sie zu ihrer Mahlzeit zurück. Desperandum mußte schließlich einen von ihnen mit einem Walspaten zerquetschen, worauf die übrigen eifrig davonrasten und über Bord sprangen.

Es gab hier nicht viel Plankton, der Lichteinfall war zu dürftig. Die Ökologie der Glimmerbucht mußte auf Abfällen basieren, die von der Strömung hereingetragen wurden, dachte ich. Das Licht vor uns wurde trüber, als die Sonne sank. Desperandum ließ Laternen aufstellen.

Das Licht war den Männern sehr willkommen, aber es schien fast eine Entweihung der titanischen Finsternis und Stille zu sein. Ich kam mir auf unbehagliche Weise sichtbar vor. Die Lichter waren wie eine herausgeschriene Herausforderung an die Bewohner – wer sie auch immer sein mochten – dieses in Stagnation verharrenden Staubsees, dieses scheußlichen kleinen Felsensargs. Ich mochte diesen Ort nicht. Ich mochte die schwarzen, hochaufragenden Felsen nicht, die immer höher und höher zu wachsen schienen, bis sie größer als Gott wirkten. Diese Felsen schienen nur darauf zu warten, unter ihrem eigenen Gewicht nachzugeben, in die schmale, von Finsternis erfüllte Bucht zusammenzustürzen und die *Lunglance* wie eine Wanze zwischen zwei Ziegelsteinen zu zerquetschen. Ich mochte die Kälte und die Stille nicht.

Ich beschloß, nach unten zu gehen und die letzte Mahlzeit des Tages in Angriff zu nehmen. Als ich mich zum Gehen wandte, blickte ich über die Reling.

Die Dunkelheit war mit Hunderten kleiner roter Funken gesprenkelt – die Reflexion des Laternenlichts in den Facettenaugen einer unglaublichen Menge von Staubläufern. Die *Lunglance* war von den kleinen Tieren eingekreist; stumm beäugten sie unsere Lampen mit der Hingabe von Motten für eine Kerze.

Dies muß ein Laichgebiet sein, dachte ich. Sie konnten sich selbst ganz flach machen und mit der Strömung in die Bucht gelangen, dann, nachdem sie sich fortgepflanzt hatten, mit dem Wind im Rücken auf dem Staub gleitend zurücklaufen.

Immer mehr tauchten vor meinen Augen auf. In jeder Richtung bedeckten sie mehrere Meter. Der erste Maat verwickelte Desperandum in ein hastiges Gespräch. Der Kapitän blickte über die Reling und zuckte die Achseln.

Die Staubläufer wurden erregter. Panik breitete sich unter den Tausenden aus, die dicht aufeinandersaßen; sie fingen an, wie Wassertropfen in einer glutheißen Bratpfanne auf und ab zu springen. Sie näherten sich der Raserei. Ich war beunruhigt. Es war gut, daß die Reling mehr als einen Meter über der Stauboberfläche war. Die spinnenartigen kleinen Ungeheuer, etwa fünfzehn Zentimeter im Durchmesser, hüpften kraftvoll empor, aber das Deck war für sie nicht erreichbar.

Dann fingen sie an, aufeinanderzuklettern; ohne Rücksicht auf das Leben ihrer Artgenossen erstickten sie die schwächeren im Staub. Der ungewohnte Stimulus des Lichts hatte sie zu einem unerklärlichen Gipfel insektenhaften Fanatismus inspiriert. Schnell hatten die ersten fünfzig, sechzig den Rand überwunden, rasten wie wahnsinnig übers Deck, drehten Kreise, fielen auf den Rücken und strampelten hektisch mit ihren stacheligen Beinen. Die Männer zogen sich abwartend zurück, als die Kreaturen sich aufs Deck ergossen. Auch ich wich zurück und kam dabei an dem Bottich mit der Anemone vorbei. Mit einer tückischen Peitschenbewegung gelang es ihr beinahe, ihre schwarzen Hakendornen in meinen Nacken zu bohren.

Langsam, ohne daß sie es selbst zu bemerken schienen, wurden die Männer in die dunkelste Zone des Decks gezwungen, hinter dem Besanmast und nahe der Luke, die zur Kajüte des Kapitäns und zum Laderaum führte.

Plötzlich sprang eines der Geschöpfe hoch und vergrub seine Kiefer in Mr. Grents Wade. Er schrie vor

Schmerzen laut auf. Das war wie ein Signal: Die Männer liefen Amok, und zum trippelnden Rasseln der kleinen untertassenförmigen Füße gesellte sich das spröde Knirschen der unter den Stiefeln zerquetschten Staubläufer.

Desperandum gab Befehle. Er brüllte so laut, daß der Lautsprecher seiner Maske verzerrt quietschte: »Geht nach unten, Männer! Ich erledige das.«

Der Kapitän stürzte auf die nächste Laterne zu und löschte sie. Mit ein paar letzten rachsüchtigen Tanzschritten begannen die Männer, durch die Luke zu strömen. Desperandum steuerte, mehrere Tierchen von seinen Beinen wischend, auf die nächste Laterne zu. Hurtig trat ich auf ein halbes Dutzend unglücklicher Staubläufer und passierte geduckt die Küchenluke. Ich schlug sie hinter mir zu und ertastete mir meinen Weg die Treppe hinab zum Lichtschalter.

Auf dem Küchenboden waren zwei Staubläufer. Ich schlug sie mit einer Soßenpfanne platt und begann mit der Zubereitung des Essens.

Mr. Flack strich Salbe auf die Bisse, die die Matrosen davongetragen hatten. An diesem Abend aßen die Männer im Laderaum. Sie schliefen dort auch, da die Staubläufer keine Neigung zeigten, das Schiff zu verlassen. Alle halbe Stunde spähten wir hinaus; die Laterne zog unvermindert eine Horde lichtversessener Staubläufer an. Sie schienen entschlossen, es sich häuslich zu machen.

Der Kapitän zeigte keine Anzeichen von Besorgnis. »Sie werden ermüden, Leute«, beruhigte er die Männer, während die sich als Vorbereitung auf die Nacht in die Decken kuschelten. »Und sollte das nicht der Fall sein, werden wir sie morgen vertreiben. Wir haben eine Menge Waltran; wir gehen mit Fackeln hoch und räuchern sie aus.«

Die Aussicht darauf schien die Männer froh zu stimmen. Ich persönlich vermutete, daß das kunststoffverkleidete Deck äußerst brennbar war. Ich sah voraus, wie das Schiff in ein Flammentuch gehüllt war. Das im Laderaum aufbewahrte Wasser würde der Glimmerbucht eine großartige Blüte bescheren; aber niemand würde jemals etwas davon zu Gesicht bekommen.

Aber meine Ängste waren unbegründet. Am nächsten Morgen beschämte das Licht, das durch die Einfahrt zur Bucht drang, die wenigen trüben Sterne auf unserem begrenzten Himmelsausschnitt, so daß sie ihr Antlitz verbargen, dann verwandelte es die Dunkelheit in einen schiefergrauen Schatten. Am Westrand des Kraters hinter uns zeigte sich ein Lichtfunken. Er wuchs zum Glühen an.

Die Staubläufer mochten ihr neues Heim. Sie kamen erstklassig zurecht. Zweifellos war hier jede Neuigkeit willkommen. Mit dem Anbruch des Morgens schienen sie viel ruhiger und waren sogar so großmütig, einige Matrosen an Deck zu dulden. Nachtragend waren sie nicht.

Ihre gute Laune ausnutzend, schüttete Desperandum an der Backbordseite des Schiffes, zwischen Fockmast und Großmast, einen dickflüssigen Teich aus rohem Waltran auf das Deck. Eine schwache Brise trug den Duft übers Schiff. Bald darauf kamen die Staubläufer mit knackenden Lauten heran, um dieses neue Phänomen zu untersuchen. Sie mochten es. Sie waren still, aber pantomimisch ließen sie ihre Sympathie erkennen, wateten durch das trüb-kuschelige Zeug und schlürften es mit ihren chitinbewehrten Mäulern auf. Ein paar von ihnen tanzten sogar wie Bienen.

Desperandum wartete in einiger Entfernung geduldig. In der Hand hielt er einen Pfeifenanzünder. Das Öl breitete sich langsam aus. Die Staubläufer trampelten jetzt in ihrem Drang, an den Saft zu kommen, über ihre Artgenossen; sie zeigten erneut jenen Mangel an brüderlicher Fürsorge, der ihr Markenzeichen zu sein schien. Aus allen Ecken des Schiffs stürzten sie heran.

»Gebt Walspaten aus, damit die Männer sich um mögliche Überlebende kümmern können«, sagte Desperandum ruhig und zündete dabei einen Stoffetzen an. Er schleuderte ihn präzise in die Mitte des Ölteichs.

Dieser flammte donnernd auf. Die Staubläufer begannen zu quietschen: hohe *Ie-ie-ie*-Töne wie von einem eingerosteten Fleischwolf. Sie brannten wie Zunder. Einige explodierten sogar, und der brennende Inhalt ihrer Mägen ergoß sich über ihre Brüder. Einige schafften es, über die Reling ins Meer zu springen, wo sie, eine Feuerspur hinter sich herziehend, über die Oberfläche rasten.

Die Männer fingen an, die übrigen Tiere mit der flachen Seite ihrer Walspaten zu töten. Jeder zerquetschte Staubläufer hinterließ einen schwelenden Fleck auf dem Deck. Der Kunststoff unter der Öllache schmolz ein wenig; verkohlte Fetzen der Tierkörper steckten in dem sich abkühlenden Material, aber es hatte kein Feuer gefangen.

Die letzten quiekenden Schreie wurden urplötzlich von den zermahlenden Spaten beendet.

»Gute Arbeit, Männer«, lobte Kapitän Desperandum. Er war ganz und voll Zufriedenheit. »Lichtet Anker. Schwingt euch hurtig hoch und setzt die Segel! Laßt sie von Wanten und Stagen flattern!«

Das taten die Männer. Ich machte mich auf den Weg nach unten, um das Mittagessen vorzubereiten, als ich es hörte. *Ie-ie-ie-ie*.

Von Osten, aus der trockenen, toten Finsternis am Fuß der staubausgespülten Felsen, kam eine erstaunliche Heerschar von Staubläufern. Die zwielichtige Oberfläche der Bucht war schwarz von ihnen, Millionen, dicht an dicht, die in wilder Bewegung auf die *Lunglance* zurasten. Die blauen Winde würden uns niemals rechtzeitig davontreiben können. Das scheußliche Ungeziefer bewegte sich so schnell, daß die Untertassenfüße Staubwolken aufwirbelten.

Sie bewegten sich wie eine Million aufgezogener mechanischer Kakerlaken.

Desperandum ging in aller Ruhe zum Heck, um die herannahende Horde zu beobachten. In diesem Augenblick tauchte die Sonne auf und stieg langsam über den Horizont der Bucht. Die Wirkung des Sonnenlichts war unermeßlich aufmunternd. Die Bucht war heller, freundlicher und erinnerte nicht mehr an offene Gräber, verlassene Bergwerkstollen und ähnlich unerfreuliche Aufenthaltsorte. Die Staubläufer wurden von einer entnervenden Drohung zu einer bloßen Reizung.

»Geht nach unten und holt mir ein Faß Öl«, befahl Desperandum. Drei der Männer, darunter Murphig, eilten unter Deck und waren bald darauf zurück. Sie stöhnten unter ihrer elfenbeinernen Last. Desperandum hob das Faß hoch und hielt es wie eine Tasche unter einem Arm, während er auf die Reling zutrat. Er berührte die Arretierung mit einem Fuß und klappte ein Stück der Reling herunter. Die Staubläufer kamen jetzt schnell heran. Sie zeigten keine Furcht vor dem plötzlichen Sonnenlicht. Ihre Facettenaugen glitzerten wie billige Imitationen von Rubinen.

Desperandum streifte die wasserdichte Walhauthülle von dem Faß und begann damit, das Öl in einem dicken Strom über Bord zu gießen. Da er noch nie Waltran auf Staub gegossen hatte, war er sich über die besonderen Eigenschaften des Stoffes nicht im klaren. Es breitete sich nicht, wie er erwartet hatte, als entflammbare dünne Haut aus. Statt dessen saugte das Öl den Staub auf, wurde zu einem dicken schwarzen Klumpen und versank wie ein Stein.

Wegen seiner Staubmaske konnte ich Desperandums Gesichtsausdruck nicht erkennen, aber ich nahm an, daß er völlig verblüfft war. Die Tiere hatten uns jetzt fast erreicht; ihre rostigen Quietschlaute waren ohrenbetäubend.

Desperandum setzte das Faß ab. »Geht nach unten!« schrie er. Eine Sekunde lang standen die Männer benommen herum, dann hasteten sie auf die Luken zu.

Inzwischen hatten die Staubläufer uns völlig umzingelt. In ihrem Eifer, an Deck zu kommen, stiegen sie übereinander. Es waren nicht so viele, wie ich anfangs gedacht hatte. Vielleicht war es gerade eine Million dieser Wesen. Sie veranstalteten immer noch einen entnervenden Lärm – er wirkte so wie Metallfeilen, die über die eigenen Zähne kratzten –, während sie damit begannen, unterhalb der Reling auszuschwärmen. Das Schiff war immer noch in Bewegung, und das bereitete ihnen einige Schwierigkeiten. Desperandum versuchte, seine Anemone zu retten. Doch sie schien sich nicht retten lassen zu wollen und hielt ihn mit ihren zuckenden Tentakeln auf Distanz. Diese hatten die gleiche Wirkung wie Selbstmorddrohungen.

Einen weiteren Tag zusammengekrümmt im Laderaum zu verbringen war mehr, als ich ertragen konnte. Ich hatte das Sonnenlicht genossen. Nullaquas Sonne, gewöhnlich von bläulicher Färbung, die ich vom ästhetischen Standpunkt aus bei einem Stern für unnütz hielt, hatte noch nie so schön ausgesehen. Außerdem war Dalusa auf Erkundungsflug, und ich wollte auf sie warten. Als die übrigen Besatzungsmitglieder sich durch die Luke drückten, stieg ich also energiegeladen in die Wanten, bis mein Kopf sich in Höhe der Rahe des Großsegels befand.

Desperandum spielte noch immer mit seinen Tierchen herum. Jetzt war er von beiden Luken im Mittelrumpf abgeschnitten. Und was das Schlimmste war: Seine Schützlinge benötigten seine Hilfe gar nicht, wie ich anhand der sechzehn ausgesaugten Staubläuferleichen schließen konnte, die ich an diesem Morgen neben dem Glasbottich gefunden hatte.

Desperandum war umzingelt. Plötzlich streckte der treue Flack seinen maskierten Kopf aus der Kombüsenluke. »Käpt'n! Käpt'n! Hierher!« schrie er, aber seine Stimme war über dem unerträglichen Quietschen kaum hörbar. Trotzdem blickte Desperandum auf.

Irgend etwas pochte sanft gegen den Rumpf des Schiffs.

Das Quietschen hörte auf, war urplötzlich wie abgeschnitten. Meine Ohren schrillten infolge der unerwarteten Stille. Wie ein einziger Körper sprangen die Staubläufer an der Steuerbordseite vom Schiff und glitten mit rasender Geschwindigkeit in furchtsamer Lautlosigkeit über den Staub.

Das war eines der ungewöhnlichsten Dinge, die ich je gesehen hatte.

Und dann kam etwas, das es zur Bedeutungslosigkeit verblassen ließ.

Über die Backbordreling kam ein gewaltiger, spitz zulaufender Schlauch von der Größe eines jungen Baumstammes, gespickt mit Dornen, die mindestens fünfzehn Zentimeter Durchmesser hatten. Dem Schlauch folgten die übrigen träge sich windenden Tentakel, schwarze, dornige Scheußlichkeiten, dick genug für Kanalrohre. Ich hatte keinen sehr guten Blick auf sie, da ich zu beschäftigt damit war, in panischer Angst die Wanten hochzusteigen.

Als ich wieder zu Atem gekommen war, hatte die neue Anemone sich zwischen Großmast und Besanmast bequem niedergelassen und zeigte alle Anzeichen von Bereitschaft, ihren Aufenthalt zum Dauerzustand zu machen.

Es handelte sich um ein voll ausgewachsenes Exemplar, wie ich aus meiner reichlich wackligen Position auf der unteren Brahmrahe bemerkte. Seine Tentakel waren gut acht Meter lang, der tonnenförmige Körper vielleicht einen Meter zwanzig hoch, ein wenig mehr als eineinhalb Meter, wenn man die mächtige, fast farblose Rosette mitzählte. Die Anemone sah fett und glücklich aus und erinnerte irgendwie an einen wohlgenährten Nullaquaner. Sie hatte sieben Tentakel; der achte war offensichtlich bei einem Unfall in den Kinderjahren abgefressen worden.

Mit schlaffen Bewegungen legte das Geschöpf drei seiner Tentakel über die Rahen der Marssegel und die Hauptbrassen, so wie Weinranken sich um die Drähte eines Spaliers winden. Die inneren und äußeren Verspannungen der Rahe unter meinen Füßen summten unter der Anspannung. Ich verließ sie auf der Stelle und machte mich zum Krähennest auf.

Ein umhertastendes Tentakel fand den Großmast und zerrte an ihm. Das ganze Ding rüttelte; ich klammerte mich mit verkrampften Fingern an die Webeleine.

Einen Moment lang hatte ich die Vorstellung, die Anemone sei gekommen, um ihren gefangenen Nachkommen zu befreien. Aber dieser Gedanke wurde einige Sekunden später weggewischt, als die Anemone den Glasbottich mit der nachlässigen Bewegung eines Arms vom Tisch warf. Krachend und klirrend schlug er auf dem Deck auf.

Das schwere Eisengitter hatte zwei Tentakel der jungen Anemone zerquetscht, und in ihrem röhrenförmigen Körper steckte eine Glasscherbe. Mit verkrüppelter Schwerfälligkeit zog sie sich übers Deck.

Irgendwie spürte die große Anemone Bewegung. Mit unbeirrbarer Genauigkeit hob sie ihren jungen Verwandten vom Deck hoch und kostete ihn mit einem sauberen Stich direkt über dem Saugfuß. Sie fand Kannibalismus wohl nicht sonderlich reizvoll und ließ ihr Opfer mit völliger Interesselosigkeit auf das Deck fallen. Schwer, vielleicht tödlich verletzt, kroch die junge Anemone mühsam zur Reling, eine Bahn gelblicher Flüssigkeit absondernd. Sie fiel über Bord und versank ohne jede Spur.

Die Situation war kritisch. Einer der langen dornigen Tentakel der Anemone lag genau auf der Kombüsenluke. Ein zweiter befand sich ganz nah bei der Ruderpinne. Es würde schwierig werden, den Kurs zu wechseln. Und was das Schlimmste war, in etwa einer Stunde würden wir auf ein tückisch aussehendes schroffes Vorgebirge krachen, das genau vor unserem Bug lag. Wir *mußten* auf einen anderen Kurs gehen.

Jetzt schwang die Luke zur Kapitänskajüte auf, und ein halbes Dutzend Besatzungsmitglieder kamen herauf, um Desperandum Beistand zu leisten. Einer von ihnen war Flack, der erste Maat. Er und Desperandum berieten sich hastig. Desperandum schüttelte den Kopf. Seine Ablehnung war offensichtlich. Er hatte die Verletzung seines Ex-Gefangenen gesehen, möglicherweise war das ledrige Ungeheuer das letzte seiner Art. Ihm sollte kein Schaden zugefügt werden.

Die Anemone war jetzt ganz ruhig. Drei Tentakel waren um die Brassen geklammert, vier erstreckten sich steif übers Deck. Wenn sie sich ganz streckte, könnte sie vielleicht die Luke zur Kapitänskajüte erreichen, aber anscheinend war sie eingeschlafen. Das Fehlen der tragenden Staubschicht schien sie nicht zu stören. Ich blickte nach Norden. Eine dünne Staubwolke markierte den Weg der Staubläufer, die immer noch auf dem Rückzug waren. Dahinter enthüllte das helle Sonnenlicht eine durch die Entfernung geschrumpfte Gestalt, die auf uns zuflog. Dalusa.

Ich fühlte mich sehr unbehaglich in der Takelage und beschloß, sehr, sehr vorsichtig hinabzuklettern, solange die Anemone noch ruhig war.

Inzwischen hatte der größte Teil der Besatzung sich um Desperandum geschart. Er diskutierte mit seinen Maaten immer noch die anzuwendende Taktik. Die Crew stand erstaunt dabei. Drei Matrosen umklammerten nervös ihren Walspaten, Blackburn hielt eine seiner Harpunen. Ich begann, behutsam die Webeleine hinabzuklettern. Die Anemone verriet durch kein Anzeichen, daß sie mich bemerkte.

Ich hatte fast eine Höhe erreicht, von der aus ich

mich auf das Deck fallen lassen konnte, als Desperandum mich sah.

»Newhouse!« schrie er. Sein Schrei alarmierte uns beide, aber die Anemone reagierte schneller. Ein Tentakel schwang wie der Ausleger eines Krans vom Deck direkt auf mich zu. Ich weiß nicht, wie ich es schaffte, aber Sekunden später fand ich mich in wackliger Stellung auf dem Fußtau der unteren Fockrahe, die von den Tauen verbrannten Hände um die Verspannung geklammert, um mein Gleichgewicht zu halten.

»Passen Sie auf, wo Sie hintreten, Newhouse«, warnte Desperandum mit lauter Stimme. »Sie hätten das Tier vergiften können!«

Die Seefahreretikette hätte meine Erwiderung nicht unterdrücken können, aber ich hatte die Maske noch auf. Mein Zittern bekam ich schnell unter Kontrolle. »Wenn Sie schon da oben sind, Newhouse, fangen Sie schon mal an, die Segel zu reffen. Wir müssen unsere Geschwindigkeit mindern, sonst treffen wir auf die Felsen.«

Aggressionen zwischen verschiedenen Spezies waren mir fremd, aber ich konnte mir eine Menge einfacherer Lösungen unseres Problems vorstellen. Ich reffte die Segel ziemlich stümperhaft, aber meine Bemühungen brachten sowieso nicht viel, da ich nur vier Segel erreichen konnte – und die *Lunglance* hatte zwanzig.

Dalusa flatterte näher heran. Sie flog ziemlich tief und wurde daher beinahe von einem tückisch zuckenden Tentakel gepackt. Mein Herz sprang mir bis in den Mund. Mühsam schluckte ich und versetzte es wieder in seine normale anatomische Position. Menschliches Blut, so sagt man, sollte Anemonen töten. Ich nahm das für bare Münze, wenn ich auch nicht begierig darauf war, es auszuprobieren. Aber Dalusas Blut war anders. Sie könnte sogar für nullaquanische Haie tödlich sein, deren Hochleistungs-Verdauungssysteme aus Menschen Horsd'oeuvres machten. Andererseits könnte die Anemone sie ausgesprochen reizvoll finden, wie dies ja auch bei mir der Fall war.

Die Anemone schien erregt zu sein. Nicht oft erhielt sie die Chance auf einen Appetithappen wie Dalusa, und die verpatzte Gelegenheit mußte sie geärgert haben. Ziemlich mißmutig, so fand ich, legte sie zwei ihrer Tentakel um die Großsegelrahe und riß sie mit einem heftigen Krachen los. Ein weiterer Tentakel packte den Tisch der jungen Anemone, zerrte ihn vom Deck los und schleuderte ihn fort. Die Männer spritzten auseinander, und die Anemone, die die Bewegung spürte, griff nach ihnen. Ihre Arme streckten sich über eine erstaunliche Entfernung aus und reichten so nahe an die Luke heran, daß die Männer diesen Fluchtweg aufgaben und mit bravouröser Behendigkeit in die Takelage hüpften.

Während die Anemone abgelenkt war, rutschte ich, ohne auf meine verletzten Hände zu achten, die Webeleine hinab und eilte geduckt durch die Luke zur Küche. Und das gerade noch rechtzeitig, denn als ich die Luke hinter mir schloß, sauste ein Tentakel mit solcher Wucht auf sie herab, daß sich ein Dorn mit schrecklichem Krachen durch das dünne Metall bohrte.

Ich lief durch den Laderaum zum Speiseraum des Kapitäns. Desperandum saß, von seinen Männern umringt, auf dem Tisch. Er bog sich unter seinem Gewicht.

»Mit Feuer würde es gehen. Mit Harpunen könnten wir kurzen Prozeß machen. Es zu töten ist kein Problem, es ist unserer Gnade ausgeliefert. Was ich will, ist irgendein Weg, das Tier zu lähmen.«

Die Matrosen blickten ihn starr an. Ich zog meine Staubmaske ab.

»Ich glaube, fünf Männer könnten es in ein Segel einhüllen und es vollständig unter Kontrolle haben. Meldet sich jemand freiwillig?«

Ich hob meine Hand, um den Schweiß von meiner Stirn zu wischen.

»Sie nicht, Newhouse, Sie brauche ich als Koch.« Er sah mich freundlich an, seine kleinen, von Runzeln umgebenen Falten von Anerkennung erfüllt. »Sonst keine Freiwilligen?«

Ich schaltete mich ein, ehe der Rest der Mannschaft durch die Enthüllung ihrer vernünftigen Einstellung in Verlegenheit gebracht wurde.

»Käpt'n, ich hab' da eine Idee.«

»Und die lautet?«

»Wir könnten das Geschöpf narkotisieren. Eine minimale Dosis menschlichen Bluts müßte seine Widerstandsfähigkeit schwächen.«

»Narkotisieren?«

»Jawohl, Käpt'n, narkotisieren.« Er wirkte so verblüfft, daß ich fortfuhr: »Narkotika. Fremde Stoffe, die in den Blutkreislauf eingegeben werden.«

»Ich kenne die Bedeutung des Wortes. Ja, das hört sich brauchbar an. Matrose Calothrick, holen Sie eine Schüssel. Ich wollte das ohnehin aufschneiden lassen, und das scheint der passende Zeitpunkt zu sein.«

Calothrick hatte immer noch seine Staubmaske auf, zweifellos um seine vom Flackern verzückten Gesichtszüge zu verstecken. Als er mit einer Schüssel zurückkam, hatte Desperandum den Ärmel seines weißen Hemds hochgerollt und einen langen, fleckigen Verband von seinem Arm gewickelt. Der Zustand der Entzündung an diesem einen Arm hätte zwei oder drei weniger robuste Männer zu Bett gezwungen. Flack, eine Lanzette in der Hand, starrte auf die Wunde und dann auf den Kapitän, als erwartete er, daß dieser auf der Stelle tot zu Boden fiele. Doch Desperandum wollte nicht zusammenbrechen, und schließlich nahm Flack eine Punktion vor. Das konnte ich daran erkennen, daß die Männer scharf den Atem einsogen. Ich hatte meine Augen abgewandt; Entzündungen widerten mich an.

Als diese Prozedur vorbei war, goß Desperandum

die ekelhafte Flüssigkeit in einen dünnen Kunststoff-
beutel und verschnürte ihn mit einer Drahtschlinge.

»Ich werde Dalusa beauftragen, über das Tier her-
zufliegen und es von oben zu bombardieren«, sagte er.
»Dieser blumenähnliche Auswuchs, den es hat, sieht
verwundbar aus, meinen Sie nicht auch, Mr. Flack?«

Flack erwiderte: »Jawohl, Sir. Haben Sie Fieber?«

»Wenn ich ärztliche Hilfe brauche, werde ich Sie an-
fordern. Frische Verbände!«

»Die Wunde braucht Luft, Sir.«

»Ich will keinen Staub darauf. Außerdem würde mein
Ärmel festkleben.« Das traf zweifellos zu. »Öffnen Sie
die Luke ein wenig, Matrose. Bewegung!«

Der Mann, der der Luke am nächsten war, öffnete sie
einen kleinen Spalt.

»Spähen Sie hinaus. Sehen Sie einen der Tentakel in
der Nähe?«

»Nein, Sir, ich …«

Im gleichen Moment wurde die Luke von außen zugeschlagen. Sie traf den Matrosen am Kopf, so daß er
besinnungslos drei Stufen hinunterstürzte, direkt in die
Arme Murphigs.

Ich schaute zur Luke hoch. Es waren keine Löcher in
ihr. Ein Glück für den betäubten Matrosen, denn er war
soeben einer schnellen Trepanierung entgangen.

»Damit wäre das also beantwortet«, sagte Desperandum. »Die Anemone hat ihre Position gewechselt. Sie
kann nicht beide Luken gleichzeitig erreichen. Mr. Bogunheim, gehen Sie zur Kombüsenluke und rufen Sie
den Ausguckposten herein!«

»Nehmen Sie Ihre Maske«, warf ich ein. »Die Anemone hat ein Loch durch die Luke gebohrt, als ich ge-
flüchtet bin.« Das staubabweisende elektrostatische
Feld schaltete sich automatisch aus, sobald die Luke ge-
schlossen war, und zweifellos sickerte auch jetzt noch
Staub in die Luft im Schiffsrumpf herab.

Kurz darauf kam Bogunheim zusammen mit Dalusa

zurück. Ziemlich verblüfft starrte sie auf die am Boden liegende Gestalt des betäubten Matrosen, um den Flack sich inzwischen kümmerte.

»Hier«, sagte Desperandum, als er ihr den schwarzen Beutel voll Blut gab. »Ich möchte, daß Sie über die Anemone fliegen und sie damit bombardieren. Versuchen Sie, genau zu zielen, Dalusa!«

»Was ist da drin?« fragte Dalusa, den Beutel hin und her schüttelnd.

»Wasser«, erwiderte Desperandum. Er log so überzeugend, daß auch ich fast darauf hereingefallen wäre. »Haben Sie die letzte Position des Tieres in bezug auf die Luken festgestellt, als Sie in der Luft waren?«

»Ja, Käpt'n. Es hatte drei seiner Arme an dieser Luke ...« Mit einem dramatischen Flügelschwung wies sie darauf. »... aber die andere war unbewacht.«

»Gut. Wir werden die Männer mit Spaten und Netzen ausrüsten. Durch die Kombüsenluke gehen wir raus und umzingeln das Tier. Alle Aktionen haben sich auf strikte Selbstverteidigung zu beschränken und werden der Anemone so wenig Schaden wie möglich zufügen. Versucht, euch nicht von ihr packen zu lassen. Denkt daran, daß euer Blut das Wesen vergiftet.«

Die Männer schienen diesem Befehl unbedingt gehorchen zu wollen.

Mit einem Spaten bewaffnet ging ich neben Calothrick aufs Deck hoch. In einer verzweifelten Lage, so dachte ich, wäre es einfacher, das Ungeheuer zu töten, indem ich es mit Calothrick fütterte, als es mit dem Spaten totzuschlagen. Jedes Geschöpf mit einer so einfachen Körperstruktur, wie die Anemone sie hatte, wäre schwer zu töten.

Ich hoffte inständig, daß das Blut in Desperandums Beutel eine Überdosis war. Das Gift täte seine Wirkung, solange Dalusa Desperandums Lüge glaubte und ihren Auftrag ausführte. Ich fragte mich, ob sie drinnen das Blut gerochen hatte, als sie ohne Maske war. Ich hatte mich nie nach der Schärfe ihres Geruchssinns erkundigt. Was würde sie tun, wenn sie wußte, daß es sich um Blut handelte? Würde sie darin baden und sich dadurch die Haut verätzen, oder würde sie vielleicht trinken, ihre Kehle versengen und sich den fast sicheren Tod durch bakterielle Verseuchung holen?

Aber das war jetzt alles nebensächlich. Dalusa stieg auf straffen fledermauspelzigen Schwingen schnell empor und ließ den Beutel fallen; er traf mit einem scheußlichen Klatschen genau auf den rosenförmigen Auswuchs des Körpers, von dem die Tentakel ausgingen.

Die Anemone bewegte ihre Arme unschlüssig, während ein schleimiger Klumpen gerinnenden Bluts ihren Körper herablief. Dann übergab sie sich, wobei sie eine dickliche, gelbe Brühe aus den Hohlspitzen ihrer Dornenschnäbel ausstieß. Der zähe Saft trat mit scheußlich schlürfenden Lauten aus; die widerlichen Geräusche währten etwa fünf Sekunden.

Dann hörte die Anemone zu würgen auf, schlug mit den Armen und bespritzte die Mannschaft mit dem Schleim. Ein Klumpen flog haarscharf an meinem Kopf vorbei. Die meisten Besatzungsmitglieder wurden jedoch getroffen, denn sie hatten sich dem Untier mit bewundernswertem Mut genähert. Durch das schleimige Sperrfeuer aus der Fassung gebracht, zogen sich die Männer verwirrt zurück. Die Anemone löste sich vom Deck, warf vier Tentakel aus und schleppte sich wie wahnsinnig durch eine Gruppe der Seeleute. Ein aufmerksamer Matrose warf ein Netz über die Kreatur; sie ließ es prompt mitgehen, als sie über Bord glitt, um unter der Stauboberfläche zu verschwinden.

Zwei ihrer Atemsiphos tauchten etwa zehn Meter neben dem Schiff auf und bliesen Staubwolken hoch.

Desperandum wischte sich den verspritzten Schleim von den Linsen seiner Staubmaske und blickte über die Reling. »Sehr gut! Wir können ihrer Spur noch folgen!« schrie er. »Ausguck!«

Dalusa war verschwunden.

»Ausguck! Dalusa! Wo ist dieses Weib?«

Plötzlich ein metallenes Knirschen und Kreischen. Die Wucht des Zusammenstoßes warf mich zu Boden. Direkt neben einem Spritzer des Mageninhalts der Anemone überschlug ich mich.

»Hart Steuerbord!« bellte Desperandum. »Untiefen!«

Die Felsen unterhalb der Oberfläche mußten durch Erosion abgeschliffen worden sein, denn sonst hätten sie ein Loch durch unseren Steuerbordrumpf gebohrt. Wie es sich herausstellte, war er nur etwas eingedrückt, und wir schafften es, bis zum Sonnenuntergang die Mitte der Bucht zu erreichen. Die Sonne ging hier früh unter, kurz vor ein Uhr. Erneut war der Strahl, der durch die Einfahrt zur Bucht fiel, unsere einzige Lichtquelle.

Kurz darauf klagten achtzehn unserer sechsundzwanzig Besatzungsmitglieder, einschließlich des Kapitäns, über Brechreiz. Mr. Flack brauchte nicht sehr lange, um festzustellen, daß der Grund der Erkrankung irgendein Mikroorganismus der Anemone war. Überall, wo der Mageninhalt des Tiers verspritzt worden war, bildeten sich auf der Haut der Männer scharlachrote Beulen. Jene, die es am schlimmsten erwischt hatte, bekamen Fieber. Keiner der kranken Männer zeigte Appetit auf das Abendessen.

Außer Kapitän Desperandum. Da Meggle erkrankt war, brachte ich die Mahlzeit der Offiziere selbst hinein, nachdem ich der übriggebliebenen Crew geholfen hatte, das Deck zu säubern. Desperandum hatte es nicht sonderlich schlimm erwischt. Nur die Finger seiner rechten Hand, mit der er die beschmierten Linsen seiner Staubmaske saubergewischt hatte, waren mit Ausschlag bedeckt.

Als ich die Schüssel hereinbrachte, sprach Desperandum gerade mit Flack. Flack war bis zu der Hüfte entblößt; der Ausschlag sprenkelte seine Brust dort, wo der giftige Stoff durch sein dünnes Hemd gedrungen war. Sein Gesicht war gerötet, aber das Pflichtbewußtsein des Arztes hielt ihn auf den Beinen, auch in einer Situation, in der ein empfindlicher Mann sich betrunken hätte und zu Bett gegangen wäre.

»Ich hab' Gerüchte über eine Allergie gehört, die mit Anemonen zu tun hat«, sagte Flack. »Wenn sie in einer Woche oder so verschwindet, werden wir wieder gesund. Ich bin allerdings nicht ausgebildet, vergessene Krankheiten zu behandeln. Anemonen sind schon seit dreihundert Jahren nicht mehr Überträger einer Krankheit gewesen. Aber in Ausdauer gibt es Aufzeichnungen und besser ausgebildetes Personal. Ich meine, wir sollten dorthin segeln, und zwar schnell.«

Ich hob den Deckel von der Krabben-Kasserolle. Dampf stieg auf; Flacks Gesicht verfärbte sich ins Grünliche. Es war eines von Kapitäns Desperandums Lieblingsgerichten, aber er steckte die Kelle mit bemerkenswertem Mangel an Begeisterung hinein und reichte die Schüssel an Mr. Grent weiter. Bogunheim war auch krank und mit den Männern an Deck, aber Grent hatte wie ich Glück gehabt.

»Einverstanden«, sagte Desperandum, während er mit der linken Hand eine Gabel aufnahm. »Wir können die Gesundheit der Besatzung nicht aufs Spiel setzen. Eine bittere Enttäuschung für mich, ich hatte eigentlich vorgehabt, eine vollständige Untersuchung durchzuführen. Aber Untiefen, die Krankheit und die Bedrohung durch die Staubläufer … Ich werde später einmal zurückkommen. Schon bald.« Desperandum hob einen Bissen an seine Lippen und schluckte ihn unter Schwierigkeiten herunter.

Flack schloß die Augen. »Sir«, sagte er mit dünner Stimme. »Wenn wir Ausdauer erreichen, sollte sich der ärztliche Klerus Ihren Arm ansehen. Solche Sachen können sich in einem Mann festsetzen, Sir …«

Desperandum sah verärgert drein. Er zwang sich

noch einen Mundvoll von der Kasserolle hinein. »Sie sind ein prächtiger Schiffsarzt«, sagte er, nachdem er wieder zu Atem gekommen war. »Aber Sie müssen sich darüber im klaren sein, daß meine eigenen medizinischen Kenntnisse umfassend sind, und ich bin in einer Kultur ausgebildet worden, deren medizinische Technologie der Ihren einige Jahrhunderte voraus ist. Wie Sie sehen, ist es nur eine Frage des Willens, wie man den Körper lehrt zu gehorchen. Mit den Jahren habe ich einige Erfolge erzielt. Vielleicht möchten Sie etwas essen.«

Flack schauderte. »Nein, Sir. Wenn Sie mich entschuldigen wollen …«

»Aber sicher, Flack. Ich vergaß, daß Sie ein kranker Mann sind.« Desperandum aß immer noch, als ich hinausging.

Dalusa war nicht in der Küche. Statt dessen fand ich Calothrick dort; auf der Suche nach meinem privaten Flacker-Vorrat durchstöberte er die Schränke.

»Hast du schon wieder nichts mehr?« fragte ich.

Calothrick fuhr hoch, wandte sich um und grinste nervös. »So ist es.«

»Ich dachte, du wärst krank. Du müßtest flach auf dem Deck liegen.«

»Jaa, ach so… jaja…« murmelte Calothrick. Ich konnte beinahe das Einrasten des Getriebes in seinem Kopf hören, als er sich entschloß, die Wahrheit zu sagen. »Ich bin getroffen worden, klar, und ich habe den Ausschlag auf dem Arm gekriegt. Aber nachdem ich einen Schuß Flackern genommen habe, ging es weg, und ich mußte die Stelle reiben, damit er zurückkehrte. Siehst du das?« Er hielt seinen dünnen sommersprossigen Arm ausgestreckt. Der Hautausschlag sah für mich nicht sehr überzeugend aus, aber Flack würde das wahrscheinlich der Tatsache zuschreiben, daß Calothrick ein Außenweltler war.

»Du hast dich also an Deck entspannt, während die übrigen Gesundgebliebenen Überstunden machen.«

»Würdest du es nicht genauso machen? Teufel, gib mir 'ne Chance.«

Das war eine schwierige Frage.

»Außerdem hat jeder gesehen, wie mich der erste Spritzer erwischt hat. Wenn ich zu früh wieder auf den Beinen wäre, würden sie mißtrauisch.«

Ich nickte. »Ein guter Hinweis. Außer, daß dein Aufstehen doppelt verdächtig ist. Geh zurück an Deck, ehe Murphig bemerkt, daß du fehlst.«

»Er wird glauben, ich sei unten an der Wiedergewinnungsanlage und kotze«, sagte Calothrick. »Außerdem ist er mit der Arbeit zu beschäftigt, um mir viel Aufmerksamkeit zu widmen.«

»Murphig ist gesund?« fragte ich. »Ich dachte, ich hätte gesehen, wie ihn das Zeug am Bein traf.«

»Nein, er ... ich bin nicht sicher, ob es ihn erwischt hat, wenn ich darüber nachdenke. Aah, da haben wir's ja.« Calothrick lebte auf, als er eine Kanne Flackern herauszog und an ihr schnüffelte. Er nahm eine beängstigende Dosis und zog dann einen Kunststoffbehälter aus seinen weiten Seemannshosen. Er war mit elastischen Bändern an seiner mageren Wade befestigt. Er fing an, ihn mit Flackern zu füllen.

»Ich habe es gesehen«, sagte ich. »Er ist getroffen worden. Ist dir klar, was das bedeutet? Murphig hat die Flasche mit Flackern, die gestohlene. Er hat sich selbst geheilt!«

»Murphig – einer von uns?« sagte Calothrick ungläubig. »Unmöglich. Der ist viel zu trottelig.« Plötzlich lief der Behälter über. »Paß auf!« sagte ich. Hastig setzte Calothrick die Kanne ab und starrte auf die Tropfen auf der kunststoffbeschichteten Anrichte.

»Aber er ist kein Idiot; er würde tun, was du auch tust – es verschleiern. Es muß eine andere Erklärung geben.«

Calothrick befestigte den Behälter wieder an seinem Bein. Das Flackern schien nicht die gleiche Wirkung wie gewöhnlich auf ihn zu haben. Inzwischen war ein Schuß dieser Menge gerade genug, um ihn aufrecht zu halten. »Ich bin schrecklich hungrig, Mann«, klagte er. »Hast du was zu essen?«

»Geh an Deck zurück und versuche, geschwächt auszusehen«, sagte ich. »Der Hunger wird dir dabei helfen.«

»Ach, tausend Dank«, sagte Calothrick eingeschnappt. Dann beugte er sich vor und leckte mit seiner breiten Spachtelzunge die Flackerpfütze von der Anrichte.

Er war kaum gegangen, als Murphig in die Küche kam. Er zog seine Maske ab; wir beäugten uns vorsichtig.

»Sie sehen gut aus«, sagte er schließlich.

»Genau wie Sie.«

»Ich dachte, ich hätte gesehen, wie Sie getroffen wurden.«

»Ich weiß, daß ich Sie gesehen habe«, erwiderte ich. »Wie geht's dem Bein?«

»Nicht schlimmer als Ihrem Hals.«

»Hören Sie zu, Murphig«, sagte ich geduldig, »was wollen Sie eigentlich? Ist das Essen nicht nach Ihrem Geschmack?«

»Hören wir auf, um den heißen Brei herumzureden, Newhouse«, sagte Murphig. (Zeigten seine Pupillen nicht einen schwachen gelben Schatten? Nein.) »Sie sind getroffen worden, und ich bin getroffen worden, und keiner von uns ist krank. Prima. Also wissen Sie, daß es psychosomatisch ist. Wollen Sie es dem Kapitän erzählen?«

Ich schwieg verwirrt.

»Wenn Desperandum es herausfindet, wird er uns in dieser Einöde festhalten, bis uns etwas bei lebendigem Leib auffrißt«, sagte Murphig ängstlich. »Wir verstoßen gegen die Gebräuche, indem wir hierherkommen. Wir flehen unseren Tod herbei, verstehen Sie? Das ist ihr

Jagdgebiet. Die Männer wissen es. Selbst Desperandum weiß es, innen drin, sonst wäre er nicht krank. Wir drehen durch ... schnappen über. Je länger wir hierbleiben, desto schlimmer wird es den Männern gehen.«

Er schien eine Antwort zu erwarten. Ich nickte.

»Sogar Ihre kleine geflügelte Freundin, hmm?« sagte Murphig anzüglich. »Sie ist hier wie ein Vogel im Käfig. Sie wissen, was Vögel sind? Ja, natürlich ... Ich habe gesehen, wie sie durchgedreht ist, nachdem sie die Anemone getroffen hatte; sie ist nach Osten zu den Schatten geflogen. Wenn Sie sie nicht hier rausholen, wird sie sterben. Sie haben einigen Einfluß auf den Käpt'n. Bringen Sie uns hier raus!«

»Wir kehren bereits um«, entgegnete ich. »Und Dalusa, auch wenn sie kein Wunder an Stabilität ist, ist wahrscheinlich geistig gesünder als Sie.«

Murphig dachte darüber nach. »Ja. Ich kann verstehen, wie ein Außenweltler das sehen könnte.«

»Murphig«, sagte ich, »verschwinden Sie aus meiner Küche, bevor ich mir die Krätze hole.«

»Sie und ich werden doppelte Schichten abreißen müssen, bis wir hier rauskommen und die Mannschaft genesen ist. Aber ich nehme an, Sie wissen das.«

»Raus, Murphig!«

Murphig ging.

Die kühle hinausströmende Brise an der Einmündung der Glimmerbucht stand voll auf der *Lunglance;* mit dem Wind direkt im Rücken erreichten wir die Mitte des Kanals. Es war ein einfaches Manöver; die Bucht schien uns ins Sonnenlicht zu geleiten. Mr. Grent hatte die Ruderpinne übernommen; unten besprachen Desperandum und ich uns in der Kajüte.

»Ich muß hier einer einstweiligen Niederlage ins Auge sehen, Newhouse«, sagte der Kapitän. »Ich kann nicht sagen, daß mir das sonderlich gefällt. Seuche oder nicht, ich würde in der Bucht das Unterste nach oben kehren, wenn ich nicht wüßte, daß ich zurückkehren werde. Aber ich werde im nächsten Jahr hier sein, das schwöre ich. Mit einem … nun, haben Sie jemals von einem Helikopter gehört?«

»Gewiß.«

»Nach dieser Fahrt werde ich einen bauen lassen – heimlich. Ich werde ihn mit Walöl antreiben; und ich brauche noch einen Mann.«

»Ich kenne das nullaquanische Gesetz nicht sehr gut, Käpt'n – aber ist das nicht illegal?«

»Warum sollte uns das aufhalten?« Das war eine gute Frage.

»Warum ein Helikopter?«

»Weil er schnell, beweglich und unverwundbar ist. Ich werde ihn mit an Bord des Schiffs nehmen – niemand wird erkennen, um was es sich handelt, denn es gibt keinen lebenden Nullaquaner, der jemals eine Flugmaschine gesehen hat. Der Energieverbrauch ist zu hoch. Aber die *Lunglance* wird vor der Bucht anhalten; unter dem Schutz der Dunkelheit werden wir vom Schiff fortrudern und mit der Strömung hineingelangen. Und dann, was wir brauchen … ein paar schwache Stromstöße in die Tiefe, beispielsweise, müßten die Anemonen an die Oberfläche bringen. In meinen Augen ist es eine verdammte Schande, daß ich keine Populationszählung zustande gebracht habe. Soweit wir wissen, waren diese beiden die einzigen ihrer Art, die auf dem Planeten übriggeblieben sind.«

Ich blickte über Desperandums Schulter zum Heckfenster hinaus. Hinter uns, ihre Silhouette von dem aus dem Krater hereinströmenden Licht scharf umrissen, kam Dalusa. Sie wirkte erschöpft; ihre Flügel bewegten sich langsam und mühevoll, als sei sie die ganze Nacht geflogen.

»Nur zwei Kapitän? Unwahrscheinlich. Ein befruchtetes Ei in unseren Netzen bedeutet, daß mindestens zwei erwachsene Tiere leben. Oder sind sie Hermaphroditen?«

»Nein. Aber ein eindeutiger Beweis, ein weiteres Exemplar oder authentische Augenzeugenberichte … nun, so etwas fehlt. Wir können nicht völlig sicher sein.«

Ich wies zum Fenster. »Der Ausguckposten kommt zurück.«

Desperandum blickte nach draußen. »Das ist gut. Ich werde die Heuer für die Zeit, die sie gefehlt hat, einbehalten.«

Ein juckender Fleck auf seiner Hand lenkte ihn ab. Sanft fuhr er mit einem stumpfen Finger über den entzündeten Handknöchel.

Inzwischen waren wir auf halbem Weg durch die Meerenge, und für ihre Verhältnisse bewegte sich die *Lunglance* mit enormer Geschwindigkeit. Hinter uns packte eine kräftige Bö Dalusa, und sie schwebte nach unten.

Ein Wald gezackter Tentakel sprang nach oben und wirbelte Staub auf, der vom Winde verweht wurde. Dalusa schlug verzweifelt mit den Flügeln; riesige Dornen fuhren an der Stelle durch die Luft, die sie gerade verlassen hatte. Als sie an Höhe gewann, versanken die Anemonen – mindestens ein Dutzend – enttäuscht im Staub.

Desperandum kratzte noch immer an seinem Knöchel herum.

»Käpt'n, haben Sie das gesehen?« fragte ich.

»Was gesehen?« erwiderte Desperandum.

Ein Gespräch mit einem jungen nullaquanischen Seemann

DIE KRANKHEIT VERSCHWAND fast unmittelbar, nachdem wir die Glimmerbucht verlassen hatten. Wir strichen Ausdauer ganz von der Reiseroute. In der dritten Woche unseres fünften Monats auf See entdeckten wir eine Walherde und schlachteten den ganzen Tag. Jeder an Bord mußte sich an der mühseligen Arbeit beteiligen. Selbst Desperandum schwang seine gewaltige Axt zusammen mit der übrigen Crew. Die Männer trugen Klampen an den Schuhen, wenn sie die Haken anbrachten; ein einziger Fehltritt hätte sie in die reißenden Kiefer der Haie geschickt, und nicht einmal Desperandums rächende Lanze hätte sie in einem solchen Fall retten können.

Wie schnell wir unsere Opfer auch an Deck zogen, ihre Bäuche waren jedesmal von den Raubtieren zerfetzt. Einige unserer Männer wurden von Lotsenfischen ernstlich verletzt; einer verlor einen Finger. Wir hackten, metzelten und hievten den ganzen Tag, und die schwefeligen Feuer der Trantiegel wurden bis weit in die Nacht hinein am Brennen gehalten; sie verschmutzten unsere weißen Segel mit einer dünnen Rußschicht. Schließlich fielen die Männer wie tot auf ihre Kojen.

Am nächsten Morgen verkündete Desperandum förmlich, daß die Laderäume voll waren. Die Männer zogen ihre Masken einen kurzen Moment für einen Jubelschrei ab, dann gingen sie ins Speisezelt, um sich zu einem Galafrühstück niederzulassen.

Trotz der beträchtlichen Mehrarbeit, die dieser Tag

mich kostete, war ich bei guter Laune. Dalusa, deren Erkundungsflüge jetzt nicht mehr notwendig waren, arbeitete hart mit mir in der Kombüse. Nach zahlreichen Fehlversuchen zeigte sie inzwischen Anzeichen dafür, daß aus ihr eine begabte Köchin werden könnte. Übrigens hatte ich vier Flakons mit erstklassigem Syncophin sicher in der Küche versteckt; mehr konnte ich vermutlich nicht vom Planeten schmuggeln.

Später, am Abend, begann die Mannschaft heftig zu trinken. Es schien, daß nur einer von uns nicht von der Festtagsstimmung angesteckt wurde: Kapitän Desperandum. Der Kapitän hatte sich in den letzten Tagen mürrisch in seine Kajüte zurückgezogen; vielleicht litt er an der Verletzung seines Arms, der immer noch nicht verheilt war. Ich war sternhagelvoll, und Dalusa ging zum Kapitän, um mit ihm zu reden. Sie trank niemals Alkohol, und der Anblick Betrunkener beunruhigte sie. Sie konnte sich an die veränderten Verhaltensmuster nicht gewöhnen.

Während wir weiter auf die Hochinsel zu segelten, wurde es offensichtlich, daß irgend etwas den Kapitän im Innern beschäftigte. Die Tage strichen dahin, und die Mannschaft verfiel in eine dumpfe Trägheit; sie schlug die Zeit mit Knochenschnitzereien tot. Anders Desperandum. Er schritt dreimal so oft wie sonst unruhig auf und ab und spähte zum Horizont. Einmal kletterte er sogar ins Krähennest hinauf, obwohl der Großmast unter seinem Gewicht bedenklich ächzte.

Am Morgen des siebten Tages machten wir wieder einen Wal aus. Zu jedermanns Überraschung befahl Desperandum den Männern, ihn zu verfolgen. Sie waren froh darüber; jeder an Bord erstickte an der Langeweile. Desperandum rief mich zu sich. »Ich wußte, daß wir noch einen entdecken«, sagte er ruhig. »Ich brauche diesen Wal für die Wissenschaft, Newhouse. Für Informationen. Für die menschliche Würde. Ich will nicht in Unwissenheit befangen bleiben. Das kann ich nicht zulassen. Ich muß diese Gelegenheit wahrnehmen, dafür setze ich alles aufs Spiel. Sie werden sehen, John.«

Als wir uns dem Wal näherten, bezog Desperandum selbst eine der Harpunierpositionen, obwohl es gegen alle Traditionen verstieß. »Steuert so nahe an das Ungeheuer heran, wie ihr könnt, Männer!« schrie er uns von seiner Stellung hinter dem Geschütz zu. »Ein Schuß muß reichen.«

Desperandum rieb die Harpune mit seinem eigenen Blut ein und lud das Geschütz. Der Wal war ungewöhnlich beweglich. Er tauchte ab, ehe wir in Schußweite waren. Desperandum erriet jedoch die Stelle seines Auftauchens mit unheimlicher Genauigkeit – er kam fast unter unserem Bug wieder an die Oberfläche. Der Kapitän zielte bedächtig und feuerte in eine schwache Stelle zwischen zwei gepanzerten Zonen. Der Wal ließ ein blutersticktes Kreischen hören und drückte den Bug der *Lunglance* mit seinem Schwanz ein. Desperandum hatte mit deutlicher Wirkung getroffen, und das Tier starb in nicht einmal einer Minute.

Desperandum polterte übers Deck und schrie: »Jetzt, Männer! Holt ihn an Bord, ehe die Haie sich durch seine Haut beißen können! Aber nehmt Schlingen, keine Haken! Ich will keine weiteren Löcher in diesem Wal.«

Ich hatte mir über die Schlingen schon Gedanken gemacht. Ihre Verwendung kostete Zeit und war umständlich. Aber merkwürdigerweise schienen die Haie, die nach knapp fünf Minuten da waren, nicht sonderlich begeistert. Ein Trio von ihnen schwamm neben der *Lunglance*, gerade außerhalb der Reichweite unserer Walspaten. Sie schienen zuzusehen und abzuwarten.

Desperandum beachtete sie gar nicht. Sobald der Wal auf Deck war, zog er die Harpune eigenhändig heraus und gab Anordnungen. Das Loch, das die Harpune gerissen hatte, wurde zu einem knapp zwei Meter langen

Schlitz an der linken Seite des Tieres erweitert. Die Männer schnitten zwischen zwei Rippen durch das zähe Fleisch und den Knorpel und begannen dann nach den Anweisungen des Kapitäns den Körper des Wals auszuhöhlen. Die Innereien warfen sie zu den verdächtig desinteressierten Haien über Bord.

Desperandum stürzte sich mit dem Eifer eines absoluten Fanatikers in die Arbeit. Als er seine Ärmel aufrollte, sah ich, daß der lange eitrige Riß auf seinem Arm endlich verheilte.

Es war eine ermüdende Arbeit, und sie dauerte den ganzen Tag über. Ich grübelte über sie nach, als die übrige Mannschaft sich schlafen gelegt hatte. Nicht nur die Arbeiten, die an dem Wal vorgenommen worden waren, beunruhigten mich. Mehrmals hatte ich gesehen, wie Desperandum sich von der Arbeit entfernt hatte, um sich mit Murphig zu bereden. Murphig konnte natürlich nicht antworten, da er seine Staubmaske trug, aber er schien aufmerksam zuzuhören.

Die Beobachtung nagte an meinem Gehirn. Ich konnte nicht einschlafen. Ich stand auf, zog mich an und schlich leise die Treppe hinauf, um mir den Wal noch einmal anzusehen.

Im Sternenlicht über dem Steuerbordrumpf war das Tier nur eine graue Masse. Als ich mich leise zwischen den Schlafzelten bewegte, bemerkte ich den trüben Schein einer Laterne hinter den Schwanzflossen des Ungeheuers. Ich schlich näher heran. Plötzlich hörte ich etwas metallisch auf dem Deck aufschlagen und über die Reling ins Meer rollen. Das Geräusch kam von der anderen Seite des Wals. Still lief ich nach vorn und machte mich im Schatten des Ungeheuers ganz klein. Als ich mich behutsam der Lichtquelle näherte, hörte ich etwas, das mich aufschreckte: den Klang einer richtigen menschlichen Stimme, von keinem Lautsprecher verzerrt.

»Du wirst mir mehr von dem geben, was in der Flasche war!« Es war Murphigs Stimme. Auf allen vieren kroch ich noch näher, bis ich über die Schwanzflosse des toten Staubwals gucken konnte.

»Ich werde es nicht kaufen«, sagte Murphig gepreßt und nieste. Er preßte die Staubmaske gegen sein Gesicht und tat einen tiefen Atemzug. Zwischen der Maske und seinem Gesicht war sicher eine feine Staubspur, aber damit wurde seine haarige Nase wahrscheinlich fertig. In der anderen Hand hielt er eine Harpune.

Calothricks abblätternde Maske verbarg sein Gesicht, aber an seiner Körperhaltung konnte ich seine Augen erkennen. Er war ein Stückchen zurückgetreten und hielt seine offenen Hände, die Handflächen nach unten, gespreizt vor sich.

»Du bist für meine Sucht verantwortlich. Ich bin nicht der Idiot, für den du mich hältst ... *Außenweltler!*« Haß lag in Murphigs Stimme. Er nahm einen weiteren Atemzug; verzerrte Schatten tanzten über sein Gesicht. »Du bist so schuldig, wie die Sünde selbst, du Galaktiker.« Ein Atemzug. »Ewiges Vergessen wird dich hinwegnehmen. Daran sollst du denken.« Atemzug. »*Wir* haben vollkommene Stabilität erreicht. Wenn du auch Hunderte von Jahren leben magst, kannst du doch nicht dieselbe Persönlichkeit aufrechterhalten, so sündig wie sie ist. Wir wissen beide, daß du es in ein paar Jahren schaffen wirst, dich selbst umzubringen. Staub wirst du sein, und noch weniger als Staub. Sogar eure Kultur wird verrottet und vergessen sein. Aber wir werden am Leben sein – und unverändert. Und stabil. Millionen von Jahren. Bis die Sonne erlischt. Und dann wird unser Schiff warten. Siehst du den kleinen Stern dort oben? Der, der sich bewegt? Er ist sehr klein. Wahrscheinlich hast du ihn noch nicht einmal bemerkt. Oh, das ist ein altes Schiff. Keines von der Art, mit dem ihr Galaktiker fliegt. Aber es ist noch immer in der Umlaufbahn und wartet auf unseren Ruf. Eines Tages wird es uns wieder aufnehmen. Und wir werden immer noch dieselben Dinge denken, an denselben Gott glauben, dieselben Menschen sein. Und keiner von uns wird vergessen sein. Nicht wie deine Leute. Und wir werden einen anderen Planeten finden, vielleicht euren Planeten, nachdem ihr alle tot seid. Meine Nachkommen werden auf deiner Asche tanzen, Calothrick. Falls du lange genug lebst, um zu diesem Planeten zurückzukehren. Und das wirst du nicht, wenn du mir nicht mehr von dieser Droge gibst. Das ist die Konföderationsdroge, oder? Du brauchst gar nichts zu sagen. Ich weiß, daß sie es ist. Du ausländischer Parasit! Entweder gibst du mir sie ...« Er schüttelte seine Harpune. »... oder du bekommst dieses in die Eingeweide, und ab geht's zu den Haien! Jeder wird glauben, du wärst über Bord gestürzt.«

Während der letzten Sätze war der junge nullaquanische Matrose heiser geworden. Der Staub kratzte in seinem Hals. Plötzlich fing er an, gequält zu husten, und preßte die Staubmaske gegen sein Gesicht. Er würgte immer noch, als Calothrick ihn angriff. Die Harpune prallte von dem Walkörper ab und fiel auf das Deck, die Maske flog aus Murphigs kraftlosen Händen und landete irgendwo hinter ihm. Als die beiden miteinander rangen und aufs Deck fielen, hieb Calothrick ein- oder zweimal in Murphigs Seite, wie es schien, mit der Handkante. Murphig drehte sich seitwärts fort und setzte einen Fuß auf Calothricks Hüfte. Er trat zu. Calothrick flog zurück, prallte gegen die Reling, verlor das Gleichgewicht und stürzte, ohne einen Laut von sich zu geben, über Bord.

Einen Augenblick später war zu hören, wie die Haie ihn zerrissen. Das entsetzte mich. Ich hatte die Haie nicht erwartet. Aber sie hatten Calothrick erwartet; und ich kannte das kalte Grauen ihrer Geduld und ihren stillschweigenden Pakt mit dem Tod.

Murphig, auf allen vieren, hustete sich die Lunge aus dem Hals. Er wirkte schwer getroffen. Wenn er weiter hustete, würde er die Männer aufwecken. Dann wäre die Hölle los; Murphig würde wahrscheinlich alles zugeben.

Ich ging um den Walkörper herum. Murphig bemerkte mich nicht, bis ich ihm seine Maske reichte. Er zog sie sofort über. Ohne Zweifel hatte er mir eine Menge zu sagen, aber mit der überspülten Maske konnte er das nicht. Ich wies mit ausgestrecktem Arm zur Kombüsenluke.

Wir gingen auf sie zu. Murphig ging halb gebückt, die Arme um den Körper geschlungen. Er wirkte völlig kalt, aber vielleicht war er durch den Mord wie gelähmt. Wir gingen in die Küche hinab, Murphig zuerst. Ich trug die Laterne, die auf kleiner Flamme brannte.

Murphig umklammerte immer noch seinen Oberkörper. Ich bot ihm den Küchenstuhl an, er setzte sich und zog die Maske mit einer Hand herab. Ich saß auf der Anrichte. Murphigs Augen glänzten gelb, ein Zeichen für Flackern-Entzug. Ich nahm meine Maske ab und setzte die Laterne neben mich auf die Anrichte.

Murphig blickte zu mir hoch. Einige Sekunden lang war es still. »Gib mir etwas von dem schwarzen Saft«, sagte Murphig schließlich.

»In Ordnung«, entgegnete ich und stand mit bedachter Vorsicht auf. Murphig zitterte nur.

Ich öffnete eine der Flaschen und setzte sie in seiner Reichweite ab. »Ich hole dir einen Tropfer«, sagte ich. Als ich mich unter der Anrichte bückte, hörte ich, wie er nach der Flasche griff. Als ich mich wieder aufrichtete, wischte er sich gerade den Mund ab.

»Hee!« entfuhr es mir. »Sei vorsichtig. Das Zeug ist fast rein – es ist viel stärker, als du es dir vorstellst.«

»Das ist gut!« sagte Murphig laut. »Ich brauche seine Kraft jetzt.« Seine Augen glänzten im Licht der Laterne, eine tödliche Röte war in seine Wangen gestiegen.

»Nicht so laut«, mahnte ich.

Murphig wurde leiser und begann, sehr schnell zu sprechen. »Als ich ein kleiner Junge war und in Ausdauer lebte, habe ich oft zum Ozean hinuntergeblickt und mich gefragt, was wohl unter der Oberfläche ist, und ich habe meinen Vater gefragt, und er hat gesagt: ›Mein Sohn, bete zu Frieden oder Wahrheit, um das Leid deines Mangels an Verständnis zu mindern‹, und das habe ich getan und es hat nicht geholfen. Damals beging ich meine erste Todsünde. Es war am Gedächtnistag, vor fast zehn Jahren. Ich war an den Gedächtnisbanken und lernte die Geschichten von einigen der Toten. Einer der Männer, über den ich etwas lernen mußte, war auf See verschwunden. Das machte mich neugierig, und ich mißbrauchte die Gedächtnisbank. Ich habe sie nach all denjenigen gefragt, die auf See verschwunden sind. Nicht etwa, um ihrer Seele zu gedenken, sondern nur für mich. Und es gab Hunderte. Meistens Sünder. Sünder wie ich.«

»Oh?« unterbrach ich. »Fahr fort!«

»Das war nur der Anfang«, sagte Murphig fiebernd. »Ich habe Geschichte studiert. Ich habe die Geschichte des wahren Glaubens zugunsten anderer Dinge vernachlässigt, mich um die Mysterien gekümmert. Wie das Nebensonnenjahr und die Wolken des St.-Elmo-Feuers. Es gibt Dutzende solcher Dinge. Die treibenden Inseln. Die Dinger, die während der Hungerjahre die Klippen hochgekrochen sind. Dann war da dieses Ding, das in den alten Zeiten auf den Drudenfuß-Inseln angeschwemmt wurde. Sie haben gesagt, es sei eine alte, tote Anemone gewesen, völlig zerschunden und ohne Dorne – aber sie hatte überhaupt keine Stümpfe. Nur vier Säulen wie Finger, riesige Dinger, und einen Daumen und eine Art von knochenlosem Gelenk. Fünfzehn Meter breit. Es war eine Hand, eine riesige Hand.« Murphigs Atem ging schwer. Er preßte noch immer seine Hand gegen die Seite.

»Ich hörte zu beten auf. Auch das war, zu meinem

Entsetzen, eine Sünde. Ich dachte, kein Gottesteil würde meinen Ketzereien lauschen. Ich habe alles versucht – ich habe sogar zum Wachstum gebetet, wie es die Rebellen gemacht haben. Das war meine schlimmste Sünde. Ich werde die Schande niemals vergessen. Aber das hat mich nicht aufgehalten. Statt dessen ging ich, aus Eigennutz, zur See. Mit einem fremden Kapitän. Ich wollte forschen, verstehst du? Ich hätte mich geschämt, mit frommen Männern zusammen aufs Meer zu fahren.

Und dann war da die Droge. Eine Zeitlang dachte ich, ein Teil Gottes hätte mir Geistesschärfe verliehen. Aber statt dessen wart ihr das. Du und dein Freund.«

»Das stimmt«, bekannte ich offen. »Das war eine verbrecherische Handlung. Aber damals erschien es uns notwendig.«

»Es war eine *Sünde*. Du müßtest bestraft werden.«

»Vielleicht«, sagte ich. »Und ohne Zweifel könntest du mir eine Menge Ärger bereiten, indem du meine Handlungen enthüllst. Andererseits hast du gerade einen Mann getötet, also bist du jetzt ebenso verwundbar. Das bringt uns in eine Pattsituation. Ich schlage vor, daß wir der Nachwelt den Richterspruch überlassen. Erkennst du, wieviel einfacher das ist?«

»Dein Hochmut hat dich taub und blind gemacht«, sagte Murphig. »Du weißt nicht, was der Kapitän zu tun beabsichtigt – wenn du seine wahnsinnigen Pläne hörtest, würdest du es wissen. Ich habe viele Male gesündigt, aber noch nie auf diese Weise. Noch nie so, wie *er* es von mir will. Ich könnte nie tun, was er von mir verlangt – nicht gegen *SIE*.

Wir haben einen gemeinsamen Feind, wir Nullaquaner und *SIE*. Das seid ihr, ihr Fremden. Sie brauchen uns, um sich zu verbergen, um sich vor den neugierigen Augen der Menschen zu verstecken. Und wir brauchen sie, um Leute wie dich zu *packen*, um euch davon abzuhalten, uns zu verändern, so daß wir unser Bündnis mit Gott wahren. Ich habe mich gegen die Stabilität versündigt, und das hast du auch. Aber ich gestehe es freimütig. Ich bereue! Vergibst du mir?«

Mich ergriff ein merkwürdiges Mitgefühl, als ich ihn anblickte. »Du siehst schrecklich aus, Murphig. Mach dir keine Sorgen – das ist zerstörerisch. Calothrick ist über Bord gestolpert, und es gibt genug Flackern für uns beide. Wir sollten uns verbünden, wir haben mehr Dinge als nur unsere Sünden gemeinsam. Und jetzt bringen wir dich besser in deine Koje.«

Murphig hatte einen Hustenanfall von solcher Heftigkeit, daß er mich aufschreckte. »Vergibst du mir?« fragte er heiser. »Gewähre mir Gnade! Vergibst du mir?«

»Du Idiot!« erwiderte ich. »Natürlich vergebe ich dir.«

»Gott sei Dank! Ich fühle mich so schlecht.« Er schwankte auf seinem Stuhl.

»Paß auf!« sagte ich und fing ihn auf, als er herunterfiel.

Vorsichtig legte ich ihn auf den Boden. Es sah nach einer Überdosis aus – sein Gesicht war jetzt so grau wie Walhaut. Sein Atem ging flach. Als ich seinen Puls fühlte, sah ich einen sich ausbreitenden Flecken an seiner linken Seite, die seine Hand bedeckt gehalten hatte. Hastig öffnete ich seine Jacke und sein Hemd und sah die Bescherung … das scheußliche Aufblitzen der abgebrochenen Klinge von Calothricks Messer, gezackt und von Blut glänzend.

Ich packte das Ende der Klinge mit dem zangenartigen Kopf eines Dosenöffners und zog sie aus der Wunde. Mit einem zusammengefalteten Topflappen drückte ich gegen die Wunde und stoppte die Blutung. Seine Füße legte ich auf die Querstange des Stuhls, um den Schock zu mildern, und als er zu atmen aufhörte, versuchte ich es mit künstlicher Beatmung. Aber er starb.

»Das ist das Schlimmste«, sagte ich zu mir. »Das absolut Schlimmste.« Ich nahm einen kleinen Schuß Flackern, um das Zittern meiner Hände zu bremsen. Ich breitete meine Decke über den Körper und setzte mich, um über einen Ausweg aus meiner Situation nachzudenken.

Es führte kein Weg daran vorbei. Ich würde Murphig über Bord werfen müssen. Ich konnte ihn nirgendwo gefahrlos verstecken, und es hatte keinen Sinn, ihn mit dem Indiz des Mords in seinem Körper an Bord zu lassen. Es war weitaus leichter, ihn ins Meer zu werfen; er würde nach Calothrick ein weiteres Rätsel der Tiefe werden. Das doppelte Verschwinden war keine sonderlich glückliche Lösung meines Problems, aber es war die gefahrloseste und einfachste.

Sobald ich meinen Entschluß erst einmal gefaßt hatte, hielt ich einen weiteren Aufschub nicht für sinnvoll. Ich nahm die Decke von der Leiche und vergewisserte mich, daß sie mit der kleinen Blutlache nicht in Berührung gekommen war. Dann nahm ich den Körper über eine Schulter und stieg schwerfällig die Treppe hoch. Ich öffnete die Luke und schaute hinaus. Ich konnte nichts Verdächtiges sehen und wankte langsam auf die Backbordreling zu. Ich wollte ihn gerade hinabwerfen, als mir der Gedanke kam, daß das Aufklatschen möglicherweise laut genug war, um Aufmerksamkeit zu erregen. Es war nicht sehr wahrscheinlich, aber ich ließ den Körper leise aufs Deck gleiten und machte mich bereit, ihn mit dem Kopf voran unter der Reling hindurchzuschieben.

Ich hörte schwere Fußtritte. An der Luke des Kapitäns flackerte eine Laterne auf. Ich schauderte, aber es war zu spät; er hatte mich beobachtet.

»Was haben wir denn da?« fragte der Kapitän.

14

Desperandum führt ein Experiment durch

ICH SAGTE GAR NICHTS. Desperandum bückte sich, um Murphigs Augenlid mit seinem plumpen Daumen hochzuziehen. Er hielt seine Laterne an das Gesicht des Toten und musterte das Auge einen Moment lang. Dann richtete er sich auf.

»Syncophin-Überdosis«, sagte er mit einer Art morbider Befriedigung. »Deutlich am Gesicht abzulesen. Haben Sie ihn ermordet, Newhouse?«

Ich zog meine Maske ein Stückchen vom Gesicht ab, gerade weit genug, um meine Stimme vernehmbar zu machen. »Nein«, sagte ich. Ich war zu benommen, um das Geschehen zu verbergen. »Er hat zuviel davon getrunken. Er war erregt, weil er gerade Calothrick umgebracht hatte.«

»Zum Teufel auch«, fluchte Desperandum. Er klang eher verärgert als schockiert. »Was für eine dumme, verantwortungslose Tat. Nun, Newhouse? Sitzen Sie nicht wie ein Häufchen Elend hier rum. Geben Sie mir eine Erklärung.«

»Also …«, setzte ich an.

»Machen Sie sich nicht die Mühe zu lügen. Ich kenne Sie weit besser, als Sie glauben. Ich weiß alles über das Flackern – nennt man es noch immer so? Ich weiß auch von dem Destillierapparat in der Küche. Und Calothricks Zustand war offensichtlich, jedenfalls für einen Eingeweihten.«

Ich war überführt, und wir wußten es beide, also war ich ganz offen: »Sie sind über das Flackern in Streit geraten. Calothrick hat ihn niedergestochen, aber Murphig warf ihn danach über Bord, und die Haie erwischten ihn. Ich habe es beobachtet und ihm meine Hilfe dabei angeboten, den Mord zu verbergen, damit die Sache mit dem Flackern unentdeckt blieb. Aber Murphig trank zuviel von dem Flackern und ist gestorben, und jetzt muß ich ihn über Bord werfen, oder alles wird entdeckt. Es ist nicht gerade ehrenhaft, aber es ist das einfachste, Käpt'n.«

Desperandum dachte darüber nach. »Die Sache mit Murphig ist eine verdammte Schande. Er hätte mir sehr nützlich sein können. Jetzt muß ich einen Ersatz für ihn finden.«

Ein bedeutungsvolles Schweigen. Die Implikation seiner Feststellung war offensichtlich.

»Was soll ich tun?« fragte ich.

»Keine Bedingungen«, erwiderte Desperandum unnachgiebig; er war sicher, mich in der Gewalt zu haben. »Sind Sie bereit, seinen Platz einzunehmen?«

»Ist es eine ehrenhafte Angelegenheit?«

Desperandum lachte verächtlich. »Sie meinen, nach Ihren Maßstäben? Ja. So ehrenhaft wie alles, was Sie je getan haben. Also: ja oder nein.«

»Das ist absurd! Ich will wissen, was …« Der Gesichtsausdruck des Kapitäns veränderte sich, und ebenso schnell sagte ich: »Ich tu's. Ja.«

Sein Alarmschrei wurde abgeschnitten, noch ehe er angesetzt hatte, und ein paar schnelle Herzschläge lang fuhr ein verwirrter Ausdruck über sein Gesicht. Dann sagte Desperandum: »Sehr gut. Dann ab mit ihm.« Und wir schoben Murphig unter der Reling hindurch.

Die knirschenden Laute der zupackenden Haie wurden durch den aufgewühlten Staub gedämpft. Desperandum sagte voller Abscheu: »Teufel, ich hasse diese Ungeheuer, ihre Zähne seien verdammt! Aber wir können nicht zulassen, daß Haß den Fortschritt aufhält, oder? Ich gehe wieder zu Bett – sobald ich meine Inspektion des Schiffs beendet habe, heißt das.«

»Kapitän, jetzt, da ich zugestimmt habe ...«

»Nichts mehr, Newhouse. Ziehen Sie Ihre Maske fest, oder wollen Sie Ihre Lungen ruinieren?«

»Aber ich wollte doch nur ...«

»Legen Sie sich schlafen. Und denken Sie daran: Sie sind ein unschuldiger Mann.« Desperandum wandte sich um und stampfte davon.

Ich ging nach unten. Meine Lungen brannten, und der Schlaf kam sehr langsam.

Im Morgengrauen war ich auf den Beinen, um das Frühstück vorzubereiten. Die beiden Männer wurden beim Essen vermißt. Es gab eine oberflächliche Suche auf dem Schiff und scheinheilige Äußerungen tiefer Betroffenheit vom Kapitän und von mir. Desperandum versetzte mich in Erstaunen: Sein Auftritt war so überzeugend, daß er auf eine gespaltene Persönlichkeit hinzuweisen schien – bei einem Mann seines Alters keine ungewöhnliche Erscheinung.

Die Lage hätte viel schlimmer sein können; die beiden vermißten Männer waren nicht sehr beliebt gewesen. Keiner hatte viel Interesse an Murphig gezeigt; sein Benehmen war eigenartig, und für einen Seemann kam er aus der falschen sozialen Klasse. Calothrick war noch weniger gut gelitten; er war ein völlig unbedeutender Mensch, ein Sünder und noch dazu ein Außenweltler. Tatsächlich schienen viele Mannschaftsmitglieder zu bedauern, daß Dalusa nicht auch verschwunden war; sie hatten sie immer als Zerrbild der Weiblichkeit verachtet. Ohne Zweifel waren die Matrosen durch den »Unfall«, wie wir es schließlich nannten, tief beunruhigt, aber sie sprachen nicht viel darüber. Sie sprachen über gar nichts sehr viel.

Desperandums offizielle Theorie war, daß sie miteinander gerungen hatten und über Bord gefallen waren, und jeder betete diese Version nach.

Die Angst, die von diesem Unglück ausging, mag für

den fieberhaften Eifer der Crew an diesem Tag verantwortlich gewesen sein. Desperandum ließ schon früh an dem Wal arbeiten. Sie schienen von der unermüdlichen Vitalität des Kapitäns inspiriert zu sein und arbeiteten wie Wahnsinnige an dieser unbegreiflichen Aufgabe.

Die Methodik des Arbeitsablaufs war ein Zeichen für Planung von langer Hand. Zuerst wurde der Wal völlig ausgehöhlt und innen gereinigt und gesalzen, um Fäulnis zu verhindern. Der Schlund wurde gesäubert und zugestopft. Die Augen wurden mit Harpunen ausgegraben und durch dicke Linsen aus transparentem Kunststoff ersetzt; eine Schicht aus einer klaren, schlüpfrigen Substanz sollte den Staubabtrieb bremsen... zumindest für eine Weile.

Während das erledigt wurde, ging Desperandum in den Laderaum und öffnete das verborgene Schott. Der Motor, der Sauerstofftank, das Leimfaß und die Batterien wurden an Bord gehievt.

Desperandum schleppte den Motor in die Körperhöhle des Wals. Drei Männer bohrten von innen ein Loch der Länge nach durch den Schwanz des Ungeheuers. Die Schmiede stellten für Desperandum einen langen Propellerschaft her und steckten ihn durch das Loch. Während sie den Propeller anschweißten, schloß Desperandum die Batterie an und setzte sie in Gang. Der Propeller schnurrte wie eine Kreissäge.

Befriedigt begann Desperandum an den Flossen zu arbeiten. Sie wurden mit langen Eisenhebeln im Innern des Tiers verbunden. Die Matrosen waren kaum in der Lage, sie von der Stelle zu bewegen, aber Desperandums Körperkraft, unter doppelter Schwerkraft entstanden, erlaubte es ihm, sie fast so gut wie der Wal selbst zu bewegen.

Desperandum strich alle äußeren Verschlüsse mit Leim ein und machte sie so völlig luftdicht. Mit dem Propellerschaft hatte er einige Probleme, und die Reibung würde die massiven Dichtungen und die Seisinge aus Kunststoff bald zerstören. Aber er schien zufrieden.

Als wir gemeinsam die Abendmahlzeit vorbereiteten, waren wir beide, Dalusa und ich, geistesabwesend und unruhig. Als ich etwas Fleisch briet, mußte sie zur Seite treten, um den winzigen Spritzern heißen Fetts zu entgehen. Sie nutzte ihre momentane Untätigkeit zu einer Frage.

»Was macht er, John? Was macht der Kapitän da eigentlich?«

»Dalusa«, sagte ich, »zuerst konnte ich es nicht glauben, aber jetzt ist es offensichtlich, daß es sich bei dem verdammten Ding um ein Unterseeboot handelt.« Und ich erklärte ihr die Funktion eines U-Boots.

»Um unter die Oberfläche zu kommen? Wird er es benutzen?«

»Er hat lange darüber nachgedacht«, antwortete ich, »und ich glaube, er wird mich auffordern, mit ihm zu kommen. Ich bin mir sogar fast sicher.«

»Ihr? Ihr beide?«

Ich antwortete aus dem Stegreif: »Irgend jemand muß sich um den alten Knaben kümmern, meinst du nicht auch? Er ist zu sorglos. Warum nicht ich? Ich verstehe ihn, und ich habe keine Angst.«

»Aber John, es könnte gefährlich sein.«

»Oh, gewiß«, sagte ich. »Ich selbst hätte es nicht getan. Aber der Kapitän hat sein Herz daran gehängt, und ich bin ihm noch einen Gefallen schuldig, falls er mich fragt.«

»Du könntest doch getötet werden, John! Was dann?«

»Das ist bisher noch nie passiert«, sagte ich. Dalusas verwirrte Reaktion zeigte mir, daß sie meinen Witz nicht verstanden hatte. »Es ist ein bißchen riskant«, fuhr ich fort, »aber ich bin ein findiger Typ – schlauer, als der Käpt'n glaubt.«

»Oh, John, geh nicht! Das Ding, das die beiden Matrosen letzte Nacht holte, kann immer noch da sein. Sag dem Kapitän, er soll nicht gehen!«

»Welches ›Ding, das die Matrosen holte‹? Dalusa, sei nicht albern. Sie sind über Bord gefallen. Da unten ist nichts.« Ich bedauerte die Worte, sobald ich sie ausgesprochen hatte – sie ließen mich frösteln. Aber Dalusa schien beunruhigt.

»Ich verstehe die Menschen nicht«, sagte sie. »Aber das ist menschlich, oder? Jemandem zu helfen, der einen braucht, selbst wenn es gefährlich ist – selbst wenn es weh tut?«

»Ja«, bestätigte ich mit einem weisen Kopfnicken. »Das gehört dazu.«

»Dann ist es gut, John! Ich kenne das. Ich habe ebenfalls keine Angst. Eines Tages werde ich das auch tun, und dann kannst du stolz auf mich sein – so wie ich stolz auf dich bin, John.«

»In Ordnung, Schatz«, sagte ich. Ich schnüffelte. »Ich glaube, dein Kuchen brennt an«, sagte ich. Danach sorgte ich dafür, daß wir über ein anderes Thema sprachen.

Am Abend rief Desperandum mich in seine Kajüte.

»Jetzt haben wir's, Newhouse!« meinte er aufgeregt. »Ich werde hinabgehen, um es mit eigenen Augen zu sehen! Ich will unmittelbaren Zugang zu den Daten!«

»Das ist wunderbar, Käpt'n«, sagte ich. »Eine bemerkenswerte Ingenieurleistung. Aber es ist hohl. Wie bringen Sie es zum Sinken?«

»In diesem Augenblick ist die Mannschaft dabei, Ballast zu laden.«

»Und wie kommen Sie an die Oberfläche zurück?«

»Einfach. Wie man ein Flugzeug fliegt. Das ist auch schwerer als das umgebende Medium, verstehen Sie? Und ich habe einen starken Motor.«

»Und wie kommen Sie heraus?«

»Ich habe meine Axt mit an Bord. Ich treffe mich mit

der *Lunglance* und bahne mir den Weg nach draußen, das ist eine Sache von Sekunden.«

»Und die Haie, Käpt'n?«

»Sie können mir in die Tiefe nicht folgen. Ich habe ihren Metabolismus untersucht – dafür sind sie nicht gebaut. Dieser Wal ist für bessere Dinge als sie gebaut.«

»Wie wollen Sie atmen?«

»Ich habe meine Sauerstoffmaske!« schrie der Kapitän. »Ich habe alles geplant!«

»Eine erstaunliche Leistung, Kapitän«, meinte ich beschwichtigend.

Desperandum blickte mich scharf an. Er stand von seinem Arbeitstisch auf und ging zur Kajütenluke. Er öffnete sie schnell und schaute hinaus, aber dort war niemand. Er schloß die Tür und verriegelte sie.

»Ich freue mich zu sehen, daß Sie dem Unternehmen soviel Begeisterung entgegenbringen«, sagte er. »Denn ich möchte, daß Sie mit mir kommen.«

Das hatte ich erwartet und machte einen entschlossenen Versuch, mich herauszureden: »Kapitän, Sir«, begann ich, »wer hat diese Expedition finanziert? Wer hat unermüdlich gearbeitet, um sie voranzutreiben? Wer hat die Experimente geplant, durchgeführt und aufgezeichnet? Wer hat einen dauernden Beitrag zum menschlichen Wissen geleistet und neue Einsichten in die Ökologie eines ganzen Planeten vermittelt? Sie waren es. Mein Beitrag ist minimal, nicht einmal der Erwähnung wert. Nein, Käpt'n: Sie erweisen mir zuviel Ehre, schmeicheln mir mehr, als ich es wert bin. Was würde man von mir sagen? Daß ich meinen Ruf auf Kosten eines besseren Mannes erwarb. Ich bin nur ein Schiffskoch, ein Wanderer fern der Heimat, aber ich besitze zuviel Stolz, um so tief zu sinken.« Entgeistert von meinem unbewußten Wortspiel fuhr ich hastig fort: »Der Ruhm sollte Ihnen allein gebühren, Käpt'n. Er gehört nicht mir, sondern Nils Desperandum.«

»Aah, da irren Sie sich«, entgegnete der Kapitän

langsam. »Desperandum ist nur die Staubmaske eines Namens. Der wahre Verdienst gehört mir – Ericald Svobold.«

Ich war erschlagen. »*Sie* sind Svobold? Der Entdecker des ... das ist ...«

»Syncophin, völlig richtig«, sagte der Kapitän unbarmherzig. »Oh, ich habe es schon vor Jahren aufgegeben, Flackern zu nehmen, aber ich kann seine Benutzer immer noch erkennen.«

Es war still. Ich lachte ziemlich schrill. »Welche Ironie, Käpt'n. Wissen Sie, Sie sind jahrelang mein Idol gewesen. Ich habe Hunderte Male auf Ihr Wohl getrunken und geschluckt. Aber wenn die Legenden stimmen, dann müssen Sie über vierhundert Jahre ...«

»Lassen wir das«, unterbrach mich der Kapitän. »Bleiben wir beim Hier und Jetzt. Wenn Sie in mein Alter kommen, werden auch Sie das am besten finden. Ich weiß nicht, wie und warum Sie Murphig mit dem Syncophin bekanntgemacht haben. Ich weiß nicht, wie und warum Ihr Kumpan und mein cleverster Matrose in einer Nacht gestorben sind. Ihre Schuld oder Unschuld ist nicht meine Sache. Aber es gibt keinen Ausweg für Sie, Newhouse. Sie können ruhig aufhören, sich zu winden. Sie wissen, daß Sie in der Falle sitzen. Das erkenne ich schon, wenn ich mir nur Ihr Gesicht anschaue. Ich bin alt, klar, aber noch nicht senil. O nein. Das geschieht heutzutage nicht mehr, nicht uns Galaktikern. Wir werden nur schlauer und schlauer – nur Gott weiß, wie unerträglich schlau wir werden können. Wenn Sie nur einen Tag lang die Dinge sehen könnten, die ich sehe – aber das spielt jetzt keine Rolle.

Ich brauche Sie, Newhouse. Ich brauche einen Zeugen. Sehen Sie, ich hätte Murphig genommen. Er war der einzige Mann der Besatzung, der einzige Nullaquaner, der die unglaublichen Offenbarungen, die wir dort unten finden werden, hätte *verstehen* können. Der Rest dieser Klotzköpfe – sie besitzen nicht mal die rettende

Gnade der Neugier, die Murphig besaß. Also bleiben nur noch Sie, mein Herr.«

»Aber das stimmt nicht Käpt'n«, sagte ich. »Ich bin wohl kaum Ihr verläßlichster Zeuge. Ich bin ein Vagabund. Und, jawohl, ich nehme Drogen. Sie brauchen einen soliden Mann, der mit beiden Beinen auf dem Boden steht. Der erste Maat Flack zum Beispiel.«

»Flack hat Frau und Kinder«, sagte der Kapitän eisig. »Und er hat nicht halb soviel geistige Beweglichkeit wie Sie. Wissen Sie, Newhouse, ich könnte Sie beinahe bewundern. Ich kann verstehen, daß Sie Murphig verdorben haben – und daß Sie Calothrick liquidiert haben, der sowieso nur ein Schakal war –, aber ich kann nicht verstehen, daß Sie Dalusa, diese arme, gequälte Kreatur, täuschen. Das war eine gemeine Tat. Und ich biete Ihnen die Chance, sich zu läutern, einmal etwas Selbstloses zu tun. Denken Sie einmal daran, Newhouse! Brauchen Sie das nicht ebenso wie ich?«

»Sie irren«, entgegnete ich. »Ich *liebe* Dalusa. Wenn das hier vorbei ist, werde ich sie mit fortnehmen – irgendwohin, wo wir frei von Tod und Wahnsinn leben können.«

Desperandum blickte mich fünf Sekunden lang streng an. Schließlich sagte er: »Sie lieben sie wirklich, nicht wahr? Sie haben ja noch ärgere Probleme, als ich gedacht habe.«

»Das muß sich erst noch erweisen«, erwiderte ich. »Käpt'n, Kapitän Svobold, wenn die Legenden stimmen, sind Sie ein Ehrenmann. Ich liebe das Leben immer noch, aber ich trete mit Ihnen zusammen dem Tod entgegen, wenn ich muß. Aber ich will Ihr Wort, daß es danach keine Drohungen, offene oder unausgesprochene, mehr gibt.«

»Sie haben mein Wort«, sagte Desperandum. Er streckte die Hand aus. Ich schüttelte sie mit dem merkwürdigen Gefühl, mich in einem Alptraum zu befinden.

Dann sicherte ich meine Maske und ging an Deck. An Steuerbord waren die Männer immer noch mit der Arbeit an dem Wal beschäftigt. Ich ging in die Küche hinab, um zu schlafen.

Am nächsten Morgen war Desperandum versessen darauf voranzukommen. Ich fand kaum die Zeit für einen kurzen, tränenreichen Abschied von Dalusa, ehe er mich in seine Kajüte rief. Von dort schritten der Kapitän und ich mit der ganzen Würde, die wir aufbringen konnten, über das Deck zu unserem seltsamen Gefährt. Durch irgendeinen atavistischen sozialen Instinkt machte ich immer noch gute Miene zum Spiel, und der Kapitän war bis zum Ende ganz Gentleman-Wissenschaftler. Bedächtig schüttelte er die Hände der drei Maate, die unter dem festen Griff zusammenzuckten. Da mir nichts Besseres einfiel, schüttelte ich ebenfalls ihre Hände.

»Gehen Sie wirklich da runter, Smutje?« fragte Grent mich, als er meine Hand schüttelte. Ich nickte. Ich bedauerte bereits, daß Grents Stimme meine letzte Erinnerung sein würde.

»Ich hoffe, Sie sind zum Mittagessen rechtzeitig zurück«, sagte er. Ich nickte wieder, wegen der Maske konnte ich nicht antworten. Sonst hätte ich den Kapitän wahrscheinlich bloßgestellt und geschrien: »Er ist verrückt, seht ihr das denn nicht? Wir müssen ihn zu seinem eigenen Besten zurückhalten!« Aber es hätte nichts gefruchtet. Der Kapitän hätte dafür gesorgt, daß mein Leben ruiniert würde, und Dalusa hätte es auch weh getan.

Der Kapitän winkte den Männern feierlich zu und ruinierte dann die Würde seines Abschieds, indem er seinen massiven Körper ungelenk durch den Schnitt in der Walhaut zwängte. »Traniges Glück, Käpt'n!« rief Flack, als ich ihm folgte.

Wie es ihr Kapitän befohlen hatte, leimte die Crew eine Bahn doppeltgelegter Walhaut über unseren Eingang. In unserem muffigen, ausgeweideten Fahrzeug wurde es sofort dunkel. Meine Augen gewöhnten sich allmählich an das etwas trübe Sonnenlicht, das durch die glotzenden Augenpfropfen des Tieres hereinströmte. Desperandum – irgendwie konnte ich mich nicht daran gewöhnen, ihn als Svobold zu bezeichnen – nahm die Enden der eisernen Flossenhebel in seine kräftigen Hände.

»Ich werde erst einmal navigieren, Newhouse«, sagte er freundlich, während er die Flossen probeweise ein Stückchen bewegte. »Sie gehen nach vorne zu den Bullaugen und übernehmen den Ausguckposten. Passen Sie auf den Ballast auf!«

Meine Augen hatten sich jetzt an die neue Umgebung gewöhnt, und alles nahm eine halluzinatorische Klarheit an, als ich mir meinen Weg durch den aufgehängten »Ballast« bahnte. Es handelte sich um eine unglaubliche Ansammlung zusammengewürfelten Gerümpels: Rohrstücke, Drahtrollen, Eimer voller Bolzen, Bündel mit Schweißdraht, Metallkisten, mit Ersatzteilen für Fleischzerkleinerer vollgestapelt, der Ofen, der Recycler, sauber aufgespulte Meilen keramischen Kabels (es erstaunte mich, noch mehr davon zu sehen; der Teufel mag wissen, wo er das alles aufbewahrt hatte), Ersatzschäfte und -stiele für Harpunen, Flensspaten und -äxte, Desperandums riesige Axt und Kisten, die große Glasbottiche enthielten, die alle randvoll mit einer trüben gelblichen Flüssigkeit gefüllt waren. Das ganze Durcheinander war mit einem unregelmäßigen Netzwerk aus Kabeln zusammengebunden, das sich mit irrwitziger Zufälligkeit von Schrottstück zu Schrottstück spannte. Als ich mir meinen Weg nach vorn bahnte und die präzisen Seemannsknoten bemerkte, die alles zusammenbanden, bewegte sich der Boden, und ich fiel nach vorn; bei dem Sturz versetzte ich dem Stopfen in dem winzigen Schlund des Ungeheuers mit meinem Kopf einen wuchtigen Stoß.

Die Männer hatten keine Zeit verschwendet. Ich konnte sie durch das Bullauge beobachten, während sie die Taljen und Kurbeln der Winden und Kräne drehten.

Sobald unser Gefährt sich abzuheben begann, war unheilverkündendes Knirschen, Ächzen und Krachen zu hören, als die natürliche Trägheit an den mumifizierten Muskeln und Knochen zerrte. Das dicke, ledrige Bauchfleisch des Bodens bog sich merklich unter dem Gewicht des Ballasts, und die knochenverstrebten Seitenwände neigten sich mit dem ächzenden Widerstand der Leichenstarre ein wenig nach innen.

Ein gedämpftes Zischen war zu hören, als Desperandum die Ventile der Sauerstoffmaske aufdrehte. Langsam schwenkten wir nach außen, vom Deck weg über das friedliche Meer.

Langsam sanken wir hinab und setzten mit einem mehligen Rascheln und Murmeln auf dem Staub auf. Vier gedämpfte Laute waren zu hören, als die Schlingen gelöst wurden, und wir sanken unter die Oberfläche. Desperandum stellte den Motor an, und dieser begann zu surren. Langsam trieben wir vorwärts. Staub floß schäumend über die Augenpfropfen, und in dem U-Boot wurde es pechschwarz. Hastig riß ich meine Maske vom Gesicht.

»Zum Teufel!« schrie ich. »Es ist dunkel! Es ist völlig dunkel! Käpt'n, wir können nichts sehen!«

»Natürlich nicht«, erwiderte der Kapitän gemessen. »Das Licht kann nicht nach innen dringen. Deshalb habe ich unser eigenes Licht einbauen lassen.« Ein Klicken, ein mattes bläuliches Licht von einer nackten Glühbirne über uns erfüllte das U-Boot. Ein bleicher Leichenhausglanz strahlte von den vorstehenden Knochenstücken inmitten der trockenen Haut der Wände unter der Decke. Ich nieste und setzte meine Maske wieder auf. Die modrige Trockenheit war scheußlich. Ich wandte meine Aufmerksamkeit wieder den Bullaugen zu. Ein kompliziert strukturierter Staubwirbel zog über unsere Linsen und schabte sie langsam ab. Voll Schrecken machte ich mir klar, daß Desperandums ruhig vorgetragene absurde Behauptung mich einen Moment lang überzeugt hatte. Das Stechen des Staubs in meiner Stirnhöhle ignorierend, nahm ich meine Maske wieder ab. Ich schluckte, um meine Ohren von dem Druck zu befreien, und sagte:

»Käpt'n, das ist lächerlich. Der Staub ist undurchsichtig. Genausogut könnten wir uns die Augen verbinden!«

»In der Tat«, sagte Desperandum. Er bewegte die Enden der Hebel ein Stückchen nach oben, und das U-Boot tauchte bedenklich nach vorn ab. Er brachte uns wieder in die Horizontale. In meinen Ohren knallte es erneut, und aus den modrigen Gelenken von Rippen und Wirbelknochen erscholl ein Chor knackender Laute.

»Bringen Sie uns zurück, Käpt'n! Die Fahrt ist ein Fehlschlag! Wir können nichts sehen, also riskieren wir unser Leben für nichts. Na los, Käpt'n!«

Desperandum schlang die Sauerstoffmaske über den Rüsselstutzen seiner Staubmaske und inhalierte hörbar. Das Schiff schlingerte, und er packte die Flossenhebel fest.

Die Laute kamen halb gedämpft aus dem Lautsprecher, als Desperandum entgegnete: »Es ist nicht Ihre Aufgabe, Theorien über die optischen Eigenschaften von Staub aufzustellen, Newhouse. Beobachten Sie nur weiter! Wir müßten bald die lichtdurchlässigen Schichten erreichen.«

»Die lichtdurchlässigen Schichten! Die *lichtdurchlässigen* Schichten? Käpt'n, das ist Staub und kein Glas! Verdammt noch mal!«

»Wirklich, Newhouse! Ihre Ausdrucksweise! Ich habe die Bedingungen unter der Oberfläche lange studiert. Sie brauchen nicht in Hysterie zu verfallen. Sie brauchen nur etwas Sauerstoff, das ist alles.«

»Ich kann nicht verstehen, wieso ich nicht schon eher

daran gedacht habe«, sagte ich. »Ihre Verrücktheit muß uns alle angesteckt haben.« Meine letzten Worte gingen in einem spröden Ächzen der unter Druck stehenden Rippen unter. Die Walhaut, die über den Spalt in der Seite des U-Boots geleimt worden war, beulte sich brüchig nach innen.

»Das ist aberwitzig«, sagte ich hustend. »Ich will nicht in Ihren Selbstmord hineingezogen werden.« Ich bahnte mir den Weg durch die wahllos aufgehäuften Ballaststücke zu Desperandums Axt. Mit beträchtlicher Mühe gelang es mir, die riesige, doppelschneidige Axt auf eine Schulter zu heben. Schwankend bewegte ich mich auf die eingedrückte Haut zu; dort würde es am leichtesten sein, sie aufzuschneiden. Der Boden dröhnte beunruhigend unter meinen Füßen.

»Wenn ich Sie wäre, würde ich das in dieser Tiefe nicht tun«, sagte Desperandum. »Der einströmende Staub würde Sie zu Brei zerquetschen.«

Ich zögerte. »Wir sind noch gar nicht so tief.«

Als Antwort bewegte Desperandum die Hebel, und wir tauchten wieder hinab. Beinahe stürzte ich. Hastig setzte ich die Axt ab.

»Und jetzt gehen Sie auf Ihren Posten zurück«, knurrte er. Meine Maske wieder überziehend, tat ich, wie mir aufgetragen worden war. Der Staub in der Luft und der stechende Geruch in dem Wal brachten meine Nase zum Laufen. Es war unmöglich, Angaben über unsere Tiefe zu machen. Selbst der zunehmende Druck war kein verläßlicher Indikator, weil Desperandum den Sauerstofftank geöffnet hatte. Staub rann zäh über die Augenpfropfen. Meine Gedanken rasten fieberhaft und versuchten, sich dem geringer werdenden Gewicht der Verzweiflung zu entwinden. Nach einiger Zeit spürte ich eine fatalistische Trägheit, die sich in jeder Faser festsetzte.

»Die Luft wird so stickig«, sagte ich. »Ich fühle mich völlig betäubt.« Ich starrte hinaus.

»Kommen Sie her und nehmen Sie etwas Sauerstoff. Ich habe mich noch nie besser gefühlt«, sagte Desperandum.

Ein kleines amorphes Etwas glitt an dem Glas vorbei. »Einen Moment«, sagte ich, »gerade habe ich etwas sich bewegen sehen.«

»Was? Was war es?« fragte Desperandum drängend.

»Ich weiß nicht«, sagte ich. »Es war klein und sah zappelig aus. Ich glaube, ich brauch etwas Luft. Ich fühle mich wie betrunken.«

Desperandum atmete tief ein. »Großartig, nicht wahr? Wissen Sie was, Sie übernehmen eine Zeitlang die Navigation und füllen Ihre Lungen mit frischer Luft. Mal sehen, was meine geübten Augen erkennen können.«

Ich stolperte über den Ballast, nahm einen tiefen Zug Sauerstoff und packte die Hebel. Ich hatte ein lächerlich leichtes Gefühl, als ich die Hebel in die Hände nahm; die Sauerstoffmaske baumelte vom Rüssel meiner Staubmaske herab. Jetzt konnte ich uns langsam und unauffällig wieder nach oben steuern. Desperandum ließ die Hebel los, und sofort wußte ich, daß das Bewegen der Hebel weit über meine Kräfte ging.

»Käpt'n! Käpt'n!« schrie ich, aber ich hatte die Staubmaske auf, und die gedämpften Laute gingen in dem trommelnden Dröhnen des Bodens unter Desperandums Stiefeln verloren. Es war ein stummer, verzweifelter Kampf. Ich legte mein volles Gewicht gegen die Hebel und zerrte an ihnen, bis meine Handgelenke schmerzten und Krämpfe meine Armmuskeln zittern ließen. Es hatte keinen Zweck. Sie entglitten mir, die Enden der Hebel schwangen nach oben und krachten in die rechte Linse meiner Staubmaske. Sofort tauchten wir nach vorne ab. Desperandum kroch gerade zum Backbordausguck, als er stürzte. Dann schob sich das Ballastgewirr wie eine Lawine über ihn. Ich hörte sein Schreien und das Jaulen der Rückkopplung, als sein Lautsprecher kurzschloß. Dann war er unter dem ganzen Zeug verschwunden. Ich wäre auf ihn gestürzt, hätte ich nicht den Steuerbord-Flossenhebel festgehalten. Jetzt baumelte ich drei Meter über ihm, meine Füße knapp über dem tückischen losen Haufen aus Metall, Kabeln und Kisten. Der Geruch von Konservierungsflüssigkeit durchschnitt die trockene, modrige Luft wie ein Messer. Der Sauerstofftank hatte den Anschluß der Maske mitgerissen, als er nach vorn gekippt war. Der Motor jedoch war fest mit dem Skelett des U-Boots verbunden und an seinem Platz geblieben. Er lief noch. Mühselig zog ich mich an dem Hebel hoch, bis ich meine Beine um ihn klammern konnte. Dann zog ich meine Maske ab.

»Es tut mir so leid, daß ich hierhergekommen bin«, sagte ich. »Es tut mir wirklich sehr, sehr leid, daß ich es getan habe, und es war ganz und gar nicht meine Idee, und wenn ich hier jemals rauskomme, werde ich nicht zulassen, daß das noch einmal geschieht ...«

»Newhouse ...«

»... weder durch mich noch durch einen anderen, nie mehr wieder, nie mehr ...«

»Newhouse. Schalten Sie den Motor ab! Schalten Sie ihn ab!«

»Käpt'n! Kapitän Desperandum!«

»Schalten Sie den Motor ab, Newhouse«, erscholl Desperandums sachliche Stimme. »Ich glaube, ich höre hier unten etwas.«

Tränen rannen mein Gesicht hinab. »Irgend etwas stimmt mit mir nicht.«

»Das ist eine Stickstoffbetäubung mein Junge. Wir sind zu tief, viel zu tief. Sie müssen den Motor abschalten. Ich kann es nicht. Ich kann meine Beine nicht spüren.«

Ich schauderte. »In Ordnung, Käpt'n, ich versuche es.« Zentimeterweise kroch ich an den Hebel hoch, grub meine Finger in das stinkende trockene Fleisch an den Rippen und sprang. Der wirbelnde Propellerschaft traf mich beinahe im Gesicht, aber ich legte meine Arme um den Motorblock. Ich trat ein-, zweimal gegen den Schalter, und der Motor erstarb mit einem murmelnden Laut.

Dann war es still. Ich hörte das Knirschen und Rascheln, als Desperandum sich durch den Müll bewegte. »Ich kann genau durch das Augenloch gucken«, sagte er. »Da! Hören Sie das?«

Ich kroch auf den Motorblock, der unter meinem Gewicht ächzte. Der Bauch des ausgehöhlten Wals beulte sich hinter mir nach innen. »Ich höre gar nichts, Käpt'n. Nur den Staub … glaube ich.«

»Ich sehe, wie sie sich hier draußen bewegen«, sagte Desperandum nüchtern. »Sie sind ziemlich klein. Und sie leuchten – eine Art amorphen Glanzes. Es sind Hunderte. Wie aufgereiht.«

»Käpt'n«, drängte ich, »Käpt'n, wie kommen wir wieder an die Oberfläche? Wir können nicht navigieren, solange das Schiff auf dem Kopf steht.« Ich brach in leises Kichern aus. Zur Hälfte war es die Stickstoffvergiftung, zur anderen Hälfte die schiere Lächerlichkeit der Situation.

»Das ist jetzt nicht wichtig, Newhouse. Aber es ist wesentlich, daß Sie hierherkommen und meine Beobachtungen bestätigen. Wir machen Wissenschaftsgeschichte.«

»Nein«, sagte ich. »Ich habe nicht vor, sie anzuschauen. Sie haben ein Recht auf ihre Privatsphäre. Ich wünschte bei Gott, ich hätte etwas saubere Luft. Ich fühle mich so schwach.«

Eine Zeitlang schwieg Desperandum. Dann sagte er schmeichelnd: »Der Sauerstoff ist hier unten bei mir. Ich kann ihn zischen hören. Sie werden bald ohnmächtig, wenn Sie keinen bekommen. Und vielleicht könnten Sie diese Rohre von meinen Beinen entfernen. Ich glaube, daß sie bluten, aber es könnte auch nur die Konservierungsflüssigkeit sein. Dann können Sie einen

Blick nach draußen werfen. Nur einen kleinen. Was haben Sie schon zu verlieren?«

»Nein!« sagte ich energisch. Mein benebeltes Hirn war jetzt ein wenig in Panik geraten. »Ich will sie nicht sehen. Ich glaube nicht, daß sie es wollen.«

»Um der Stabilität willen!« sagte Desperandum, der in seiner letzten Krisis Zuflucht bei nullaquanischen Lästerungen suchte. »Haben Sie nicht den kleinsten Funken einfacher menschlicher Neugier? Denken sie doch nur daran, wie *interessant* sie sind! Ich hätte nie gedacht, daß sie so *klein* sind! Und ihre Art, sich zu bewegen, ist faszinierend, fast eine Art Tanz. Wie kleine bunte Lichter. Sehen Sie doch, wie sie sich jetzt zur Seite bewegen! Und … oh, mein Gott!«

Desperandum begann zu kreischen. »Sehen Sie sich *das* Ding an! Sehen Sie sich diese *Größe* an! Es kommt zu nahe! Es kommt uns zu nahe! Nicht, nein, nicht!«

Es gab einen Stoß, der mich fast vom Motor losriß. Dann ein unheilvolles Krachen und Knirschen. Irgend etwas zerdrückte uns. Gewaltige Vertiefungen, wie tiefe Mulden, erschienen im Rücken und Bauch des Wals – insgesamt fünf. Vier quer über dem Rücken und eine tiefe, daumengleiche direkt hinter mir. Die großen trockenen Knochen stimmten in das Kreischen des Kapitäns ein. Ein Knirschen, ein Kreischen, ein lauter, brechender Lärm, als unser Gefährt zerbarst, ein Rasseln und Rasen explodierender Luft … Dunkelheit … Schwärze.

15

Der Traum

DIESE SCHWÄRZE WAR DER HIMMEL, und ich war in diesem Himmel, gewichtslos schwebend, körperlos. Weit unter mir, im nackten Sonnenlicht gedörrt, lag der schimmernde brodelnde Nullaqua-Krater. Und als die Landschaft klarer wurde, sah ich vor mir eine Stadt der Alten Kultur, wiedergeboren.

Die Stadt war ein Wunder. Sie war lebendig, schön, mit der Energie des Lebens aufgeladen; ihre Flötentürme und weiten schwarzen Plätze wurden vom Vakuum durch ein dünnes Schutzfeld, die irisierende Essenz einer Blase, abgeschirmt. Als ich näher hinsah, erblickte ich anmutige Farbschattierungen, Insektenflügel, die über der durchscheinenden Oberfläche hintereinander herjagten. Es übertraf alles, was je von Menschenhand gemacht worden war. Dies war die Alte Kultur auf ihrem Gipfelpunkt.

Irgend etwas brachte mich näher heran. Ohne Schwierigkeiten glitt ich durch das die Stadt umgebende Feld. Ich fühlte überhaupt keinen Übergang; unvermittelt beobachtete ich einen Einwohner bei der Arbeit. Er war ein zentaurartiges reptiles Geschöpf, seine Haut ein einziger Glanz goldroter Schuppen. Er hatte acht Augen, die wie Schmucksteine in einem Stirnband rund um den Kopf saßen.

Er saß allein in einem kleinen sechseckigen Zimmer, das von ständig sich ändernden geometrischen Mustern winziger Glühbirnen in der Decke erhellt wurde. In einer Ecke glomm Weihrauch. Vor ihm befand sich auf einem flachen schwarzen Podest ein Gegenstand, den man am besten als Skulptur bezeichnen konnte. Ihr Kern bestand aus einem festen gelben Zylinder, der von vielfarbigen Kügelchen umhüllt wurde, die sich auf komplizierte Weise miteinander verbanden und sich drehten; sie strahlten wie Wintersterne durch eine Nebelwolke.

Ich hatte eine Intuition, die nicht aus mir selbst kam. Ich erkannte die Bedeutung des Objekts sofort. Es war gleichzeitig ein Kunstwerk, ein religiöses Symbol und eine physikalische Darstellung der Persönlichkeit seines Besitzers.

Er betrachtete die Skulptur eingehend. Er war unzufrieden. Von den Tausenden Kügelchen erloschen plötzlich drei. Er hatte gerade die Arbeit eines Monats zerstört.

Sein letztes Werk war er zu eilig, zu überhastet angegangen. Die Belastungen der letzten Monate hatten ihn unterschwellig beeinflußt, und eine wahre Seelenskulptur erforderte Ausgeglichenheit und Ruhe.

Er wollte Frieden. Aufhören. Elektropsychisches Nirwana, die dynamische Freude, die mehr als nur religiöse Befriedigung, die kommen würde, wenn seine Persönlichkeit mit der Skulptur verschmolz und erstarb. Freunde würden seine Seele in die Unendlichkeit des Raums befördern, damit sie dort ewig dahintrieb. Diese Überzeugung war einst ihr religiöser Glaube gewesen, aber jetzt war sie buchstäbliche Wahrheit. Die Alte Kultur hatte sie dazu gemacht.

Die Umgebung veränderte sich, ich schwebte aus dem Zimmer des Zentauren in die Straßen der Stadt. Ein unglaubliches Gedränge herrschte dort: Mitglieder einer Rasse, die aus den Möglichkeiten chirurgischer Veränderung rein hedonistische Freude gewann. Sie verwandelten Körper, Geschlecht, Alter und Rasse ebenso leicht, wie sie atmeten, und ihre fröhliche Geringschätzung jedweder Uniformität war berauschend.

Da gab es große, stachelige Zweibeiner; hundeähnliche Geschöpfe mit Menschenhänden; große, kriechende Rümpfe mit einer Vielzahl krabbengleicher Scherenbeine; behaarte, kugelförmige Wesen mit langen, warzigen, kranartigen Beinen und gewaltigen, ungleichförmigen Flügeln; Dinger auf Rädern oder Schienen mit großen traubenförmigen Klumpen aus Dutzenden von Augen und Ohren; Dinger, die flogen, glitten, die sich krümmten und wälzten; Dinger, die sich in Herden bewegten oder durch lange Nabelschnüre verbunden waren; Dinger, die sich wie zusammengepflanzte Familien als große vielköpfige Hybride bewegten. Es wirkte alles ganz natürlich: Regenbogenwesen in den Regenbogenstraßen; Menschen schienen im Vergleich zu ihnen einförmig und ameisengleich zu sein.

Aber es gab auch Angst, eine unterschwellige Unruhe, das Wissen, daß Feinde unter ihnen waren. Gegen die Errichtung der beiden Vorposten, die trotz ihrer ästhetischen Qualitäten nur weniger wichtige Außenstationen waren, hatte es keinen Widerstand gegeben. Sie waren hoch über dem Krater errichtet worden, um jede mögliche Bioverseuchung zu vermeiden. In den ersten Jahren war alles glatt verlaufen; nur die beunruhigende Anwesenheit bestimmter Anomalien im Krater hatte die Routine unterbrochen.

Tiefenlotungen funktionierten nicht. Die ersten wirklichen Probleme tauchten mit seismischen Tiefensondierungen auf. Die Ergebnisse waren nicht eindeutig; dann kam ein unheilvolles Rollen aus den Tiefen des Kraters. Es konnte sich um eine Verwerfung handeln, verursacht durch die anfänglichen Explosionen. Aber die Erdstöße schienen wahllos an Zufallsstellen aufzutreten.

In den Strömungsstrukturen des Staubs kam es zu einer Veränderung; direkt unter den beiden Vorposten, siebzig Meilen tief, erschienen träge graue Wirbel. Man schickte Sonden hinunter, um sie zu erforschen. Der

Staub zeigte eine bis dahin unbekannte Eigenschaft; offensichtlich durch statische Anziehung verursacht, sprang er hoch und heftete sich an die Sonden, überschüttete sie, bis ihr Antrieb ausfiel und sie surrend in die Tiefe stürzten.

Die Wissenschaftler der Alten Kultur waren verblüfft. Gab es intelligentes Leben in dem Krater? Radiosignale fanden keine Antwort; nach einigen Monaten wurde eine massiv gepanzerte Sonde in den Staub hinabgeschickt. Sie traf auf keinen Widerstand; sie sank zwei Meilen in die schwarzen Tiefen, bis sie auf scheinbar festen Felsen auftraf. Als sie sich seitlich zu bewegen versuchte, gab es plötzlich einen Stoß; der Meeresboden gab unter der Sonde nach, und sie stürzte in einen brodelnden Magmasee. Ihre Signale verstummten.

Eine weitere, dieses Mal hitzebeständige Sonde wurde ausgeschickt. Man verfolgte ihre Spur, als ein plötzlicher Meteoritenregen die Wissenschaftler ablenkte. Energie wurde zu den Schirmen abgeleitet; die statischen Störungen, die durch die Desintegration der Meteoriten entstanden, verursachten die Unterbrechung des Kontakts mit der Sonde. Sie verschwand spurlos.

Jetzt waren die Wissenschaftler mit ihrem Latein am Ende. Während sie über die Situation nachdachten, gab es eine plötzliche heftige Explosion über dem Krater, hoch über der Atmosphäre am Südrand.

Es gab eine Erklärung dafür. Der glatte, glasige Nebenkrater, der immer noch zum Teil geschmolzen war, als die Vorposten ihn untersuchten, zeigte keinerlei Spuren von Radioaktivität. Weder Meteoritenteile noch Anzeichen chemischer Explosivstoffe wurden gefunden. Offenbar handelte es sich einfach um die plötzliche Energieentladung von einer Punktquelle; sie kam von nirgendwo und enthüllte nichts. Es war merkwürdig, daß der neue Krater den gleichen Radius hatte wie die kreisförmig angelegten Städte der Kultur. Die Botschaft war unmißverständlich.

Die beiden Städte waren entschlossen, keine Überreaktionen zu zeigen. Sie wollten den Planeten nicht verlassen, als Feiglinge handeln oder eine Flotte herbeirufen – ein abgeschmackter Aggressionsakt. Sie schlossen einen Kompromiß, indem sie sich entschlossen, eine große thermonukleare Bombe in einem stationären Orbit über dem Krater zu installieren. Im Falle eines Angriffs wäre es ein simpler, wenn auch bedauerlicher Prozeß, den Krater zu sterilisieren. Sie machten sich sofort an die Arbeit.

Und die Landschaft veränderte sich. Unterhalb des ersten Vorpostens schlängelte sich etwas Rankendünnes die Felswand hoch. Aus der Entfernung wirkte es fast wie ein Faden, beinahe unsichtbar; es war ein zylindrisches Rohr, nur knapp zwanzig Zentimeter im Durchmesser und von der Farbe eines Spiegels. Es kam aus dem Staub die Felswand empor wie der ausgestreckte Tentakel eines monströsen Silberoktopus. Offenbar hatte es keine besondere Eile ...

Gelegentlich pflanzten sich Ausbeulungen durch das meilenlange Rohr fort, als würde eine zähe Flüssigkeit in Wellen hochgepumpt. An der Spitze, die sich zu der Schärfe eines Nadelkopfs verjüngte, bewegte sich das Rohr träge über den Felsen hin und her, klopfte manchmal mit seinem spitzen, blinden Kopf auf das Gestein, schien nach etwas zu suchen, wie ein Erdwurm, der nach dem saftigsten Teil einer Leiche sucht ... Mühelos schlängelte es sich weiter nach oben, die vielen Meilen bewegten sich, als gäbe es keine Schwerkraft für sie. Das Rohr befand sich jetzt schon weit über der Atmosphäre in halber Höhe der Felswand; es unterbrach seinen Aufstieg, um schnell wie eine Schlange mit schlüpfrigen Bewegungen über ein ausgedörrtes, luftleeres Plateau zu gleiten, das Gestein mit dem dünnen, silbrigen Bauch streichelnd.

Ich wurde näher herangetragen. Angst erfaßte mich. Das Ding war jetzt vierzig Meilen hoch, fünfzig, sechzig, und küßte immer noch den Felsen mit seinem dünnen, formlosen Rüssel. Es wurde Tag, Nacht und wieder Tag. Die Schlange kletterte weiter. Die Regenbogenblase über der Stadt würde sie abhalten, dachte ich. Nichts konnte die dünne Schicht durchbohren, solange die Generatoren der Stadt arbeiteten. Sie war jetzt nur noch wenige Meilen unterhalb der Stadt. Würde der andere Vorposten sie sehen? Oder fühlten sie sich zu sicher?

Auf der anderen Seite des Kraters konnte ich die zweite Stadt sehen. In der Felswand unter ihr gab es einen lautlosen Knall. Ein Loch, einen Meter breit, erschien in dem Fels, und ein unglaublicher Strom aus Staub – nein, aus pulverisiertem Felsgestein – brach wie ein Geysir senkrecht nach oben aus. Jedes einzelne Teilchen wie Blei im luftleeren Raum, stürzte er wie in einem Wasserfall mit unglaublicher Geschwindigkeit und ohne Reibung die Felswand hinab. Der Geysir wurde zu seinem Tröpfeln, und Staub floß wie Wasser.

Und jetzt hatte der Silberwurm etwas gefunden, eine schmale senkrechte Spalte im Felsen, gut zwei Meter hoch und etwa zehn Zentimeter breit. Der schmale Kopf glitt in den Fels hinein. Sicherlich war die Verwerfungsspalte selbst für den schlanken Körper zu dünn. Gleichgültig. Die Schlange glitt vertrauensvoll hinein. Eine Ausbuchtung kräuselte sich die ganzen sechzig Meilen hinauf, ohne beim Eintritt in den Spalt die Geschwindigkeit auch nur zu verlangsamen. Fels barst krachend und zersprang wie heißes Glas, das in Eiswasser geworfen wird. Schroffe Splitter brachen von der Felswand ab, fielen Meile für Meile und gewannen dabei eine solche Geschwindigkeit, daß sie zu Tektiten zerschmolzen, als sie auf die Atmosphäre trafen.

Jetzt kehrte die Schlange die Richtung der kräuselnden Bewegungen um, Ausbuchtungen erschienen und wanderten Meile für Meile abwärts, um im grauen Staubmeer zu verschwinden. Wellen setzten sich eine nach der anderen wie peristaltische Bewegungen fort, und mir wurde klar, daß, was immer in diesem grotesken Metallwurm lebte, sich nach oben fraß, durch die letzten Meilen der Felsschicht.

Automatische Sensoren hatten den Staubgeysir unterhalb der zweiten Stadt registriert. Ein Alarmsignal heulte auf, ein katzengleiches gefiedertes Geschöpf erwachte an seiner Konsole, gähnte, streckte sich, untersuchte die zierlichen Hieroglyphen der Alten Kultur, die der Computer auf einem Bildschirm ausdruckte. Es schaltete das Alarmsignal ab, blinzelte mit schläfrigen grauen Augen und versuchte, die Information zu entschlüsseln. Es sah interessant aus; das Geschöpf beschloß, seinen Vorgesetzten zu rufen.

Der Wurm kam im Zentrum der ersten Stadt hoch.

Das Mosaikpflaster zersprang, kleine braune und weiße Kacheln platzten und zerbröckelten, und der Wurm brach inmitten einer vielfarbigen Menge hervor. Er schenkte dem Schreien und panischen Flüchten keine Aufmerksamkeit, obwohl einige Bewohner über ihn stolperten und auf ihn traten. Statt dessen wand er sich schnell über die Straße, wobei er seinen Weg noch immer mit dem spitz zulaufenden Kopf ertastete. Er traf auf ein Gebäude, ein zehnstöckiges weißes Achteck mit blauen Metallblenden, und erhöhte plötzlich seine Geschwindigkeit; aller Zweifel schien beseitigt, der Wurm bewegte sich mit der Geschwindigkeit einer knallenden Peitsche. Er umkreiste das Gebäude, sprang durch eine Gasse, kreiste um ein weiteres Gebäude, bohrte sich durch die Kunststoffwandfüllung eines geodätischen Zylinders und tötete fünf Bewohner beinahe beiläufig, indem er sie gegen Wände und Decken schmetterte und sie zermalmt in großen Blutpfützen liegen ließ: eine rote Lache, eine grüne Lache, eine kupferfarbene Lache ...

Die Schlange kroch und schlich und glitt mit schwindelerregender Anmut, fraß sich durch Gebäude, hüllte andere in Spiralen ihres Körpers, bewegte sich durch jeden Teil der Stadt, überquerte ihren eigenen Weg Hunderte Male, bis sie schließlich zu ihrem Ausgangspunkt im Zentrum der Stadt zurückkehrte. Dort, an dem bröckelnden Loch, trat ein riesiges Geschöpf, ein Satyr mit metallenen Hufen, der an die zweieinhalb Meter groß war, immer wieder auf den Körper des Wurms. Er mußte über eine Tonne wiegen, und die Hufe an seinen behaarten Beinen waren scharf, aber es war, als würde er auf einer stählernen Stange herumtrampeln. Alles geschah zur gleichen Zeit. Im östlichen Teil der Stadt, wo eine Gruppe von Einwohnern versucht hatte, eine Strahlungswaffe gegen ein Segment des Wurms einzusetzen, stieg Rauch auf. Der Strahl hatte ein Dutzend der Umstehenden und den größten Teil eines Gebäudes zerschmolzen und war erloschen. An anderer Stelle stürzten sich verzweifelte Bewohner in ihre unvollständigen Seelenskulpturen; sie zuckten konvulsivisch, als sie einzelner Teile ihrer Psyche beraubt wurden. Andere machten verzweifelte Anstrengungen, ein Schiff für den Start vorzubereiten. Wieder andere begannen, Funkwarnungen und Hilferufe an ihre Schwesterstadt auszustrahlen.

Die Schlange hielt inne. Sie hatte sich zusammengerollt, durch und um die Gebäude gewunden wie ein Bandwurm durch Därme.

Jetzt wurde sie langsamer. Ein kaum vernehmbares Zittern schüttelte sie. Metall begann sich zu verformen. Gebäude lösten sich auf. Der Körper der Schlange durchschnitt Gebäude wie eine Garrotte aus Draht eine menschliche Kehle. Ließ Wasser ausfließen, entzündete elektrische Feuer, als sie durch Kabel und Schaltungen fuhr, fügte Dutzenden gefangenen Einwohner schwere Verletzungen zu, ließ Häuser auf die Menge in den Straßen hinabstürzen.

Dann begann sie, sich durch das Loch zurückzuziehen, glitt schlüpfrig hinunter wie ein Maßband, das sich in seine Hülse zurückwickelt. Der Satyr trampelte noch immer wie wahnsinnig auf ihr herum. Mit den letzten Metern wand sich der Wurm, als eine letzte Geste, um ihn herum, die zerrenden Hände ignorierend. Dann drückte er so lange zu, bis der Satyr zerplatzte.

Hunderte waren gestorben, aber Dutzende, unter der Erde versteckt oder unverletzt in den Häusern geblieben, hatten überlebt. In der Stadt befand sich ein Frachtschiff, das noch intakt war; sein Kyborgpilot hatte die Geistesgegenwart besessen, das Schiff hochzubringen, als die Schlange um es herumglitt. Der rückstoßfreie Antrieb hatte ein benachbartes Gebäude zerschmolzen, viele waren dabei zu Tode gekommen. Aber das Schiff samt seiner Fracht aus Flüchtlingen und eilends geretteten Seelenskulpturen war intakt.

Das Schiff war bereits dabei, Überlebende aufzulesen, als die Schlange aus dem Spalt in der Felswand herausglitt und nach unten stürzte; sie fiel einfach hinab wie eine Schnur, meilentief, Schleife auf Schleife auf Schleife …

Die Atmosphäre der Stadt begann sofort, aus dem Loch zu entweichen. Eine Frostwolke erschien, als feuchte Luft austrat und gefror; sie glitzerte in dem Vakuum wie Diamantenstaub.

Die Regenbogenhaut, die die Stadt überdacht hatte, begann zusammenzustürzen, als die Luft pfeifend unter ihr entwich. Langsam senkte sie sich, die Oberfläche von Vertiefungen und Wellen gekräuselt, blasse Streifen von Schmetterlingsfarben huschten immer schneller dahin. Nicht mehr lange, und sie würde die Spitze des höchsten stehengebliebenen Wolkenkratzers berühren. Die zweite Stadt befand sich jetzt in einem Zustand hektischer Aktivität. Rettungsfahrzeuge wurden vorbereitet, es wurde nach Waffen gesucht. Das erste Rettungsschiff wollte gerade abheben, als ein leichtes Mahlen auf den Seismographen des Vorpostens registriert wurde, ein Mahlen direkt unter der Stadt.

Ein kreisförmiger Ausschnitt um den gesamten Vorposten herum gab plötzlich nach, so präzise, als würde ein Apfel entkernt. Die Stadt fiel sofort fünfzehn Meter hinab. Fels traf mit unvorstellbarer Wucht auf Fels. In dieser Stadt gab es massive Gebäude, und einige von ihnen blieben tatsächlich stehen. Aber die Regenbogenhaut gab auf der Stelle nach, und eine funkelnde Wolke aus Luft fuhr nach oben aus dem neu gebildeten Krater heraus. Es war eine Gnade: Das eisige Vakuum beendete die Leiden der wenigen, die noch am Leben waren. Etwas Staub, vom Wind aufgewirbelt, schwebte wie zu einer Segnung über den in Kälte erstarrten Ruinen.

Es gab keine Zeugen. Die Regenbogenhaut der ersten Stadt stürzte noch immer in sich zusammen. Eine letzte weite Vertiefung berührte die schiefstehende Spitze eines zerstörten Wolkenkratzers. Blendendweiße Energie ergoß sich aus der Kontaktstelle, von der Spitze des Gebäudes tropfte heiße Schlacke auf die Straße. Die Haut zerriß.

Der Tod kam sofort. In jenem Augenblick, als die letzten Überlebenden, buntes Blut spuckend, in ihren unterirdischen Schutzräumen starben, hob das letzte Sternenschiff ab. Sein rückstoßfreier Antrieb, auf volle Leistung gestellt, schmolz einige der verbliebenen Gebäude nieder und verließ die Oberfläche des Planeten. Es strebte dem freien Raum zu.

Eine Wolke aus Staub erhob sich aus dem Krater, eine kleine Wolke, vielleicht zwei oder drei Tonnen schwer.

Sie beschleunigte nach oben. Ich vermutete, daß sie bei Erreichen des Randes der Felswand mindestens drei Viertel Lichtgeschwindigkeit erreicht hatte. Sie bewegte sich über die Grenzen der Wahrnehmungen hinaus; ihre Existenz war überhaupt nicht ersichtlich, bis der Rumpf des Sternenschiffs plötzlich zu einer Art metallischer Folie wurde. Das Entweichen der Luft hatte keine Bedeutung mehr. Jeder an Bord war mit versengten Löchern durchsiebt, Tausende von ihnen. Es gab kein Blut, es war alles verdampft. Und sie waren alle tot.

Der Schiffskörper trieb still in die Schwärze hinein.

Die Sonne ging über dem Rand des Nullaqua-Kraters nieder. Das Meer darunter war ruhig; die trägen Strudel, die seine Oberfläche aufgewühlt hatten, verebbten völlig. Der ganze Krater schien sich in die friedliche Ruhe vollständiger Befriedigung zu begeben, ein Zustand wie die stille Freude beim ersten kühlen Atemzug, wenn das Fieber endgültig gebrochen ist. Stasis. Friede. Stabilität.

Hustengeräusche weckten mich.

Ich öffnete die Augen in ein allumfassendes Glänzen, befreite sie blinzelnd von einer staubigen Tränenhaut. Der Staub war überall in meinem Gesicht, verklebte meine Augenlider, klumpte sich auf der Innenhaut meiner Nase, überzog das Innere meines Munds mit Übelkeit erregender mehliger Trockenheit. Ich trieb auf dem Rücken auf der Meeresoberfläche.

Ich versuchte, meinen Mund freizumachen. Der staubige Schorf auf meinen Lippen platzte auf, dickliches Blut floß über meine ausgedorrte Zunge. Die Feuchtigkeit belebte meinen Mund ein wenig, Speichel begann zu fließen und verwandelte den Staub in widerlichen Schleim. Ich begann krampfhaft zu husten.

Meine Staubmaske hing noch, von einem Band gehalten, an meinem Hals. Als ich nach ihr griff, spürte ich den ersten rotglühenden Schock des Schmerzes meine Benommenheit durchdringen. Ich spürte eine brennende Blase an meinem rechten Ellbogen. Als ich mich schwach bewegte, entsprangen weitere wie Flammen in meinen Gelenken und Muskeln – Knie, Schenkel, Arme. Tränen des Schmerzes rannen durch den Staub auf mein Gesicht. Ich hatte die Luftdruckkrankheit.

Eine Luftembolie in meinem Herzen könnte mich umbringen. Ich lag ganz still, benetzte den Staub mit den Tränen, die meine Augen klärten, und dem Blut, das zusammengebackene Klümpchen aus Wunden in Beinen, Händen und Ohren wusch. Ich versuchte, mein Husten unter Kontrolle zu bringen, ich erstickte fast daran. Erneut griff ich nach der Maske und spürte rotglühende Nadeln durch Knochen, Nerven und Sehnen rasen. Mir wurde klar, daß der Tod nahe war, und dieser Gedanke mobilisierte die letzten Reserven animalischen Überlebenswillens.

Ich spuckte feuchten Dreck aus und sagte: »Ich will leben. Laßt mich leben! Ich kann euch helfen, ich werde euer Freund sein … Ihr Götter …«

Jetzt griff ich mit der linken Hand nach der Maske, und diesmal war der Schmerz nicht so schlimm. Als ich die Maske hochhob, um den Staub herauszugießen, sank mein Kopf ein Stückchen, und ich war gezwungen, mit den Füßen zu strampeln, um zu verhindern, daß mein Gesicht unter den Staub geriet. Meine Knie und Hüften begannen von innen nach außen zu brennen, als brodelten kleine Feuerherde unter meinen Kniescheiben. Meine Hände zitterten unkontrolliert, als ich die Staubmaske auf mein Gesicht legte. Ihr Haftrand, der meinem Gesicht angepaßt war, drückte schabende Teilchen in meine Haut. Keuchend stieß ich die Luft aus, um die Filter freizumachen. Aus den kleinen Gummifalten um die Linsen herum fiel Staub nach innen und kratzte quälend in Nase und Augen. Ich lag wieder ganz ruhig und wartete darauf, daß der Schmerz sich von selbst ausbrannte.

In der absoluten Ruhe entstand eine Art starrer Stasis aus Schmerz. Aber wenn ich mich bewegte, schien es, als zerbräche meine Bewegung eine Schale um den Schmerz und ließe ihn, Zellen und Nerven verbrennend, hinaussickern.

Ich weinte wieder, und meine Augen klärten sich erneut. Ich drehte den Kopf ein wenig, um zu den Felsen zu blicken. Ich hatte erwartet, sie vom Abendlicht rot leuchten zu sehen – es schien, als seien Stunden vergangen –, aber sie glänzten weiß.

Unvermittelt sah ich einen schwarzen Fleck, der sich auf schräger Bahn vor den Klippen bewegte.

In einer Welt aus Felswänden und Staub war der schwarze Fleck eine störende Erscheinung. Es war Dalusa. Ich hob meinen grauverkrusteten Arm. Konnte sie die Bewegung inmitten dieser Öde sehen? Meinen rechten Arm konnte ich kaum bewegen. Mein Ellbogengelenk brannte, die blutenden Finger waren zu breiiger Benommenheit erstarrt. Ich strampelte mit den Beinen und erzeugte eine kleine Staubwolke; knirschend biß ich die Zähne zusammen, um den stechenden Schmerz in meinen Knie zu bekämpfen.

Es gab Hoffnung. Ich strampelte und spritzte in dem Staub, solange ich konnte, und hörte erst auf, als ich gegen einen Hustenanfall ankämpfen mußte. Meine Augen verströmten immer noch Tränen; den Schatten, der über mir dahinhuschte, konnte ich eher fühlen als sehen. Ein Lufthauch, der Staub schmierte über meine zerbrochenen Linsen, und Dalusa ging im Staub neben mir nieder.

Sie kniete im Staub, sank bis zu den Hüften ein und stabilisierte ihre Stellung mit ausgestreckten Flügeln, die wie Ausleger auf dem Staub lagen. Sie streckte ihre bleichen Hände über mein Gesicht aus, legte die Handwurzeln gegeneinander, krümmte ihre Finger wie Raubtierfänge und ließ sie ein-, zweimal ineinandergreifen.

Ihre Handbewegung war unmißverständlich – Haie! Sie zeigte in ihre Richtung und sank dabei ein Stück in den Staub.

»Dann ist alles zu Ende«, sagte ich in meiner Maske, aber sie konnte höchstens ein Murmeln gehört haben. Mit schnellen rudernden Bewegungen schwamm sie zu meinem Kopf. Sie nahm meine linke Hand und legte sie behutsam um ihren linken Knöchel. Dann versuchte sie zu fliegen.

Ihre plötzlich einsetzende Bewegung löste meinen Griff sofort. Als ich mich in Bauchlage drehte, sah ich ein grünes Aufblitzen vorbeischwirren. Dalusa flatterte zur Seite, ein unnatürlich langer Arm fuhr in die Luft und packte einen Lotsenfisch im Flug. Ich hörte das Rascheln seiner dünnen Flügel an ihrem Handgelenk, als sie in einer Reflexbewegung sein Rückgrat durchbiß. Sie warf ihn fort und wies nach hinten.

Ich bekam meine Hände unter Kontrolle und packte ihren Knöchel in panischem Griff.

Sie konnte nicht richtig fliegen, mein Gewicht war zuviel für sie. Statt dessen ruderte und schwamm sie, Staub stieg in schmutzigen Wolken hinter ihr auf. Sie sprang aus dem Staub hoch, um mit mächtigen Flügelschlägen vorwärtszufliegen, fiel wieder hinab, ruderte und schwamm mit Flügeln, Händen und dem freien Bein, fuhr erneut hoch, um durch die heiße, sterile Luft zu fliegen, als müßte sie sich ihren Weg mit Gewalt bahnen.

Wir blickten nicht zurück. Der Schmerz in meinem Arm erfüllte den ganzen Krater und ergoß sich über seine Ränder. Ich spürte frisches Blut auf meinen Handflächen, und schlüpfrigen Schweiß. Ich spürte, wie die Haut von Dalusas Knöchel blasig wurde, das Gewebe rauhte auf, als der Ausschlag ihre Haut zerstörte.

Wegen des Staubes konnte ich den Ausschlag nicht sehen. Ich glaube, daß – hätte ich es gesehen – ich sie losgelassen und meinen eigenen Tod eher hingenommen hätte als den ihren. Aber wenn Schmerz uns miteinander verband, war es uns immer am besten ergangen. Ich wollte leben – eher noch um ihret- als um meinetwillen, der Hoffnung wegen, die wir einander geben konnten. In meinem Schmerz und meiner Benommenheit konnte ich das Opfer, das sie brachte, kaum begreifen. Erst später verstand ich es allmählich.

Ich ließ nicht los, bis wir anhielten. Ich wußte nicht, wie lange sie mich geschleppt hatte. Es schienen Tage oder gar Wochen gewesen zu sein. Ich spürte ein grobes Tau um meine Brust, fühlte, wie es sich um meine Rippen spannte, und als die Matrosen mich aus dem Staub an Deck der *Lunglance* hievten, wurde ich ohnmächtig.

Vage nahm ich eine Bewegung neben mir wahr, bevor ich erwachte.

»Hier, Smutje, trinken Sie davon.« Meggle, der Kajütenjunge, hielt mir eine Schöpfkelle mit einer dünnen, gelblichen Flüssigkeit hin. Ich hob den Kopf und versuchte, den Griff der Kelle ruhig zu halten. Als ich die bläulichen, zerbrochenen Nägel meiner rechten Hand sah, zuckte ich zusammen und verschüttete ein wenig von der Flüssigkeit auf meine Decke. Ich trank den Rest und fühlte, wie das salzige Getränk in meinem Mund brannte und den Schmerz in meiner aufgerauhten Kehle linderte. Meggle setzte einen Kessel neben mich.

»Trinken Sie alles«, sagte er. »Flack sagt, Sie brauchen eine Menge Wasser.«

Ich setzte mich auf und fuhr zusammen, als ich den Schmerz in meiner Hand spürte. Irgend jemand hatte mich von dem Staub gereinigt. Unter der Decke war ich nackt. »Welche Tageszeit ist es?« fragte ich krächzend.

»Klippenlicht.«

Ich trank noch etwas Suppe. »Ich bin also gerettet«, sagte ich. Gequält fing ich zu husten an und ließ die Kelle scheppernd auf den Kombüsenboden fallen. Gutmütig hob Meggle sie auf und gab sie mir zurück.

»Habt ihr etwas Ungewöhnliches gesehen?« fragte ich ihn schließlich. »Irgend etwas Großes, das sich unter dem Staub bewegte – Haie … oder so?«

Meggle blickte mich desinteressiert an. »Nein«, sagte er. Er schien über meine Frage nicht sehr glücklich zu sein, als wäre es eine Zumutung, daß ich ihn zu einer Antwort zwang.

»Und was ist mit Dalusa? Ist ihr Bein in Ordnung?«

»Weiß ich nich', Smutje«, sagte Meggle und griff nervös nach einer Strähne seines unglaublich dreckig aussehenden Haars. »Ich habe sein Bein nur gesehen, als es Sie reingebracht hat. Dann ist es weggeflogen, um nach dem Käpt'n zu suchen.«

»Nein!« sagte ich betroffen.

Meggle duckte den Kopf schuldbewußt zwischen zusammengekrümmten Schultern. »Mr. Flack hat versucht, es aufzuhalten«, sagte er. »Aber es hat gesagt, es müsse suchen gehen, solange es noch die Kraft hat. Sein Bein sah wirklich scheußlich aus, bis übers Knie alles geschwollen und so, aber es sagte, es müßte raus, um nach ihm zu suchen. Nach dem Käpt'n, meine ich. Es hat gesagt, es müsse ihn finden, ehe die Haie all sein Blut rausfressen. Genau das hat es gesagt: ›All sein Blut rausfressen‹. Mr. Flack hat wirklich versucht, es aufzuhalten.« Meggle blickte fort.

»Wie lange ist sie schon weg?«

»Drei … Stunden.«

»Dann können wir genausogut heimwärts segeln«, sagte ich. »Wir können genausogut heimwärts segeln. Sie kommt nicht zurück.«

»Vielleicht doch, Smutje. Mr. Flack hat ihm Verbände angelegt und die Blutung gestoppt. Alles in Ordnung, Smutje? Ihre Augen sind rot wie Feuer.«

Ich konnte nichts sagen. Ich winkte ihn fort, als ich in den Suppenkessel schaute. Meggle zog seine Maske über und ging die Treppe hinauf an Deck. Salzige Tränen fielen in meine Suppe und gaben meiner Mahlzeit einen bitteren Beigeschmack. Das war ihre letzte Tat der Treue zu denen, die ihr weh taten, eine letzte fehlgeleitete Tat scheinbarer Menschlichkeit. Sie muß den Kapitän gefunden haben, denn sie kehrte nie zurück.

16

Die Fahrt ist zu Ende

MEINE GENESUNG SCHRITT SCHNELL VORAN. Nach dem ersten Tag hörte das Husten auf, und mein Gehörsinn war nicht beeinträchtigt, obwohl meine Ohren geblutet hatten. Auf den Handflächen und Schienbeinen würde ich Narben zurückbehalten, aber nur so lange, bis ich zu einem kosmetischen Chirurgen auf einem anderen Planeten kam. Die anderen Narben würden nicht so schnell verheilen, sie würden bleiben, bis der Lauf der Zeit meine Persönlichkeit abtrug.

Als ich Desperandums Kajüte durchwühlte, entdeckte ich, daß er mehr Geld besessen hatte, als auch nur einer von uns vermutet hatte. Zum Glück hielt eine Art Aberglauben den ersten Maat Flack davon ab, in der Kajüte des Toten zu schlafen. Vielleicht hatte er immer noch Schuldgefühle wegen Desperandums Notizbüchern.

Wir hatten alle Notizbücher Desperandums über Bord geworfen. Flack protestierte halbherzig, als ich ihm erklärte, daß ihre Vernichtung der letzte Wunsch des Kapitäns gewesen sei. Als ich auf meinem Krankenbett lag, hatte ich eine detaillierte und ausgeklügelte Lüge über unsere U-Boot-Fahrt ausgearbeitet: wie unsere Navigation uns im Stich gelassen hatte, wie wir in einer Schlammschicht unterhalb der Oberfläche steckengeblieben waren; die bitteren Selbstvorwürfe des Kapitäns und sein Verlangen, daß ich, falls ich entkommen sollte, die Beweise seiner Torheit vernichtete; die Zerstörung unseres Schiffs; meine Rettung. Meine

Kunstfertigkeit war an die Mannschaft verschwendet; sie akzeptierten die Erklärung ohne jede Begeisterung, ohne auch nur das geringste Interesse.

Ich war sehr traurig, ebenso traurig wie in jenen Momenten, als ich die Notizbücher achtern versinken sah und ihre engbeschriebenen Seiten von der leichten Brise umgeblättert wurden. Ich hatte ihnen noch nachgeschaut, als die Matronen sich schon längst wieder ihren Schnitzereien und anderen stummen Beschäftigungen zugewandt hatten.

Selbst mit der gequetschten, geschwollenen Hand war es nicht schwer, den Schrank aufzubrechen und das Geld zu nehmen. Um offen zu sein: Ich hätte es in jedem Fall getan; aber jetzt, da Dalusa gestorben war, wurde das Geld zu einer Art Totengeld. Ich konnte genug von der Summe abschöpfen, um mich von dem Planeten davonzumachen, und es blieb für die Löhne der Matrosen und sogar einen Bonus noch genug übrig.

Wir erreichten die Hochinsel in zwei Tagen. Desperandum hatte kein Testament hinterlassen, und Flack, jetzt Kapitän, verließ das Schiff, sobald wir angelegt hatten, um der Schiffahrtssynode die Lage zu schildern. Wahrscheinlich würden sie ihm das Schiff geben. Es war äußerst unwahrscheinlich, daß Desperandum Erben auf Nullaqua hatte, und die Regierung würde sich wohl keine sonderliche Mühe geben, solche Erben auf anderen Planeten aufzuspüren.

Ich wurde schnell ausgezahlt und erhielt einen großzügigen Bonus. Ich hatte gedacht, Flack würde stillschweigend einen großen Teil von dem restlichen Geld Desperandums einstecken, denn schließlich benötigte er Kapital. Aber ob es nun abergläubische Furcht war, Respekt vor Desperandums verschiedenem Geist oder einfach törichte Ehrlichkeit: Er zahlte uns alle großzügig aus.

Ich nahm den Aufzug zur Stadt hinauf. Als erstes kaufte ich mir neue Kleidung. Meine zerfetzte, staubabweisende Walfängertracht wurde ich in der Recycling-anlage des Schneiders los. Dann holte ich die Sachen ab, die ich in einem Lager hinterlegt hatte. Mit Ringen an den Fingern und nachdem ich meine Staubmaske an einen Trödelladen verkauft hatte, fühlte ich mich fast wieder wie in alten Zeiten. Aber nicht ganz: Meine Persönlichkeit besaß irgendwie eine unwirkliche Eigenschaft, als würde ich von dem zerbrechlichen und freundlichen Geist meines alten Ichs gequält.

Ich schritt die Devotion Street hinunter, einen belebten Boulevard, an dem sich vorwiegend Restaurants angesiedelt hatten. Ich ließ die strahlende nullaquanische Sonne mein Gesicht berühren, das von Monaten hinter einer Maske blaß geworden war. An den Straßentischen eines Restaurants legte ich eine Pause ein. Ich hatte meinen Seesack gegen einen schicken Koffer eingetauscht. Den öffnete ich und holte mein einziges Andenken an Dalusa heraus: eine einzelne Strähne ihres Haars, die ich in ihrem Zelt gefunden hatte. Ich wagte es nicht, sie allzuoft in die Hand zu nehmen, da ich befürchtete, sie würde sich auflösen; für gewöhnlich hielt ich sie in einem kleinen Metallbehälter verschlossen. Später habe ich sie als Erinnerungsstück in Plastik eingießen lassen.

Ich steckte die Strähne wieder in den Koffer und klappte ihn zu. Dann bestellte ich ein Bier. Als ich trank, überfiel mich ein Gefühl der Einsamkeit. Normalerweise war ich selbstbewußt, und der plötzliche stechende Schmerz überraschte mich. Vielleicht war es der latente Schmerz über Dalusas Tod; das Bild ihres vollkommenen Gesichts tauchte vor mir auf. Als sie zum letzten Mal hinausgeflogen war, hatte sie einen großen Teil von mir mitgenommen; ich fühlte mich innerlich ausgehöhlt, leer und in Not.

Das Vernünftigste wäre es gewesen, geradewegs zum Sternenschiffhafen zu gehen und ein Ticket für den erstbesten Flug zu kaufen.

Aber ich spürte einen plötzlichen Drang, das Neue Haus zu besuchen. Die langen Monate und die vielfachen Katastrophen hatten meinen Groll zum Teil abgeschliffen. Wenn man den Tatsachen ins Auge sah, war das Neue Haus alles, was ich als Heimstatt besaß, seine Bewohner waren die Dinge, die am ehesten meine Freunde waren. Ich schuldete es mir selbst, sie aufzusuchen; ihnen schuldete ich es, sie davor zu warnen, sich in die schreckliche kulturelle Symbiose Nullaquas einzumischen.

Und dann war da auch die Aussicht auf Rache, die ich erstaunlich angenehm fand. Es könnte gefährlich sein, sie mit meinem Vorrat an Syncophin, vielleicht dem letzten, den es auf der Hochinsel noch gab, zu verhöhnen. Aber sie hatten alle Geld. Eine verschwenderische Bezahlung würde dazu beitragen, meine Abneigung zu mildern. Und ich war einsam.

Also nahm ich einen Pendelzug zur Piety Street und ging vier Querstraßen weiter zum Neuen Haus. Es dämmerte schon, aber keine der Lampen brannte. Plötzlich stürmten Ahnungen auf mich ein. Meine Entzugserscheinungen waren schlimmer, als ich zugeben wollte, und plötzlich überfiel mich der Gedanke, daß die Flacker-Vorräte im Neuen Haus äußerst knapp sein mußten. Vielleicht hatten sie nicht die Beherrschung gehabt, ihre letzte Gallone vernünftig zu rationieren.

Meine Vorahnungen wurden stärker. Ich unterdrückte meine Phantasien und versuchte, die Tür zu öffnen; sie war nicht verschlossen.

Drinnen war es dunkel. Ich schaltete das Licht an. Der Wohnraum war ein einziges Trümmerfeld. Die Couch war auseinandergenommen worden, ihre spärliche Füllung lag über ein Dutzend Stellen verteilt herum. Den Teppich bedeckte dicker Staub. Die Sessel waren fort.

Meine Nüstern, durch den langen Entzug empfindlich geworden, nahmen einen schwachen, widerlich süßen, fauligen Geruch auf. Ich folgte ihm in die Diele und trat auf die zerschmetterten Reste des Dichters Simon.

Am Schrank in der Diele war der Geruch am stärksten. Ich riß ihn auf. Der ausströmende Gestank war überwältigend, wir wurde übel. Auf dem Boden des Schranks kauerte Timon Hadji-Ali mit aufgeschlitzter Kehle. Er hatte schließlich den Tod getroffen, nach dem er so begierig gesucht hatte. Seine Augen, weit geöffnet, waren von einer dichten Staubpatina bedeckt. Sein faltenreiches, alterndes Gesicht war aufgedunsen; eine geschwärzte Zunge kam zwischen den Zähnen hervor, die ein Todesgrinsen trugen. Er war schon seit einigen Wochen tot.

Ich begann, das übrige Haus zu durchsuchen. An der Tür von Mr. und Mrs. Undines Zimmer warnte mich ein vielsagender Geruch.

Schließlich gab ich einer morbiden Neugier nach und öffnete die Tür. Sie hatten sich erhängt. Niemand hatte sich die Mühe gemacht, sie abzuschneiden, aber sie hatten schon seit langem aufgehört, hin und her zu baumeln. Sie waren nackt und noch immer in einer nekroerotischen Umarmung verbunden. Ihre Arme waren an den Handgelenken lose mit denen des anderen verknüpft. Irgend jemand hatte ihnen dabei geholfen. Irgend jemand hatte auch mit einem Messer die eingepflanzten Juwelen aus ihren Körpern geschnitten. Ihre tonnenförmigen Brustkörbe waren mit flachen, geschwärzten Wunden übersät.

Den Atem anhaltend, schloß ich die Tür.

Alle Toiletten im Haus waren verdreckt und stanken. Ich ging in mein eigenes Zimmer. Alles, was ich besessen hatte, war gestohlen, bis auf meinen besten Anzug. Der lag, die Ärmel ausgebreitet, in der Mitte meines Doppelbetts, mit einem Messer mitten durchs Herz meiner leeren Jacke an die muffige Matratze geheftet.

Ich holte das Syncophin heraus, öffnete eine der Flaschen und nahm einen kleinen Schluck. Chemische Ekstase breitete sich in meinem Gehirn aus; mit klappernden Zähnen nahm ich die Flaschen aus meinem Koffer.

Mit allen vier Flaschen im Arm ging ich zum Dielenschrank zurück. »Hier, Timon«, sagte ich und reichte ihm eine der Flaschen. »Tut mir leid, daß ich solange gebraucht habe.«

Ich ging zu den Undines. Es war leicht, zwei der Flaschen in ihre steifen Hände zu stecken. »Ich werde sie nicht brauchen«, sagte ich. »Ich möchte, daß ihr beide sie nehmt.«

Ich ging zu meinem Schlafzimmer. Ich nahm einen der leeren Ärmel und faltete ihn sanft über die letzte Flasche. »Hier, John«, sagte ich. »Du verdienst es, denn du hast so hart darum gekämpft, und auch solange. Tut mir leid, daß es so schwer zu kriegen war – tut mir leid für euch toten Leute.«

Ich nahm meinen Koffer, verließ das Haus und schloß die Tür hinter mir.

Ich hatte die Leere immer mit Drogen gefüllt. Jetzt konnte ich mich auf Entzugssymptome freuen und auf eine quälende Erfahrung der Bedeutung von Schmerz.

Ich würde leben. In den Tagen, die mich dazu getrieben hatten, die Drogen zum ersten Mal zu entdecken, hatte ich Schlimmeres erlebt. Ich hegte über Drogen keine Illusionen; sie enthielten keinerlei Hauch von Romantik. Sie waren nur eine Methode, den Verstand dahin zu bringen, anders zu arbeiten. Der Verstand, das Ich, war immer noch da, wankelmütig, magisch, ganz gleich, welche freundlichen Gifte mich auch ihrem sanften Angriff unterwarfen. Ich war stark; meine Freunde waren schwach gewesen. Wir waren alle Krüppel gewesen, aber sie hatten zugelassen, daß sie von ihren eigenen räuberischen Krücken vernichtet wurden.

Ich zog keine bitteren moralischen Lehren daraus, legte keine voreiligen Gelübde ab. Es war eben Pech, eine unglückliche Falle, die von geistlosen Konföderierten gestellt worden war. Wenn meine Freunde Strafe verdienten, dann nur für ihren Mangel an Mäßigung.

Mäßigung bedeutete Überleben. Manchmal konnte Mäßigung nur durch einen Akt des Fanatismus erworben werden. Ich hörte auf, ehe das Flackern die Bezahlung für die Freuden eintrieb, die es mir gegeben hatte; ich entfernte mich körperlich, ehe es mich weiter in Schulden stürzen konnte. Ich würde auf einem Sternenschiff büßen.

Ich mußte fort. Sich auf die Willenskraft zu verlassen ist der Gipfel der Dummheit; sie könnte mich nicht davon abhalten, in meine alten Persönlichkeitsstrukturen zurückzufallen. Der Rauschgiftentzug würde mich dazu bringen, den Eingeweiden des Staubwals nachzujagen, so unvermeidlich und unwiderstehlich, wie Eisen vom Magneten angezogen wird.

Sicher war es nur eine Frage der Zeit, bis ich etwas anderes fand, das Vakuum zu füllen; Wahrheit oder Pflicht, Ehre, Schönheit, Liebe oder Weisheit, irgend etwas ...

Ich dachte darüber nach, als ich im Raumhafen auf einem Walhautstuhl saß und zwei abgemagerten Offizieren der Konföderation beim Schachspiel zusah. Irgendeine Bestimmung erwartete mich in den langen Jahrhunderten, bevor der Tod mich rief, falls er konnte. Als einen Anfang würde ich erst einmal Venedig besuchen.